PATRICK NESS

DAS MORGEN IST IMMER SCHON JETZT

Aus dem Englischen von
Petra Koob-Pawis

cbj

Dieses Buch ist auch als E-Book erhältlich.

MIX
Papier aus verantwortungsvollen Quellen
FSC® C014496

Verlagsgruppe Random House FSC® N001967

1. Auflage 2016

Die englische Originalausgabe erschien 2015 unter dem Titel:
»The Rest of Us Just Live Here«
bei Walker Books, London
Zitat S. 7 aus »Hunter« von Björk © 1997
mit freundlicher Genehmigung der Künstlerin
Übersetzung: Petra Koob-Pawis
Umschlaggestaltung: semper smile, München
unter Verwendung eines Fotos von
© Gettyimages (Trinette Reed, Thomas Barwick)
MP · Herstellung: UK
Satz: KompetenzCenter, Mönchengladbach
Druck: GGP Media GmbH, Pößneck
ISBN 978-3-570-17266-7
Printed in Germany

www.cbj-verlag.de

Für meine großartige Schwester
Melissa Anne Brown
Sie ist nicht nur liebenswürdig,
sondern auch humorvoll –
eine bessere Kombination gibt es nicht.

I thought I could organise freedom.
How Scandinavian of me.

Björk

Das erste Kapitel, *in dem die Botin der Unsterblichen in einer überraschenden Gestalt eintrifft; nachdem Indie Kid Finn von ihr durch die Wälder verfolgt wurde, blickt er seinem Schicksal in die Augen.*

An dem Tag, an dem wir das Indie Kid Finn als Letzte lebend sahen, hingen wir alle auf dem Feld ab und redeten über die Liebe und den Leib.

»Ich glaub das nicht«, sagt meine Schwester. Als ich den Unterton in ihrer Stimme höre, hebe ich den Kopf. Sie blickt mich an und nickt mir im Sonnenschein leicht genervt, aber beschwichtigend zu, dann wendet sie sich an Henna und schüttelt den Kopf. »Man hat *immer* eine Wahl. Es ist mir egal, ob du es für Liebe hältst – übrigens KEIN Wort, das man leichtfertig in den Mund nehmen sollte –, aber selbst wenn, selbst wenn das Wort zutrifft, hast du immer noch die Wahl, das Richtige zu tun.«

»Ich sagte, ich liebe sein *Aussehen*«, erwidert Henna. »Ich habe nicht behauptet, dass ich *ihn* liebe. Du verdrehst meine Worte. Aber darum geht es gar nicht. Es geht darum … wie dein Herz sich weitet. Eigentlich ist es nicht das Herz, sondern der Leib. Du spürst es und alles andere *ergibt* sich einfach.«

»Nein, tut es nicht«, widerspricht meine Schwester entschieden. »Tut. Es. Nicht.«

»Mel –«

»Du kannst es spüren und trotzdem das Richtige tun.«

Henna runzelt die Stirn. »Was hat das mit richtig oder falsch zu tun? Ich beschreibe lediglich ein vollkommen normales menschliches Gefühl, wenn ich sage: Nathan ist ein heißer Typ.«

Ich blicke in mein Geschichtsbuch, berühre die vier Ecken und zähle stumm mit. Aber ich merke, dass Jared mich beobachtet.

»Du behauptest also, du hättest keine Wahl«, sagt Mel. »Du behauptest, wenn du ihn hättest küssen können, hättest du es getan, egal wer euch sieht. Egal, ob er bereits vergeben ist oder nicht. Egal, ob Tony –«

»Ich bin nicht mehr mit Tony zusammen …«

»Ja, aber du weißt, wie sensibel er ist. Du hättest ihn verletzt und danach behauptet, keine andere Wahl gehabt zu haben. Was totaler Quatsch ist.«

Henna schlägt frustriert die Hände vors Gesicht. *»Melinda –«*

»Es regt mich einfach auf.«

»Das merke ich.«

»Und nenn mich nicht Melinda.«

»Henna hat recht«, sagt Jared. Er liegt da, den Hinterkopf an Hennas Po gelehnt. »Du spürst es tief im Bauch.«

»Ich dachte, bei einem Kerl sitzt es tiefer«, sagt Mel.

»Das ist etwas anderes.« Jared setzt sich auf. »Dein Schwanz oder was auch immer – das ist nur *Lust*. Tierisches Verlangen. Hier geht es um viel mehr.«

»Genau«, stimmt Henna ihm zu.

»Du spürst es *hier*.« Jared legt die Hand auf den Bauch. Es ist ein nicht gerade kleiner Bauch, und wir alle wissen, dass Jared nicht grundlos die Aufmerksamkeit darauf lenken würde. »Plötzlich ist es so, als wäre alles, was du bis dahin geglaubt hast, falsch. Als spielte nichts mehr eine Rolle. Alles, was kompliziert war, ist plötzlich so einfach wie ein *Ja* oder *Nein*. Denn dein Bauch ist der eigentliche Boss, und er sagt dir, dass dein Verlangen berechtigt ist, es zwar nicht die Antwort auf alles ist, aber die Fragen erträglicher macht.«

Er hält inne und blickt in die Sonne. Alle wissen, was er meint. Und *er* weiß, dass wir es wissen. Allerdings redet er so gut wie nie darüber. Wir wünschten, er würde es.

»Dein Bauch ist nicht dein Boss«, sagt Mel tonlos.

»Oh«, seufzt Jared, als es ihm dämmert. »Tut mir leid …«

Mit einem Kopfschütteln tut Mel seine Bemerkung ab. »So habe ich es nicht gemeint. Auch dein Herz ist nicht dein Boss. Es hält sich zwar dafür, aber das stimmt nicht. Du hast *immer* eine Wahl. *Immer*.«

»Man kann nicht bewusst entscheiden, *nicht* zu fühlen«, sagt Henna.

»Du kannst entscheiden, was du tust.«

»Ja«, sagt Jared. »Aber das ist schwer.«

»Für die Christen der Frühzeit war der Bauch der Sitz der Seele«, stelle ich fest.

Alles ist still, nur ein frischer Windstoß streicht durchs Gras, ganz für sich allein, er scheint zu sagen: *Achtet nicht auf mich.*

»Das weiß ich von Dad«, füge ich hinzu.

Mel widmet sich wieder ihrem Laptop und den Hausaufgaben. »Und woher will ausgerechnet Dad das wissen?«, fragt sie.

Der Wind frischt auf (ich stelle mir vor, wie er höflich sagt: *Tut mir schrecklich leid* – der Wind kommt anscheinend aus England –, und ich überlege, wie er es bis hierher zu uns geschafft hat). Henna muss mit der Hand das Blatt Papier mit den Aufgaben festhalten, damit es nicht weggeweht wird. »Wozu braucht man heutzutage noch Papier?«

»Bücher«, sagt Jared.

»Toilettenpapier«, sagt Mel.

»Weil Papier ein Gegenstand ist«, sage ich. »Manchmal braucht man Gegenstände statt Gedanken.«

»Das war keine Frage an euch.« Henna klemmt den Zettel – ein Handout zum Bürgerkrieg, das wir alle ausgeteilt bekommen haben – unter ihr Tablet.

Ich berühre wieder die vier Ecken meines Schulbuchs und zähle im Stillen mit. Dann zähle ich noch einmal. Und noch einmal. Jared beobachtet mich, versucht es aber nicht zu zeigen. Wieder zerzaust eine britische Brise mein Haar (*Top of the morning?* Ach nein, dieser Gutenmorgengruß ist ja irisch). Es ist ein sonniger Tag, zu dem der Wind gar nicht passt. Wir kommen nur bei schönem Wetter hierher, und das hatten wir seltsamerweise schon im April und Anfang Mai. Das Feld ist eigentlich gar keins, sondern nur ein Grundstück, das nie bebaut wurde, weil der Besitzer entweder gestorben ist oder eine Scheidung ihn daran gehindert hat oder so was, es ist nur ein großes grasbewachsenes Viereck am Ende unserer Straße, auf dem sich noch von Hand abgesägte Baumstümpfe befinden. Baumreihen grenzen es von den anderen Grundstücken ab. Man muss wissen, wo es ist, um es zu finden, was niemand außer uns tut, weil wir ohnehin abgelegen leben und jenseits des Felds nur undurchdringliches Dickicht wartet. Nachts hört man die Kojoten und das ganze Jahr über haben wir Rotwild in unserem Garten zu Besuch.

»Hey«, sagt Jared. »Hat noch jemand das Thema Wiederaufbau nach dem Bürgerkrieg gewählt oder bin ich der Einzige?«

»Ich«, melde ich mich zu Wort.

»Du?«, fragt Mel beunruhigt. »Ich ebenfalls.«

»Und ich auch«, sagt Henna.

»Also alle«, stellt Jared fest.

Mel sieht mich an. »Bitte, tu's nicht. Ich meine, würdest du bitte, bitte ein anderes Thema wählen?«

»Aber ich habe schon jede Menge Notizen gemacht …«, sage ich.

»Mit dem Wiederaufbau kenne ich mich aus.«

»Dann mach das doch auch.«

»Wir können nicht beide dasselbe Thema bearbeiten. Dein Aufsatz wird total schlau sein und ich stehe wie der letzte Idiot da.«

So ist das mit meiner Schwester. Sie hält sich für dumm. Aber das ist sie ganz und gar nicht.

»Sein Aufsatz ist garantiert viel besser als *meiner*«, sagt Jared.

»Mikey, überlass das Thema mir.« Jede Wette, an dieser Stelle werden die meisten denken: *ältere Schwester, die herumkommandiert,* und alle, die uns nicht kennen, werden sich fragen, wieso wir beide in der Abschlussklasse sind, wo sie doch über ein Jahr älter ist als ich, und die meisten werden meinen, aus Mels Frage den verwöhnten Ton einer vermeintlichen Quenglerin herauszuhören.

Die meisten Menschen lägen damit falsch. Mel nörgelt nicht. Sie fragt, und das sogar noch sehr nett. Die meisten Menschen würden in ihrem Blick auch nicht die Angst vor der bevorstehenden Prüfung lesen können.

Ich schon.

»Okay«, sage ich. »Dann schreibe ich eben über die Ursachen des Bürgerkriegs.«

Sie bedankt sich bei mir mit einem kurzen Nicken, dann bittet sie Henna: »Könntest du ebenfalls über die Ursachen schreiben?«

»Hey!«, protestiert Jared. »Und was ist mit mir?«

»Ernsthaft?«, fragt Mel ihn.

»Nö, eher nicht«, lacht Jared. Obwohl er groß und stämmig ist, sich schon mit elf rasierte und in unserem ersten Jahr auf der Highschool der angriffslustige Lineman des Footballteams wurde, ist er ein Mathecrack. Leg ihm Zahlen vor, dann ist er großartig. Versuch es mit Wörtern, aus denen er Sätze bilden soll, dann runzelt er die Stirn, und man bekommt eine Ahnung davon, wie er mit achtzig aussehen wird.

»Mel«, sagt Henna. »Du musst damit aufhören …«

Wie aus dem Nichts kommt ein Indie-Junge zwischen den Bäumen hervorgerannt. Seine altmodische Jacke flattert im Wind. Er schiebt seine schwarz gerahmte Brille hoch und rennt in etwa sechs Meter Entfernung an uns vorbei. Er sieht uns nicht – die Indie Kids tun das nie, selbst dann nicht, wenn wir im Unterricht direkt neben ihnen sitzen – und läuft quer übers Feld, ehe er dort in der gegenüberliegenden Baumreihe verschwindet, die, wie wir alle wissen, nur noch tiefer in den Wald hineinführt.

Ein paar Sekunden herrscht Stille, während wir uns *wtf*-Blicke zuwerfen. Dann folgt ein junges Mädchen aus der Richtung, aus der auch der Indie-Junge gekommen ist. Es sieht uns ebenfalls nicht, erstrahlt allerdings in einem so hellen Glanz, dass wir die Augen abschirmen müssen. Auch sie verschwindet hinter der jenseitigen Baumreihe.

Eine Minute lang spricht keiner ein Wort, dann fragt Jared: »War das Finn?«

»Welcher Finn?«, fragt meine Schwester zurück. »Heißen denn nicht alle Indie Kids so?«

»Ich glaube, es sind auch ein paar Dylans darunter«, entgegnet ihnen Henna. »Und ein Nash.«

»Ich weiß nur, dass es zwei Satchels gibt«, sage ich. »Einen Jungen namens Satchel und ein Mädchen, das auch so heißt.«

»Es war einer der Finns«, sagt Jared. »Da bin ich mir sicher.«

Eine blaue Lichtsäule, die so hell ist, dass man sie sogar im Sonnenschein sieht, schießt plötzlich genau an der Stelle in den Himmel, wohin der Indie-Junge (ich glaube, Jared hat recht, es ist einer der Finns) und das schimmernde Mädchen gerannt sind.

»Was geht da vor?«, fragt Mel. »Und was war mit dem Mädchen los?«

»Woher kommt dieses Licht?«, frage ich.

»Ich kann nur hoffen, dass sie nicht wieder die Highschool in die Luft jagen«, sagt Jared. »Bei meinem Cousin mussten sie sogar die Abschlussfeier auf den Parkplatz verlegen.«

»Denkt ihr, Nathan ist ein Indie Kid?«, überlegt Henna, woraufhin Mel laut aufstöhnt.

»Am Namen lässt sich das nicht ablesen«, sagt Jared und beobachtet weiter die helle Lichtsäule.

»Wie kommt einer dazu, fünf Wochen vor Ende des Abschlussjahrs die Schule zu wechseln?« Ich versuche, die Frage betont unbeteiligt zu stellen, und tippe wieder an die vier Ecken meines Buchs.

»Einer, in den sich Henna verliebt«, sagt Mel.

»OH MEIN GOTT, VON LIEBE WAR KEINE REDE!«, poltert Henna los.

Mel grinst. »Dieses Thema scheint dich ja sehr zu bewegen. Oder redet da etwa dein Bauch?«

Der Wind flaut plötzlich ab.

»Das Licht ist erloschen«, sagt Jared. Die Säule ist tatsächlich verblasst und man hört auch niemanden mehr rennen. Wir beobachten eine Zeit lang den Wald, unsicher, was jetzt passiert. Als aus dem Laptop meiner Schwester eines unserer Lieblingslieder erklingt, schrecken wir alle hoch. Mel hat den Alarm eingestellt. Er bedeutet, unsere Eltern haben das Haus verlassen und sind zu meiner Großmutter gefahren.

Das heißt, wir können gefahrlos nach Hause gehen.

Das zweite Kapitel, *in welchem das Indie Kid Satchel ein Gedicht schreibt und Mom und Dad ihr aus Liebe zugestehen, das zu tun, was sie für nötig hält; wenig später taucht ein völlig verstörter Indie-Junge namens Dylan bei ihr zu Hause auf und berichtet, dass ein geheimnisvoll leuchtendes Mädchen ihm vom Tod eines Indie-Jungen namens Finn erzählt hat; Satchel und Dylan trösten einander – rein platonisch.*

Im Laufe meines Lebens habe ich Henna exakt null Mal meine wahnsinnigen, hoffnungslosen Gefühle offenbart.

Wir haben sehr viel gemeinsam: ein Angstproblem, über das wir nicht gerne reden. Beste Freunde, die wir so lieben, dass keine Beziehung mit einem Jungen oder einem Mädchen mithalten könnte. Eltern, die … nicht gerade die besten sind. Und natürlich verbindet uns Mel, was gut ist. Außerdem sind wir beide keine Indie Kids, obwohl ihr Name perfekt zu einem Indie Kid passen würde (aber das kommt daher, weil ihr Dad Ausländer ist, also zählt es nicht. Ich schätze, in Finnland ist »Henna«

nicht unbedingt ein Name für Indie Kids. Ihr Nachname ist allerdings die reinste Katastrophe).

Seit unserem achten Lebensjahr sind wir befreundet, also mehr als die Hälfte unseres Lebens, wobei meistens meine Schwester das Verbindungsglied zwischen uns war. Und ungefähr seit meinem zwölften Lebensjahr bin ich wahnsinnig und hoffnungslos in Henna verliebt. Kurz zuvor hatte sie etwas mit Tony Kim angefangen, weshalb mir natürlich sofort klar war, dass die Sache wahnsinnig und hoffnungslos sein musste. Vergangenes Neujahr hat sie mit Tony Schluss gemacht, seither ist sie Single. Jetzt haben wir Mai.

Was habe ich also in den vergangenen fünf Monaten unternommen? Ich verweise auf »exakt null Mal«, siehe oben.

»Die Luft ist rein«, sagt Mel, als wir, unter dem endlosen Kläffen der Hunde in entfernten Nachbargärten, in die Auffahrt biegen und das Auto unserer Mutter nicht dasteht. Wir leben in der Vorstadt einer Vorstadt einer Vorstadt einer Vorstadt einer Stadt, die etwa eine Stunde Fahrt entfernt ist. Hier draußen gibt es nichts als Wälder und einen großen, mächtigen Berg am Horizont, der eines Tages in die Luft fliegen und alles und jeden in diesem Teil des Landes plattmachen wird. Es könnte schon morgen so weit sein. Es könnte aber auch erst in 5000 Jahren passieren. So ist das Leben, hm?

Die Straße zu unserem Haus wurde erst letztes Jahr ordentlich asphaltiert. Unsere Nachbarn sind eine Mischung aus berufstätigen Leuten wie meinen Eltern, die sich hier draußen ein Stück Baugrund für ein Haus erworben haben, und Leuten, für die Fox News noch zu liberal ist und die sich mit ihren Waffen einbunkern. Hier draußen züchten die Leute entweder Biorüben oder bauen große Felder Marihuana an. Meine Eltern haben sich für Narzissen entschieden.

Tritt niemals auf eine dieser Narzissen. Ich meine, ernsthaft, wage es ja nicht.

Hennas Eltern wohnen am Ende der Straße, aber das ist reiner Zufall, wir kennen sie eigentlich von der Kirche, in die unsere Familien seit hundert Jahren gehen. Hennas Mom ist dort Kirchenmusikerin. Sie und Henna sind die einzigen Dunkelhäutigen in der Kirchengemeinde – unser kleines bisschen große Welt. Hennas Dad ist ein weißer finnischer Fußdoktor (und zwar richtig, richtig weiß), er und Hennas Mom unternehmen Missionsreisen nach Afrika. Dort wird Henna auch den Sommer verbringen, ehe sie auf ein (sehr christliches) College gehen wird, den letzten Sommer, den sie mit ihren Highschool-Freunden verbringen könnte. Stattdessen wird sie in der Zentralafrikanischen Republik sein und mit ihrem Highschool-Französisch zu den Zentralafrikanern sprechen, die in den Genuss von fußärztlicher Behandlung und Kirchenmusik kommen, ob sie wollen oder nicht.

Das heißt, von den ursprünglich fünf Monaten, die mir seit Hennas Trennung von Tony als letzte Chance geblieben sind, bleiben nur noch die mickrigen viereinhalb

Wochen bis zum Schulabschluss übrig. Angesichts meiner bisherigen Erfolgsrate bei Dates bezweifle ich, dass meine Aussichten sehr gut stehen.

Mel schließt die Tür auf. Wir sind noch keine zwei Schritte ins Haus gegangen, als auch schon Mary Magdalene, unsere rundliche kleine orangerote Katze, schnurrend um Jareds Beine streicht. Er stupst sie sanft an der Nase. »Da bist du ja«, sagt er leise, woraufhin Mary Mag sich verzückt auf die Seite fallen lässt und auf dem Boden um sich selbst kreiselt wie ein Propeller.

»Möchte jemand was?«, fragt Mel und steuert die Küche an.

Jared möchte einen Energydrink. Henna möchte einen Energydrink. Ich möchte einen Energydrink. »Wer hilft mir?«, ruft Mel aus der Küche. Ich gehe zu ihr. Mein Blick fällt auf das Glas Wasser, das sie sich eingeschenkt hat. »Alles in Ordnung«, sagt sie leise. »Wir haben kein Cola light mehr und ich hasse den Geschmack von diesem anderen Zeug.« Sie hat nicht unrecht, was die Energydrinks angeht, die Namen haben wie Monstropop oder Rev oder Lotusexxy und die, na ja, irgendwie widerlich sind und so viel Koffein enthalten, dass ich vermutlich bis zum College keinen Schlaf mehr finde.

Wir sind beide neben dem Kühlschrank. Ich öffne die Tür. Hinten steht eine Flasche Cola light. Es ist nur noch ein kleiner Rest übrig, aber trotzdem.

»Mikey«, flüstert Mel.

Ich blicke sie fest an.

»Manchmal ist es einfach schwer«, sagt sie. »Aber das hat nichts zu bedeuten. Du hast mich doch beim Mittagessen gesehen.«

Das habe ich tatsächlich. Und sie hat recht, es war alles in Ordnung. Zu Hause ist es immer schwerer für sie.

Ich fahre mit den Fingern über die Ränder der vier Gläser. Und dann noch einmal. »Verdammt«, sage ich leise und fange wieder von vorne an. Mel wartet ab. Dreimal scheint genug zu sein, danach schließe ich die Kühlschranktür und helfe ihr, die Gläser ins Wohnzimmer zu tragen.

»Was genau war auf dem Feld los?«, fragt Henna beunruhigt. »Mit dem Indie Kid?«

»Ich hoffe, es war nichts«, sagt Mel. »Und selbst wenn, ich finde, sie sollten uns damit bis nach dem Abschluss verschonen.«

»Ich meine ja nur. Hoffentlich ist er okay«, sagt Henna. Alle wissen, dass sie in diesem Moment an ihren Bruder denkt.

Die Indie Kids, hm? Es gibt sie auch an deiner Schule. Die Clique der coolen Freaks mit ihren dazu passenden Haarschnitten und den Secondhandklamotten und den Vornamen aus den Fünfzigern. Sie sind nicht fies, eigentlich sogar ganz nett, aber immer trifft es ausgerechnet sie, immer sind sie die Auserwählten, die dem Ruf der Vampire folgen oder einer Alienkönigin auf der Suche nach der Quelle allen Lichts helfen. Sie sind viel zu cool, um jemals zum Abschlussball zu gehen oder eine andere

Musik als Jazz zu hören, während sie Gedichte lesen. Sie haben ständig irgendeine Sache am Laufen, bei der sie die Helden sind. Uns anderen bleibt nur übrig, unser Leben zu leben, von Weitem zuzuschauen und außen vor zu bleiben, meistens jedenfalls.

Andererseits sterben Indie Kids sehr häufig jung. Was echt ätzend sein muss.

»Wo ist Merde Breath?«, fragt Jared und wechselt das Thema. Das ist unsere kleine Schwester Meredith (ja, ich weiß, Michael und Melinda und Meredith, nicht zu vergessen die Katze Mary Magdalene. Wir hatten sogar einen Labrador namens Martha, aber sie hat eines Tages in ein Stachelschwein gebissen, und das war's dann. Anscheinend kann man Liebe doch in Geld messen. An den Preis von 1200 Dollar für eine Hundegesichts-OP reichte sie nicht heran).

Meredith ist zehn, eine Verrückte, vielleicht sogar ein Genie (meine Mom setzt jedenfalls große Hoffnungen in sie), und sie ist mit hoffnungsloser, qualvoller Hingabe *Bolts of Fire* verfallen, einer Country-Western-Boygroup, deren einziger Daseinszweck darin besteht, dafür zu sorgen, dass zehnjährige Mädchen ihnen hoffnungslos und qualvoll verfallen, sogar kleine Genies. Deren größten Hit »Bold Sapphire« (von *Bolts of Fire*, kapiert?) hat Meredith exakt 1157 Mal gehört. Das weiß ich deshalb so genau, weil ich nicht nur mitgezählt, sondern meine Eltern angebettelt habe, mir ein 1158. Mal zu ersparen. Wir Mitchell-Kinder haben alle unsere kleinen Obsessionen.

Auf der Skala ihrer Zuneigung steht Jared nach *Bolts of Fire* auf einem sicheren zweiten Platz. Er ist groß, er ist freundlich, und dann ist da noch die Sache mit den Katzen. Wenn es etwas gibt, worin wir alle, und zwar wirklich alle, einer Meinung sind, dann darin, dass Jared einmal ein großartiger Dad sein wird.

Nicht dass etwa einer von uns aus eigener Erfahrung wüsste, was das eigentlich ist – mit Ausnahme von Jared.

»Beim Deutschunterricht«, beantworte ich seine Frage. »Mom ist der Ansicht, dass Meredith in der Schule nicht genug gefordert ist.«

Jared blinzelt. »Sie ist zehn.«

»Sie haben die Hoffnung noch nicht aufgegeben, dass wenigstens eines ihrer Kinder nicht verkorkst ist«, sagt Mel und schaltet eine aus dem Internet runtergeladene Fernsehsendung ein, die wir alle schon gesehen haben, weshalb sie jetzt nur noch als Hintergrundgeräusch läuft.

Henna sieht mich an. »Du bist nicht verkorkst.«

»Niemand in dieser Familie ist verkorkst«, sagt unsere Mutter und kommt zur Haustür hereingeplatzt. »Das ist eine Leitlinie unserer offiziellen Kampagne und daran halten wir uns auch.«

Sie stellt ihre Handtasche auf den Tisch neben der Tür und runzelt beim Anblick der vier Teenager, die auf den Sofas lümmeln, die Stirn. Sie ist zwei Stunden zu früh dran. »Hallo, alle miteinander«, sagt sie strahlend. Sie gibt sich gut gelaunt, aber Mel und mir ist klar, dass wir später die Rechnung serviert bekommen werden. »Sieh sich einer die vielen Füße auf den Möbeln an.«

Jared und Henna stellen langsam ihre Füße auf den Boden.

»Hallo, Staatssenatorin«, sagt Jared höflich.

»Senatorin reicht völlig, Jared«, erwidert Mom mit einem gezwungenen Lächeln. »Das ist die protokollarisch korrekte Anrede für eine niedere Staatsbedienstete, was du ja sicherlich längst weißt. Hallo, Henna.«

»Mrs Mitchell«, begrüßt Henna sie. Ihre Stimme ist drei Stufen leiser als noch vor einer Minute.

»Du bist früh dran«, stellt Mel fest.

»Ja«, erwidert Mom. »Es ist offensichtlich, dass du das so siehst.«

»Wo ist Dad?«, frage ich.

»Noch bei deiner Großmutter.«

»Wie geht's ihr?«

Moms Lächeln wird noch gezwungener. »Bleibt ihr zwei zum Abendessen?«, fragt sie Jared und Henna und macht dabei unmissverständlich klar, dass dies nicht als eine Einladung zu verstehen ist.

»Nein, vielen Dank.« Jared steht auf und kippt seinen Energydrink hinunter. »Wir wollten gerade los.«

»Meinetwegen müsst ihr nicht gehen«, sagt Mom und meint damit: *Ja, ja genau das solltet ihr.*

»Hausaufgaben«, murmelt Henna und sammelt rasch ihre Sachen ein. Den Energydrink lässt sie auf dem Couchtisch stehen. Außen am Glas bilden sich bereits

Wassertropfen. Ich spüre, wie mein Herz jagt, weil ich schleunigst einen Untersetzer darunterstellen oder das Wasser wegwischen oder sonst etwas unternehmen muss.

Ein Glas mit einem Energydrink. Ein einziges Glas.

Mel, die bemerkt, wie ich das Glas anstarre, nimmt es und trinkt es aus, obwohl sie Lotusexxy regelrecht verabscheut.

Ich bedanke mich mit einem inständigen Blick bei ihr.

Während ich dasitze und nicht aus meiner Haut kann, sind Jared und Henna bereits zur Tür gegangen und winken zum Abschied. Die Tür schließt sich hinter ihnen. Jetzt ist die Familie unter sich. Umfangen in einer wärmenden Umarmung.

»Schlimm genug, dass ihr mit diesem Jungen befreundet seid …«, fängt Mom an.

Ich springe so schnell auf, dass sie mitten im Satz innehält. Ich ziehe nicht mal eine Jacke an, nehme nichts mit außer den Autoschlüsseln, die schon in meiner Hosentasche sind. Bevor Mom irgendetwas anderes tun kann, als mich entsetzt anzusehen, bin ich schon zur Tür hinausgerannt.

Vor dem Haus hole ich Jared und Henna ein. »Soll ich euch nach Hause fahren?«, frage ich.

Es dauert etwa drei Sekunden, bis ich Henna am Ende der Straße abgesetzt habe. Beim Aussteigen schenkt sie mir ein Dankeschön mit vollem Blickkontakt. Mein wahnsinniges, hoffnungsloses Hirn denkt sich wahnsinnige, hoffnungslose Sachen aus, die ich ihr sagen könnte, was ich natürlich nicht tue. Dann sind nur noch Jared und ich in meinem Auto. Sein eigenes steht noch vor unserem Haus. Ich fahre nicht zu ihm nach Hause, sondern in die entgegengesetzte Richtung.

Er sagt kein Wort.

Wir fahren, bis es zu dämmern anfängt. Es gibt viele Feldwege, die in die Wälder hinein- und wieder hinausführen, mehr als man zählen oder auf einer Karte aufführen kann. Man kann fahren und fahren und fahren und sieht nichts außer Wald und Feldern. Gelegentlich trifft man auf eine Kuh und ebenso gelegentlich auf einen Hirsch und noch gelegentlicher auf einen Elch (den heiligen Tierpatron der Immerwährenden Peinlichkeit; dem ich mich verbunden fühle, obwohl ich nicht katholisch bin, was Elche meiner Meinung nach wohl sind). Unterwegs ist immer wieder der Berg zu sehen, er ist in Licht getaucht, das ihn zuerst pink, dann blau färbt und ihn schließlich in Schatten hüllt, während er uns ständig im Blick hat.

Irgendwann halte ich an einem Wendeplatz vor einem Gletschersee. Der See ist groß, kristallklar und kalt wie der Tod.

»Ist es wegen Henna?«, fragt Jared.

»Nein«, sage ich in die Dunkelheit. »Na ja, irgendwie schon. Aber nicht nur. Und es sind auch nicht bloß meine Eltern.«

»Gut, denn das vorhin hat mir nichts ausgemacht. Die Abneigung zwischen mir und deiner Mutter ist gegenseitig.«

Ich starre in die unglaublich dunkle Nacht. In meinem Teil der Welt gibt es mehr Sterne als irgendwo sonst. »Noch viereinhalb Wochen.«

»Viereinhalb Wochen«, stimmt Jared zu. »Der Abschluss.«

Er wartet. Ich warte ebenfalls. Nach einer langen Minute schalte ich das Innenlicht an und zeige ihm meine Hände. »Was gibt es da zu sehen?«, fragt er.

Ich deute auf meine Fingerspitzen. Sie sind runzlig und aufgerissen. »Ekzeme.«

»Und?«

Ich schalte das Licht wieder aus. »Ich habe heute Morgen meine Hände siebzehn Mal gewaschen, nachdem ich vor der Geschichtsstunde pinkeln war.«

Jared atmet ganz, ganz tief aus. »Oh Mann.«

Ich schlucke. In der Stille klingt es laut. »Ich glaube, es fängt wieder an.«

»Das ist bestimmt nur der Druck«, versucht Jared mich zu trösten. »Die Abschlussprüfungen, deine offensichtlich unerwiderte Liebe zu Henna …«

»Sprich nicht von unerwidert.«

»… deine offensichtlich *unsichtbare* Liebe zu Henna …«

Ich versetze ihm einen Schlag gegen den Arm. Es ist freundschaftlich gemeint. Wieder herrscht Stille.

»Was, wenn ich verrückt werde?«, flüstere ich.

Ich spüre, wie Jared neben mir die Schultern zuckt. »Damit bringst du zumindest die Senatorin auf die Palme.«

Wir lachen. Ein bisschen.

»Du wirst nicht verrückt, Mikey«, sagt er zu mir. »Und falls doch, bin ich da und hole dich zurück.«

Bei seinen Worten fühle ich mich …

Okay, hör zu, Jared steht auf Kerle. Das wissen wir alle, er hat es uns selbst gesagt, obwohl er noch nie offiziell einen Freund hatte (wen zum Teufel sollte er hier draußen auch kennenlernen, wenn er nicht gerade eine Vorliebe für schrullige alte Farmer entwickelt). Er spricht nie darüber und auch nicht davon, was er an den Wochenendabenden macht, an denen er offensichtlich nicht arbeitet und trotzdem behauptet, er könne nicht mitkommen, wenn wir etwas unternehmen. Zugegeben, er und ich haben ein paarmal rumgemacht, wir sind ja schließlich zusammen aufgewachsen. Obwohl ich eigentlich auf Mädchen stehe, obwohl ich eigentlich auf *Henna* stehe. Ein hormongesteuerter Teenager würde es sogar mit einem Baumstamm treiben, wenn sonst nichts anderes zur Verfügung steht. Du darfst das nicht falsch verstehen, wenn ich dir jetzt sage, dass ich genau drei Menschen auf dieser Welt liebe, nicht gerechnet die Sache mit Henna.

Drei Menschen. Mel. Meredith. Und die dritte Person ist weder Mom noch Dad.

»Willst du allen Ernstes mit mir übers Verrücktsein sprechen?«, fragt Jared.

»Ja«, erwidere ich. »Ja, schon gut.«

In dieser Welt gibt es so viel Verrücktes, im Vergleich dazu sind meine Zählerei und das Händewaschen und das Türenverschließen und das Überprüfen und Anfassenmüssen geradezu ein Inbegriff geistiger Gesundheit. Jareds Verrücktheit ist viel verrückter als meine, obwohl ich bezweifle, dass er sich deshalb nachts im Bett hin und her wälzt und darüber nachdenkt, ob es nicht einfacher wäre, wenn er …

Du weißt schon.

Und falls nicht, dann willst du es auch nicht wissen.

»Da draußen ist ein Berglöwe«, sagt Jared und sieht zum Fenster hinaus.

Ich seufze. »Irgendwo da draußen ist immer ein Berglöwe.«

Das dritte Kapitel, *in welchem die Leiche von Indie Kid Finn aufgefunden wird; Satchel – die schon einmal ein Date mit Finn hatte – bittet Dylan und einen anderen Indie-Jungen, der ebenfalls Finn heißt, die Schule zu schwänzen und mit ihr zusammen ihren Alkoholiker-Onkel auszufragen, der leitender Polizeibeamter bei der Ermittlung dieses Todesfalls ist; währenddessen ist der Bote in neuer Gestalt längst mitten unter ihnen.*

Unsere Stadt ist so wie deine Stadt. Schulen, Restaurants, jede Menge Autos. Es gibt eine Reihe von großen Kirchen auf engstem Raum, die alles daransetzen, sich nur unwesentlich von den Restaurants zu unterscheiden, weil die Rettung des Seelenheils anscheinend ebenso leicht zu ordern ist wie ein paar Chickenwings. Wir haben Feuerwachen mit Schildern, auf denen steht, wann die Brandsaison beginnt und endet. Wir haben Polizeiwachen mit Schildern, auf denen steht, dass man sich anschnallen soll. Wir haben Holzlager mit Schildern, auf denen zornige, rechtsgerichtete Parolen stehen. Wir haben Campingplätze, Banken, einen Walmart, zwei Multiplexe.

Wir haben Bäume. Massenhaft Bäume. Überhaupt war hier früher nur Wald.

Ja, was soll's, unser Stadtteil hat deutlich mehr Bäume als Multiplexe, aber das ist noch lange kein Grund, auf uns herabzusehen. In unserer Gegend ist es genauso schlimm gewesen wie bei euch, damals, als die Indie Kids die Untoten bekämpft haben (ich war zu der Zeit gerade erst geboren, daher weiß ich es nur von meinem Onkel Rick, der nicht mehr sehr oft zu uns eingeladen wird). Und bei uns gab es ebenso viel Kummer wie bei euch, als acht Jahre später eine neue Generation Indie Kids gegen die Seelenfresser antrat (das war das Jahr, als sie die Highschool in die Luft jagten – ein bis dahin unbekanntes Exorzismusritual). Davon, dass die Indie Kids sich vor ein paar Jahren zuerst in die Vampire verliebt und sie dann besiegt haben, will ich gar nicht erst reden. Hennas älterer Bruder Teemu hat sich in die Sache reinziehen lassen und eines Tages war er spurlos verschwunden. Seither hat ihn niemand mehr gesehen, nur hin und wieder schreibt er E-Mails. Immer nur bei Nacht.

Die Menschen hier haben sogar die gleichen *Träume* wie die in deiner Stadt. Wir haben die gleichen Sehnsüchte, die gleichen Wünsche. Wir sind genauso verkorkst und mutig und verlogen und loyal und falsch und gut wie irgendjemand sonst. Weder in meiner Familie noch in meinem Freundeskreis gibt es einen *Erwählten* oder einen *Gesandten des Friedens* oder wie zum Teufel sie beim nächsten Mal heißen werden. Aber es gibt eindeutig mehr Leute wie mich als Indie Kids mit ungewöhnlichen Namen und schicksalhaften Bestimmungen. (Um fair zu sein, muss man sagen, dass sie oft ganz nett sind, diese Indie Kids … Aber sie stecken eben immer zusammen als ein verschworener Clan.)

Ich für meinen Teil will nur meinen Abschluss machen. Und einen letzten Sommer mit meinen Freunden verbringen. Und danach aufs College gehen. Und Henna (mehr als nur) küssen, und das mehr als einmal. Und dann herausfinden, was das Leben noch mit mir vorhat.

Willst du das nicht auch?

»Hast du Ärger gekriegt?«, fragt Jared am nächsten Morgen, als wir in Mathe in der hintersten Reihe sitzen. In diesem Kurs hat er schon so viele Extrapunkte gesammelt, dass er die Abschlussprüfung sausen lassen könnte und trotzdem noch die Bestnote bekommen würde.

»Nein, nur den wöchentlichen Vortrag darüber, dass eine vereinte Familie für sie im Wahljahr noch wichtiger ist als sonst, bla, bla, bla.« Ich sehe ihn von der Seite an. »Dein Name ist auch gefallen.«

Er grinst. »Darauf hätt ich wetten können.«

Die Schulglocke läutet bereits, als die Tür noch einmal aufgeht und Nathan hereinspaziert.

»Sorry«, sagt er und lächelt Mrs Johnson, unsere Mathelehrerin, strahlend an. Sie ist eine ziemlich clevere, witzige, ältere Lesbe und sein Lächeln dürfte eigentlich nicht die geringste Wirkung auf sie haben. Aber irgendwie funktioniert es trotzdem.

Ich zähle die vier Ecken meines Tisches. Sieben Mal.

»Hey, Kumpel«, flüstert Jared. »Das ist doch nur ein ganz normaler Typ, nicht der Teufel höchstpersönlich.«

»Henna mag ihn.«

»Sie findet, dass er gut aussieht. Und das tut er auch.«

Ich höre auf zu zählen.

»So ist es nun mal«, sagt Jared schulterzuckend. »Ich stelle lediglich Tatsachen fest.«

»Ja, aber was bringt jemanden dazu, auf eine neue Schule zu wechseln, und das fünf Wochen vor …«

Die Sprechanlage knistert. *Darf ich um eure Aufmerksamkeit bitten und so weiter,* meldet sich unser Schulleiter zu Wort. Er ist Frankokanadier, und egal was er sagt, er klingt immer so, als würde er jeden Augenblick vor Langeweile sterben. *Ich habe beunruhigende und traurige Nachrichten, von denen zweifellos einige von euch bereits aus den sozialen Medien erfahren haben. Es tut mir leid, euch mitteilen zu müssen, dass heute Morgen Finn Brinkmann, ein Schüler unserer Abschlussklasse, leblos aufgefunden wurde. Bisher gibt es noch keine Hinweise auf die Todesursache, aber wir möchten alle Schüler auffordern, besondere Vorsicht walten zu lassen, nicht alleine unterwegs zu sein und den Behörden alles zu melden, was verdächtig erscheint. Im Sekretariat steht ein Betreuer zur Verfügung, falls irgendjemand das in Anspruch nehmen will oder so.*

Im Klassenzimmer herrscht Stille. Ich wende mich zu Jared. Ich weiß, er denkt das Gleiche wie ich.

»Wir sollten es jemandem sagen«, flüstere ich.

»Jep«, sagt er. »Aber das wird nichts helfen.«

Nein. Wahrscheinlich nicht.

»Tja, der Vormittag war reinste Zeitverschwendung«, stellt Mel fest, als wir uns zum Lunch treffen. Wir haben das Privileg der Oberstufenschüler genutzt und uns alle in mein Auto gequetscht, um zum mexikanischen Fast-Food-Restaurant auf der anderen Seite des Hügels zu fahren. Wir hatten Glück, dass wir überhaupt noch in die Mittagspause gehen konnten.

Zuvor waren wir gemeinsam ins Büro des stellvertretenden Schulleiters marschiert, der wie alle stellvertretenden Schulleiter ein geborener Nazi ist. Nachdem wir ihm von dem gestrigen Vorfall berichtet hatten, rief er *einen* Polizisten herbei, und der hatte 'ne Fahne wie mein Vater abends. Der Polizist war entschlossen, uns kein Wort zu glauben, als wir ihm erzählten, wie Finn über das Feld gerannt war, gefolgt von einem leuchtenden Mädchen, und dass eine blaue Lichtsäule über dem Wald aufgestiegen und dann wieder erloschen war. Das Ganze lief darauf hinaus, dass er uns anbrüllte, wir würden seine Zeit verschwenden.

Okay, also gut, Finns Leiche wurde nicht in der Nähe

des Felds gefunden, aber ich kann nicht glauben, was Leute alles *nicht* glauben wollen. Oder wovor Leute die Augen verschließen. Ich war in der Achten, als die Vampire kamen. Sogar als die ersten Leute starben, als Leute verschwanden und nie wieder auftauchten, sogar als es so offensichtlich wurde, dass man auf jemanden deuten und sagen konnte: »Das ist ein Vampir«, begriffen die meisten – die meisten *Erwachsenen* – immer noch nicht, was los war.

Was passiert, wenn man älter wird? *Vergisst* man einfach alles, was vor dem achtzehnten Geburtstag war? *Will* man es vergessen? Ich meine, der Polizist war in einem Alter, dass er die Sache mit den Seelenfressern noch als Teenager miterlebt haben musste. Verdrängt er einfach alles? Redet er sich ein, dass nichts davon passiert sein kann? Macht er sich selbst vor, dass es sich um ein Virus gehandelt hat und dass die Explosion in der alten Highschool auf eine defekte Gasleitung zurückzuführen ist? Oder hält er das, was ihm passiert war, für so außerordentlich, so lebensverändernd, so erschütternd und erstaunlich, dass es keine Wiederholung der Ereignisse geben kann?

Nicht alle Erwachsenen sind so, das ist mir klar, trotzdem: Wir hatten jemanden gesehen, der wenig später tot war, und dieser angetrunkene Polizist weiß nichts Besseres zu tun, als uns mit Arrest zu drohen?

Ernsthaft. Erwachsene. Wie kommen die eigentlich in unserer Welt zurecht?

(Vielleicht genau so, wie sie tatsächlich leben).

»Habe ich euch nicht gleich gesagt, dass wir uns die Mühe sparen können?«, seufzt Henna, die nah bei mir sitzt und sich nichts dabei denkt. »Als Teemu verschwunden ist, hat die Polizei keinen Finger krumm gemacht. Er sei alt genug, um seine eigenen Entscheidungen zu treffen, hieß es nur.«

»Wenigstens hört ihr noch gelegentlich von ihm«, sagt Mel sanft.

Henna schüttelt den Kopf, und sie hat recht, denn was nützt das schon? »Das ist wahrscheinlich der Grund, warum Mom und Dad andauernd diese Missionsreisen unternehmen. Sie versuchen, mit bloßen Händen ein bisschen Dunkelheit aus dieser Welt zu schaffen.«

So, wie sie das sagt, hört es sich sowohl beeindruckend als auch nach einer sehr, sehr traurigen Zeitverschwendung an. Eine Spur von Mitleid ist auch dabei. Immerhin haben sie ihren Sohn verloren. Die Silvennoinens sind genauso kompliziert wie jede andere Familie. Oder sogar noch mehr, wenn man versucht, ihren Namen auszusprechen.

Ich berühre die spitzen Ecken der gebackenen Tortillaschale mit Taco-Füllung. Es sind zwölf Ecken, wie die Ziffern einer Uhr, und das mag ich, daher muss ich nur einmal zählen. Ich werfe einen Blick auf Mels Teller. Sie hat etwas Salat mit leichtem Hühnerfleisch, das ist in Ordnung, außerdem habe ich mitbekommen, wie sie eine Cola light bestellt hat, und das ist ebenfalls gut. Sie hasst es, wenn man ihr beim Essen zuschaut, deshalb blicke ich betont weg, genau wie Henna und Jared.

»Hoffentlich dauert das, was hier vor sich geht, nicht bis zu den Abschlussprüfungen …«, sagt Jared.

»Seltsame Sache mit dem toten Jungen, was?«, fragt jemand dazwischen.

Nathan steht mit einem Tablett vor uns. Zu meiner Überraschung scheint er wirklich nervös zu sein.

»Hey«, ruft Henna, etwas zu begeistert. »Willst du dich zu uns setzen?«

Mel und Jared rutschen zusammen, um Platz zu machen, sodass ich ihm gegenübersitze. *Hurra.* »Ich glaube, wir kennen uns noch gar nicht«, sagt er zu mir. »Nathan.«

»Ich weiß, wer du bist«, antworte ich, schüttele aber trotzdem seine Hand. *So* unhöflich bin ich dann doch nicht.

»Dieser Typ, der gestorben ist …«, beginnt Nathan, und seine Augen sind bei der Frage unnatürlich groß. »Kannte ihn einer von euch?«

»Er war ein Indie Kid«, sagt Mel. »Also nein, nicht wirklich.«

Nathan starrt auf seine Enchilada. Henna und Jared beobachten ihn unverhohlen. Mel nutzt die Gelegenheit, um noch etwas Hühnerfleisch zu essen. Auch ich sehe Nathan neugierig an. Mir ist schleierhaft, was Henna an ihm findet. Er hat diese Frisur, bei der die Haare so dämlich nach vorne fallen, dass es aussieht, als würden sie sein Hirn auffressen. Er trägt Kleider in einem nichtssagenden verwaschenen Blau. Seine Augen sind dunkel genug, um als schwarz durchzugehen, und wenn er sein Haar zurückstreicht, sieht man seine vernarbten Ohrläppchen, wo er früher ganz offensichtlich Tunnelohrringe hatte, bevor das Loch später wieder zugenäht wurde.

Idiot. Blödmann. Ich hasse dich.

»Und du kommst aus Tulsa?«, fragt Henna. Ich mache mich über mein Essen her.

»Ja«, sagt Nathan mit dem Anflug eines Lächelns. »Und davor war ich in Portland. Und davor in Fort Knox, Tennessee –«

»Hast du einen Army-Dad?«, fragt Jared.

»Eine Army-Mom«, antwortet Nathan. »Dad ist in Florida geblieben. Danach sind wir noch fünfmal umgezogen.«

»Das muss ätzend sein«, sage ich wie nebenbei. »Fünf Wochen vor dem Abschluss die Schule zu wechseln.«

Er fährt mit der Hand durch seinen Haarmopp. »Ein bisschen«, sagt er, was so viel heißt wie *total.* »Und dann stirbt bereits in meiner ersten Woche hier ein Schüler.« Er blickt in die Runde. »Was natürlich kein bisschen verdächtig ist.«

Er lächelt. Die anderen lachen. »Aber im Ernst«, sagt er etwas leiser. »Ich hoffe, diesmal wird es nicht ganz so schlimm.«

Mein Handy summt und zwei Sekunden später summt auch das von Mel. Wir schauen beide nach.

BOLTSOFFIREBOLTSOFFIREBOLTSOFFIRE!!!!! KOMMEN IN DIE STADT!!!! WENN ICH NICHT HINDARF, STERBE ICH. BITTE ÜBERREDET MOM! BITTEBITTEBITTEBITTEBITTEBITTEBITTE!!!!!! Hab dich lieb, Meredith.

»Das kann nicht sein«, sage ich und zeige den anderen die Nachricht. »*Bolts of Fire?* Auf unserem lausigen, kleinen Jahrmarkt?«

»Doch«, sagt Henna. »Ich habe es im Internet gelesen. Die Band kommt, weil es der Herzenswunsch eines krebskranken kleinen Mädchens ist oder so.«

Nathan starrt uns an. »Ihr seid doch nicht etwa ... *Fans* von denen?«

»Tja, und wennschon«, sage ich später am Abend und lege eine Extraportion Käsetoast auf den Teller für die richtig, richtig fette Familie an Tisch zwei. »Dann sieht er eben gut aus.«

»Nett ist er auch«, sagt Jared und klatscht Petersilie auf die servierfertigen Teller. »Und ein bisschen tragisch.«

»Und neu.« Ich wuchte die Teller auf mein Tablett. Jared macht das Gleiche für seine Tische. »Dagegen komme ich nicht an, oder?«

»Du hast dieselben Chancen wie immer, mein Freund«, sagt Jared und verschwindet in seiner Hälfte des Restaurants. Wir arbeiten im *Grillers*, einem Steakhouse fürs billige Rendezvous. Es ist ein Restaurant, in dem man All-you-can-eat-Shrimps, All-you-can-eat-Fritten und All-you-can-eat-Käsetoast bekommt, wobei ich zugeben muss, dass der Käsetoast richtig gut ist. Das Restaurant ist so alt, dass es noch in zwei Hälften für Raucher und Nichtraucher geteilt ist. Inzwischen herrscht überall Rauchverbot, aber für die Aufteilung beim Bedienen ist es ganz praktisch so.

Es ist Dienstag. Und es ist kaum was los. Jared und ich schmeißen den ganzen Laden allein.

»Weißt du«, sagt er, als wir uns am Kellnerinnenwagen treffen (wir nennen ihn immer so, auch wenn heute Abend nur wir beide da sind). »Die Sache mit Henna und dir ging doch erst los, *nachdem* sie mit Tony zusammengekommen war. Sie wird nach Afrika verschwinden, sobald sie den Schulabschluss hat. Und ausgerechnet jetzt erscheint *Nathan* auf der Bildfläche. Sie ist Single. Und *du* bist immer noch dabei, deinen Mut zusammenzunehmen.« Er schnappt sich eine Fritte vom Teller. »Ist dir schon mal der Gedanke gekommen, dass du sie nur deshalb gernhast, weil immer irgendjemand verhindert, dass ihr euch näherkommt?«

»Der Gedanke beschäftigt mich andauernd.«

»Sieben will mehr Himbeerlimonade«, sagt Tina, unsere Chefin. Sie beugt sich über den Kellnerinnenwagen und stellt die zwei Kaffeekannen ab, mit der sie die Runde gemacht hat, um an den Tischen nachzufüllen, dann schnappt sie sich einen Käsetoast von einem meiner Teller. »Jede Wette, sie mischen Crack in das Zeug hinein«, sagt sie kauend.

Ich serviere die Teller, hole drei Gläser Himbeerlimonade für Tisch sieben und schaffe genug Käsetoast herbei, um die Weltbevölkerung satt zu kriegen. Das *Grillers* ist ein lautes, gut laufendes Restaurant, die Leute geben zwar wenig Trinkgeld, aber die Menge macht es wett. Es ist ein toller Job. Er sorgt dafür, dass ich genug Benzin im Auto habe. Und dafür, dass ich von zu Hause wegkomme. Außerdem habe ich die meisten Schichten zusammen mit Jared. Ich hatte echt Glück. Mel sitzt in einem 24-Stunden-Drugstore an der Kasse und muss sich mit Meth-Junkies herumschlagen, die nicht einmal wissen, welches Jahr wir haben. Henna schenkt in einem Drive-in Kaffee aus, wo es nicht einmal eine Toilette gibt.

Ich habe einen tollen Job. Ich habe Glück gehabt. Ich habe einen tollen Job.

(Aber hast du eine Ahnung, wie dreckig Restaurants sind?)

Die Schicht hat kaum angefangen, da wasche ich bereits meine Hände. Fünf Stunden später, als sie zu Ende geht, wasche ich sie fast alle zwei Minuten, aber es scheint nicht genug zu sein, erst recht nachdem ich einen der Schwämme angefasst habe, mit denen wir nach Ladenschluss immer die Ritzen in den Sitznischen sauber machen.

»Hundertfünfunddreißig.« Jared sitzt auf den Stufen des Lagerraums und zählt sein Geld. »Hundertsechsunddreißig Dollar und … zweiundsiebzig Cent.« Er schiebt die Scheine zu einem ordentlichen Häufchen zusammen und steckt sie in die Tasche seiner Arbeitskleidung aus

Polyester. »Nicht schlecht für einen Dienstag.« Er sieht zu mir herüber. Ich stehe am Waschbecken im Küchendurchgang. »Wie sieht's bei dir aus?«

»Hundertsiebzehn glatt«, sage ich und spüle die Seife ab. Ich lasse das Wasser laufen. Heute Abend habe ich meine Hände so oft gewaschen, dass zwei Fingerkuppen meiner rechten Hand aufgescheuert sind und schon angefangen haben zu bluten. Von den Fingerspitzen bis zum Handgelenk juckt und brennt meine Haut, weil ich das letzte bisschen an natürlichem Schutzfilm abgeschrubbt habe. Ich balle die Hände zu Fäusten, um den Schmerz auszuhalten.

Dann drücke ich etwas Flüssigseife aus dem Spender und fange von vorne an.

»Ihr Glücklichen«, sagt Tina aus dem Chefbüro, das kaum größer als ein Besenschrank ist. Die Tür steht offen, sie sitzt praktisch dirckt neben Jared. Sie hat die Wange auf die Tastatur gelegt und ihr blondes Haar ergießt sich über den Tisch. »Ihr seid so jung. Ihr seid so glücklich und *jung*.«

»Du bist erst achtundzwanzig«, sagt Jared.

»Ich *weiß«,* stöhnt Tina.

Jared wirft mir einen fragenden Blick zu, während ich erneut meine Hände wasche. »Erzähl Onkel Jared, wo's diesmal brennt, Tina.«

Das Gesicht immer noch auf der Tastatur, sieht Tina ihn finster an. Aber sie antwortet. »Ich fürchte, Ronald betrügt mich.«

»Mit *wem?*« Jareds Stimme klingt einen Hauch zu überrascht.

»Hey!«, sagt Tina. »Ronald ist attraktiv!« Sie zögert. »Vielleicht ein bisschen *klein,* aber …«

Ronald, der jeden Samstagnachmittag zu einem kostenlosen Mittagessen auftaucht, reicht Tina etwa bis an die Schulter. Und Jared bis an den Gürtel.

Und das ist nur leicht übertrieben.

»Ist das die Rache, weil du etwas mit Harvey, dem Koch, laufen hattest?«, fragt Jared.

Tina setzt sich auf. Die viereckigen Abdrücke der Tasten zeichnen sich auf ihrer Wange ab. »Kann sein.«

Ich drücke noch etwas mehr Seife auf meine Hände. Meine Brust zieht sich zusammen und meine Augen füllen sich mit Tränen. Ich *koche* vor Wut auf mich selbst.

Dennoch wasche ich die Seife ab und fange von vorne an.

»Er kommt wieder zurück«, sagt Jared und steht auf. »Das tut er immer. Genau wie du.«

»Er ist ja gar nicht *weggegangen*«, wendet Tina ein, während sie den Safe abschließt und ihre Handtasche nimmt. »Das ist ja das Problem. Wenn er weggegangen wäre, könnte ich wenigstens das Haus sauber machen, bevor er wieder zurückkommt.« Sie schaltet das Licht im Büro aus. »Wusstet ihr, dass er tatsächlich einmal einen tiefgefrorenen Truthahn verlegt hat? Und das noch nicht mal in der Küche.«

»Mm-hmm«, brummt Jared, sieht dabei aber mich an.

»Seid ihr fertig?«, fragt Tina und sperrt die Bürotür ab.

»So gut wie«, sage ich und hoffe, dass sie das Zittern in meiner Stimme nicht hört.

Sie merkt nichts. »Gut. Ich schalte jetzt die Alarmanlage ein und dann nichts wie weg.« Sie geht am Kühlraum vorbei in den Schankraum, wo sich der Alarmschalter befindet.

Mit zwei Schritten ist Jared hinter mir. Er legt seine größeren, längeren und stärkeren Arme um mich und drückt meine Arme an meine Seite. Er schließt mich mit seiner Bärenumarmung ein, hebt mich hoch und trägt mich vom Waschbecken weg. Eine Sekunde lang hält er mich fest, sodass meine Füße ein paar Zentimeter über dem Boden schweben. Keiner sagt ein Wort. Ich spüre seine Stirn an meinem Hinterkopf und seinen Atem in meinem Nacken. Ich bin nicht gerade klein, aber ich bin dünn und schlaksig, während Jared riesig, lang und breit und einfach nur groß, groß, groß ist.

Zum Glück ist er kein Fiesling, sonst würde er die ganze Schule terrorisieren.

»Okay?«, fragt er nach einer Minute leise.

»Okay«, flüstere ich und schlucke den Riesenklumpen in meinem Hals hinunter.

Er setzt mich ab und lässt mich langsam und sanft, wie es seine Art ist, wieder los. Ich rühre mich nicht vom Fleck. Er geht um mich herum, dreht das Wasser ab und reicht mir ein paar Papiertücher. Ich zucke unwillkürlich zusammen, als ich sie nehme und Blut auf das weiße Papier tropft.

Tina kommt gähnend zu uns zurück. Mit ihrem langen falschen Fingernagel kratzt sie sich am Kopf. »Ich frage mich, was Harvey, der Koch, zurzeit so macht«, überlegt sie laut.

Jared fährt mich nach Hause und sieht mich unterwegs immer wieder von der Seite an. Für einen so großen Kerl hat er ein lächerlich kleines (und altes) Auto. Aber das ist typisch für ihn und seinen Dad. Außerdem schwimmen sie nicht gerade in Geld.

Trotzdem sind sie glücklich. Sein Dad ist der netteste Erwachsene, den ich kenne.

»Es ist wieder schlimm geworden«, sagt Jared, während wir tiefer in den Wald hineinfahren. Es ist keine Frage, sondern eine Feststellung.

»Ich weiß«, sage ich. »In letzter Zeit stecke ich in diesen … *Endlosschleifen* fest, und es wird von Mal zu Mal schwerer, wieder herauszufinden.«

»Obwohl es wehtut?«

»Obwohl ich weiß, dass es dumm ist. Zu wissen, dass es dumm ist, zu wissen, dass ich meine Hände gottverdammte hundert Mal gewaschen habe, macht es noch schlimmer. Es zu wissen und es trotzdem zu tun, ist wie …«

Ich beende den Satz nicht. Wir fahren eine Weile schweigend weiter.

»Deine bescheuerten Eltern, Mann«, sagt Jared leise,

dann fährt er lauter fort: »Wenn du mal von zu Hause wegmusst, Mikey. Es ist mir egal, wie sauer sie werden oder welche Auswirkungen es auf die dämliche Karriere deiner Mutter hat ...«

»Danke.«

»Ich meine es ernst.«

»Ich weiß.«

Er schlägt mit den Fäusten aufs Lenkrad. Dass er sich meinetwegen so aufregt, macht mich verlegen.

Aber so ist Jared eben.

»Noch viereinhalb Wochen«, sagt er.

Das vierte Kapitel, *in welchem Satchel und Dylan in einem Café bei unaufdringlicher Livemusik sitzen und darüber sprechen, was Satchels Onkel ihnen anvertraut hat; Dylan erklärt Satchel, dass jeder, der Augen im Kopf hat, sehen kann, dass der zweite Finn etwas für sie empfindet; Satchel begreift nicht, dass Dylan ihr auf diese Weise zu verstehen geben will, dass auch er Gefühle für sie hegt; später unterbreitet der Bote der Unsterblichen Indie Kid Kerouac ein überraschendes Angebot.*

Okay, hör zu, ich muss einiges klarstellen. Ich wünschte, dem wäre nicht so, aber es geht nicht anders. Es ist nichts, was mich oder die Menschen, die ich liebe, definiert, okay? Es ist einfach so. Das Leben geht trotzdem weiter.

Aber du sollst es wissen.

Also.

Vor vier Jahren, als ich dreizehn und meine Schwester vierzehn war, hatte sie einen Herzanfall. Ausgelöst wurde er durch Herzrhythmusstörungen, die wiederum daher rührten, dass Mel sich zu Tode hungerte.

Im Krankenwagen, auf dem Weg in die Klinik, starb sie. Man konnte sie wiederbeleben, sonst wäre sie ja nicht hier, aber Tatsache ist, dass sie für drei oder vier Minuten tot war und wir sie verloren hatten. Sie behauptet, sie könne sich an nichts erinnern, weder an Lichter noch an Tunnel noch an Engel oder alte Verwandte oder einen Labrador mit Stacheln im Gesicht, die ihr auf der Reise ins Jenseits zur Seite gestanden hätten. Merkwürdigerweise kann sie sich auch nicht an das Gegenteil erinnern. Weder an das Nichts noch an eine große Leere noch an das Vergessen. Ihre Erinnerungen hören vor dem Herzanfall auf und setzen erst wieder mit dem Krankenhaus ein.

»Wünschst du dir nicht manchmal, du hättest einiges im Gedächtnis behalten?«, habe ich sie einmal gefragt.

Daraufhin hat sie mich angesehen, als hätte ich ihr vorgeschlagen, ein Entenküken zu ermorden. »Kein bisschen.«

Wie es damals um unsere Familie stand? Mom hatte einen Sitz im Senat der Vereinigten Staaten und kandidierte für den Posten der Vizegouverneurin. Ich nehme mal an, dass dein Interesse an Politik auf staatlicher und lokaler Ebene wie bei den meisten Menschen wenig bis gar nicht vorhanden ist. Es reicht, wenn du weißt, dass diese Sache für Mom ein Riesending war, auch wenn sie sich natürlich bescheiden gab. Sie hatte es fast drei Jahre lang geplant, bedeutend länger, als das anscheinend bei den anderen Kandidaten der Fall war. Im Vorfeld der parteiinternen Vorwahlen wurden wir andauernd fotografiert.

Denn waren wir nicht alle perfekt und hinreißend? Waren die Mitchells nicht genau das, was der Staat brauchte? Man musste uns nur ansehen, mit unserem strahlenden, aber keineswegs einschüchternden Lächeln. Unsere Frisuren sprachen von dem Wohlstand der Mittelklasse, waren aber nicht (viel) schicker als die des Durchschnittsbürgers. Mit dem modernen Ehemann, der seiner Frau eine unglaublich große Stütze war, konnte man als Politikerin gut Extrapunkte sammeln. Dazu die zwei älteren Kinder mit höflichen Umgangsformen und guten Noten und die niedliche kleine Meredith, aufgeweckt und witzig wie die Heldin aus einem Disneyfilm. War eine Vizegouverneurin Alice Mitchell nicht beste Freundin und bescheidene Staatsdienerin in einer Person, während sie schon einmal bereitstand für den Fall, dass der Gouverneur starb?

Das Problem war nur, dass kaum einer sie kannte, so gut wie kein Geld für eine Kampagne zur Verfügung stand und die Umfragen sie auf einem sicheren, aber weit abgeschlagenen vierten Platz in der Vorwahl sahen.

Es war nicht Mom, die Mel zu verstehen gab, dass sie auf manchen Pressefotos »etwas dick« aussah; es war Moms Einmal-im-Monat-Wahlkampfberater, ein kettenrauchender Bart namens Malcom. Malcom sprach es laut aus, und meine Mom machte keine Anstalten, ihn zu feuern.

Reichte das als Grund, um mit dem Essen aufzuhören? Vielleicht. Aber unsere Familie war auch schon davor nicht gerade ein Musterbeispiel bester geistiger Verfassung gewesen. Zum einen waren wir nicht annähernd so wohlhabend, wie es den Anschein hatte, weil mein Dad immer noch Geld zurückzahlte, das er meinem Onkel Rick unterschlagen hatte, als er noch der Vertriebsleiter in seinem Autohaus gewesen war. Dad hatte vor Ricks Augen geklaut, und zwar die gesamte Summe, die das Haus kostete, in dem wir immer noch wohnen. Er hätte eigentlich verhaftet werden müssen. Er hätte eigentlich in den Knast gehen müssen.

Aber Rick ist der Bruder meiner Mutter, und es war das Jahr, in dem sie versuchte, vom Repräsentantenhaus in den Senat zu kommen. Ein derartiger Skandal hätte das Ende ihrer politischen Karriere bedeutet. Deshalb blieben sie und mein Dad nicht nur verheiratet, sondern sie schaffte es sogar, Rick zu überreden, die ganze Sache unter den Teppich zu kehren und – ist das zu fassen? – meinen Dad nicht zu feuern. Natürlich hat er keinen Zugriff mehr auf Konten, aber er verkauft weiterhin Autos, bis er irgendwann einmal das ganze Geld einschließlich Zinsen zurückgezahlt hat. Womit er vermutlich bis zur Rente beschäftigt sein wird. Wie gesagt, Onkel Rick kommt nicht mehr sehr oft zu uns.

Damals standen wir Tag für Tag kurz davor, alles zu verlieren: Geld, Karriere, Haus, unseren Vater. Und währenddessen taten wir so, als wären wir die Heile-Welt-

Familie einer vielversprechenden Politikerin. Mein Dad trank täglich (das war schon immer so und ist es auch jetzt noch), meine Mom stürzte sich in politischen Aktionismus, und Mikey Mitchell – der Erzähler dieser Geschichte, wie ich in aller Bescheidenheit sagen darf – stand unter so großer Anspannung, dass er zum ersten Mal in zwanghafte Endlosschleifen hineingeriet. Ich zählte und zählte (und zählte und zählte) die Utensilien in meinem Fach im Kunstunterricht der sechsten Klasse. Ich trieb unsere arme Hündin Martha in den Wahnsinn (vor ihrem Stachelschweintod natürlich), indem ich mit ihr denselben Streckenabschnitt vier Dutzend Mal entlangging, weil ich das Gefühl hatte, es nie »richtig« gemacht zu haben, wobei ich nicht genau hätte sagen können, was »richtig« war. Sie schickten mich zu einer Psychiaterin namens Dr. Luther und ich bekam Medikamente. Das war alles, bevor Mom den Entschluss fasste, dem Ganzen eins draufzusetzen, indem sie sich für eine noch höhere Position bewarb.

Ich will damit nur sagen, dass die Umstände in unserer Familie einen echten Nährboden für zunehmenden Wahnsinn bieten. Meine Schwester hatte nur das Pech, eine besonders miese Art dieses Wahnsinns abzubekommen.

Eine, die sie umbrachte.

Auch die Kampagne meiner Mom war damit gestorben. Malcom versuchte, die Presse auf Abstand zu halten (damals fingen die Vampir-Romanzen an, es gab also genug »geheimnisvolle« Tote unter den Indie Kids, über die es sich zu schreiben lohnte). Trotzdem führte es dazu, dass meine Mutter ihre Kandidatur zurückzog, um ihre Tochter »in einer Krise zu unterstützen, die in *jeder* Familie vorkommen kann«.

Wir fingen mit der sogenannten *FT* an, einer Familientherapie, bei der wir uns als Kraftquelle für Mel erweisen sollten und nicht als Ursache ihres Problems. Eine Zeit lang klappte das sogar. Mom stellte einen abgestuften Essensplan auf, den Mel nach einer Weile auch akzeptierte. Meredith und ich bekamen Anweisungen, wie wir wertfrei von Essen und Mels Krankheit sprechen sollten, an die wir uns auch eifrig hielten. Der Gedanke, Mel zu verlieren, jagte uns solche Angst ein, dass wir sogar unsere Kleider verbrannt hätten, wenn es irgendwas genützt hätte. Selbst Dad trank nicht mehr ganz so viel.

Und Mel ging es tatsächlich besser. Sie nahm etwas zu, nicht sehr viel, aber genug, um wieder auf die Beine zu kommen. Es dauerte eine Weile, sogar mehr als ein Jahr, weshalb wir jetzt beide in der Abschlussklasse sind, obwohl Mel schon mit der Schule fertig sein müsste. Sie stand es durch, und als sie wieder in die Schule zurückkehrte, machte keiner einen großen Wirbel drum. Seit wir alle in dieselben Klassen gehen, sind Mel und Henna enge Freundinnen geworden. Mom ist wieder in den Senat zurückgekehrt. Ein anderer Kandidat gewann die Vorwahlen für das Amt des Vizegouverneurs und wurde in der Folge vom Amtsinhaber bei der Wahl vernichtend geschlagen. Seither findet Mom, dass sich die Pleite »als

Segen erwiesen habe«, und wenn sie das sagt, hat sie immer einen entschlossenen, geistesabwesenden Blick. Ich habe meine Therapie bei Dr. Luther abgebrochen und aufgehört, Medikamente gegen Angstzustände einzunehmen. Alles schien wieder in normalen Bahnen zu verlaufen.

Und genau das, schätze ich, ist das Problem. Mit einer *kranken* Mel kamen meine Eltern zurecht. Aber nicht mit einer Mel, der es besser geht. Ich verbrachte ungefähr achthundert sorgenvolle Stunden damit, im Internet nach Informationen zu suchen, und erklärte ihnen dann, dass fast neunzig Prozent aller Magersüchtigen sich wieder erholen. Im Lauf der Zeit fingen sie an, es ihrer Tochter übel zu nehmen, dass sie nur dasaß und gesund war, obwohl sie doch so viel für sie aufgegeben hatten. Aber mittlerweile braucht sie keine Aufopferung mehr, falls sie die je *wirklich* gebraucht hat. (Sie hatte sie gebraucht. Wir hätten sie verlieren können. *Ich* hätte sie verlieren können. Und was dann?)

Mom machte immer häufiger vage Andeutungen über verpasste Gelegenheiten, und sie kam auch nicht mehr zu den FT-Sitzungen, weil sie im Kapitol Wichtiges zu tun hatte. Vier Monate früher als geplant überließ sie Mel die Kontrolle über ihre Ernährung. Mel fragte mich, ob ich ihr dabei helfen könnte, und das tue ich seither, Tag für Tag.

Inzwischen sehen wir unseren Vater kaum mehr. Entweder ist er in seinem Büro im Autohaus oder in seinem Arbeitszimmer zu Hause, und wenn er nicht gerade schläft, riecht er nach Alkohol. Zugegeben, was Alkoholiker angeht, gibt es weitaus schlimmere Fälle. Er geht zur Arbeit, ist weder gewalttätig noch Furcht einflößend und meistens lässt er Mom ans Steuer. Ich denke, Mom sorgt dafür, dass er nicht in Schwierigkeiten gerät, indem sie ihm deutlich vor Augen führt, was sie dann mit ihm anstellen würde.

Das sind wir also. Ich passe auf, dass meine Schwester vernünftig ist, sie hilft mir bei meinen Ticks und Endlosschleifen, und wir beide kümmern uns um Meredith und versuchen ansonsten, unseren Eltern aus dem Weg zu gehen.

Aber das, all das, ist nicht die Geschichte, die ich dir erzählen will. Das ist Vergangenheit. Das ist ein Abschnitt im Leben, in dem die eigene Geschichte von den Geschichten anderer überlagert wird, und du kannst nichts dagegen tun, außer die Sache durchzustehen und zu hoffen, dass du am Ende noch am Leben bist und deine eigene Geschichte wieder aufnehmen kannst. Genau das taten wir. Ich, Mel und Meredith machten weiter und leben jetzt unsere eigenen Geschichten.

»Es ist am Vierundzwanzigsten.« Meredith starrt uns an, als wollte sie uns mit reiner Willenskraft dazu bringen, Feuer und Flamme zu sein. Was ihr vielleicht sogar gelingt. »Das ist in drei Wochen. Wollt ihr es nicht aufschreiben?«

»Du hast es schon achthundertmal gesagt«, gähnt Mel und lehnt sich auf der Couch zurück. »Ich habe es in meinem Handy, auf dem Kalender in meinem Zimmer, es wird alle fünf Sekunden im Fernsehen erwähnt, und irgendetwas sagt mir, dass du mich noch das ein oder andere Mal daran erinnern wirst, bevor es so weit ist.«

»Es ist eine Woche vor euren Abschlussprüfungen, und ihr habt genug Zeit, euch im Job einen Tag freizunehmen.«

Ich umschließe Merediths Finger, während sie die Punkte aufzählt. »Es spielt keine Rolle, ob wir freihaben oder nicht, es dauert keine zwei Sekunden, und das Konzert ist ausverkauft.«

Meredith klappt ihren Computer auf und liest vor: »Als Dankeschön für die Fans vor Ort stellt *Bolts of Fire* für dieses spezielle Konzert Tickets zur Verfügung. Dies gilt für *alle* Fans ...«, sie blickt uns vielsagend an, »die in einem mit 98 beginnenden Postleitzahlbereich wohnen.« Sie klappt den Computer wieder zu. »Man muss nur unter den Ersten sein, die sich registrieren.«

»Lass mich raten«, sage ich.

»Alles schon unter Dach und Fach«, bestätigt Meredith, indem sie einen Ausdruck von Dad übernimmt. »Die Mitglieder des Fanklubs dürfen zuerst rein.«

»Jetzt musst du *sie* noch überreden, dich hingehen zu lassen«, sagt Mel.

»Das werde ich«, erwidert Meredith. »Wenn ihr mir dabei helft. Sie wird mich nicht begleiten, das wisst ihr genauso gut wie ich, also müsst ihr euch bereithalten.«

Seit einigen Jahren ist Mom dazu übergegangen, größere Menschenansammlungen, die sie nicht sofort wieder verlassen kann, zu meiden. Ihrer Meinung nach werden sie von Leuten, die Politiker im Allgemeinen hassen und vor allem Politiker, die sich für eine schärfere Geschwindigkeitsbegrenzung aussprechen, dazu missbraucht, ihre Wut auszulassen. Moms Maximum sind dreißig Minuten, egal wo, selbst in der Kirche, und in diesem speziellen Fall kann ich sie sogar verstehen.

»Ich bin dabei«, verkündet Mel. »Obwohl ich Countrymusik hasse. Ich bin die beste Schwester der Welt.«

»Ich bin auch dabei«, sage ich. »Obwohl ich als dein Bruder nur die zweitbeste Schwester bin.«

»Aber …« Mel zieht die Augenbrauen hoch. Sie muss nichts weiter erklären.

Abgesehen von der Tatsache, dass Mom öffentliche Ereignisse hasst, ist es so, dass *Bolts of Fire* bereits zweimal in unserer Nähe ein Konzert gegeben hat, beide Male in der größeren Stadt, die eine Stunde von der Stadt entfernt ist, die eine Stunde von uns entfernt ist. Meredith hat es mit Betteln, Bestechen, Wutanfällen, Argumenten, Schmeicheleien, Erpressung, Forderungen und Panikanfällen versucht, um Mom zu überreden, sie hingehen zu lassen. Aber nach Mels schwerer Zeit und meinen Wiederholungszwängen geht Mom mit ihrem letzten verbleibenden möglicherweise nicht verkorksten Kind kein Risiko ein. Meredith ist zu jung für die »Atmosphäre« eines Rockkonzerts (was ziemlich übertrieben ist; die Band ist so peinlich brav und mustergültig, dass bei ihren

Auftritten an der Bar nur Kool-Aid mit Orangengeschmack ausgeschenkt wird), ganz zu schweigen davon, dass sie zu jung ist, um so lange aufzubleiben. Sprich: *Nein, nein, Ende der Diskussion, nein, bring mich nicht dazu, meine Großzügigkeit in Bezug auf deine Internetrechte zu überdenken*.

»Aber ich bin zehn«, sagt Meredith jetzt. »Das ist zweistellig. Außerdem ist es nur fünf Minuten von uns entfernt. Ich werde vor der Schlafenszeit wieder hier sein, weil das Konzert sehr früh stattfindet, damit das krebskranke Mädchen am nächsten Morgen zur Behandlung gehen kann.«

Mel zuckt die Schultern. »Das liegt nicht in unserer Hand.«

»Ich sterbe, wenn ich nicht hingehen darf. Ich sterbe einfach. Im Ernst.«

»Du könntest ihnen ja weismachen, dass du auch Krebs hast«, schlägt Mel vor. »Dann kommst du ins Konzert, mit oder ohne Mom.«

Meredith reißt die Augen auf, zuerst erschrocken, dann dämmert ihr ein wunder-wunderbarer Plan …

»Daraus wird nichts, Merde Breath«, sage ich. »Aus vielen, vielen Gründen.«

Im Obergeschoss geht eine Tür auf. Unser Vater erscheint in seiner Unterwäsche. Meredith blickt weg. Dad starrt zu uns herunter, als wäre er sich nicht sicher, ob wir wirklich da sind. Er kratzt seine behaarte Wampe, die sich über das Gummiband der Unterhose wölbt, und schmatzt, als wäre er gerade erst aufgewacht. Es ist sechs Uhr abends, könnte also gut sein.

»Hat einer von euch mein Hemd gesehen?«, fragt er mit vom Alkohol schwerer Zunge. »Das mit den Aalen?«

Ich drehe mich zu Mel um. »Aale?«, frage ich lautlos.

»Ich glaube, Mom hat es in der Wäsche«, lügt Mel. »Warum ziehst du nicht das rote mit den umgeschlagenen Manschetten an?«

Er steht eine Minute da, als ob er sie gar nicht gehört hätte, dann furzt er laut und geht ohne ein Wort zurück in sein Arbeitszimmer.

In nüchternem Zustand ist Dad ein lustiger, kluger, warmherziger Mann, kriminelle Gier hin oder her. Besonders Mel liebt ihn, und das, seit ich denken kann. Sie ist so enttäuscht von ihm, dass es ihr die Kehle zuschnürt.

Hör zu, an diesem Abend passiert noch einiges andere – Meredith streitet mit Mom wegen *Bolts of Fire,* Mel schleicht sich aus dem Haus, um zu Henna zu gehen –, aber nichts ist so wichtig, dass ich es erzählen müsste. Es ist nicht die Geschichte, die ich dir erzählen will. Ganz und gar nicht.

Du musst einiges darüber wissen, aber ab jetzt mache ich mit meiner eigenen Geschichte weiter.

Wenn das nicht möglich ist, kann man genauso gut gleich aufgeben.

Das fünfte Kapitel, *in welchem Indie Kid Kerouac das Portal der Unsterblichen öffnet und der Königsfamilie und ihrem Hofstaat Zugang zu unserer Welt verschafft; Kerouac findet heraus, dass der Bote ihn belogen hat; er stirbt, ganz allein.*

Am Freitag sind Henna und ich eine geschlagene halbe Stunde allein in ihrem Auto auf der Rückfahrt von dem Geschäft, in dem sie ihr Abschlussballkleid (Vanille und Burgunder, so heißen die Farben) ausgesucht hat und in dem ich meinen Smoking (schwarz) ausleihen werde.

Wir gehen nicht zusammen auf den Ball. Na ja, eigentlich schon, aber nicht so richtig. Als Henna mit Tony Schluss gemacht hat, waren die beiden bereits für den Ball verabredet, und danach hatte jeder, mit dem sie eventuell hätte hingehen wollen, bereits eine Partnerin. Mel ist ein Jahr älter als alle anderen in unserer Abschlussklasse, und die Kerle, die etwas von ihr wollen, sind meistens unheimliche Typen, die den Ärger geradezu anziehen, an denen sie aber null Interesse hat, dem Himmel sei Dank. Keiner hätte ernsthaft was dagegen, wenn Jared mit einem Jungen auf den Ball gehen würde, aber er gibt sich wie üblich schmallippig und weigert sich, darüber zu reden. Und ich? Ich habe so lange damit gewartet, Vanessa Wright zu fragen (eine Freundin aus dem weiterführenden Englischkurs), dass sie sich in der Zwischenzeit erbarmt hatte, mit Tony Kim auszugehen.

Willst du raten? Ich, meine Schwester, mein bester Freund und Henna gehen jetzt zu viert auf den Ball. Das ist so lächerlich, dass es nur in bescheuerten Teeniefilmen oder kitschigen Teeniebüchern vorkommt. Glaub mir, es hört sich nur cool an, wenn es dich nicht selbst betrifft.

Ach, was soll's. Wenigstens mag ich die Leute, mit denen ich hingehe, und wir stehen das gemeinsam durch.

»Mike?«, fragt Henna beim Fahren.

»Ja?«

Sie antwortet nicht sofort. Im Gegenteil. Die Stille dehnt sich so lange aus, dass ich von meiner SMS hochblicke, die ich gerade an Mel schreibe, um sie zu fragen, ob sie die Limo organisiert hat, mit der wir zum Ball fahren wollen. (Was erwartest du von uns? Wir sind Vorstädter. Wir *sterben* für so einen Scheiß wie Limos.)

»Henna?«

Sie seufzt. »Wärt ihr sehr sauer auf mich, wenn ich nicht mit euch drei zum Ball gehe?«

Oh. Verdammt, nein. Nein, nein, nein.

»Natürlich wären wir sauer«, sage ich. »Deshalb fragst du auch mich und nicht Mel oder Jared. Ich bin derjenige, der dich am wenigsten anschreien wird.«

»Bitte schrei mich nicht an«, sagt sie und biegt von der

Hauptstraße auf den Waldweg, der zu ihrem und unserem Haus führt. Die Sonne hat uns in den vergangenen Tagen im Stich gelassen; Henna macht die Scheibenwischer an, als es zu regnen anfängt.

»Mit wem willst du …«, wage ich mich vor, aber eigentlich muss ich gar nicht fragen, oder?

»Er ist neu«, sagt Henna. »Er kennt niemanden, und es muss echt schwer sein, kurz vor dem Abschluss auf eine neue Schule zu wechseln –«

»Henna …«

»Ich habe ihn noch nicht gefragt. Aber ich habe es vor.« Sie sieht mich von der Seite an. »Findest du das schlimm? Würdest du mich dafür hassen?«

»Wir haben doch schon alles organisiert. Es wird garantiert langweilig werden, aber wenigstens können wir uns zu viert langweilen …«

»Also gut, was hältst du davon? Wie wär's, wenn wir zu *fünft* hingehen?«

»Für dich wäre es trotzdem ein Date.«

»Na ja, irgendwie schon.«

»Henna …«

»Bitte, schrei nicht so«, sagt sie und zuckt zusammen. »Davon kriege ich Magenschmerzen.«

»Ich habe nicht einmal die Stimme erhoben.«

»Es hat sich so angehört, als wolltest du es jeden Augenblick tun.«

Ihre Bemerkung macht mich wütend. »Wann habe ich dich je angeschrien?«

»Noch nie, das weiß ich doch.« Eine Minute lang geht ihr Atem schwer. »Ich habe Bauchschmerzen.«

»Du hattest Angst, uns zu fragen.«

»Ja.«

»Du hast Angst, dass er Nein sagen könnte.«

»Ja.«

»Du hast Angst, dass deine Mom und dein Dad dich nicht mit jemandem auf den Ball gehen lassen, den sie nicht kennen. Deshalb willst du ihnen weismachen, dass er mit uns allen hingeht, obwohl du am liebsten mit ihm allein gehen würdest.«

Ich sehe, wie sie schluckt. »In der Zentralafrikanischen Republik herrscht Krieg.«

»... *Was?*«

»Sie werden trotzdem dorthin reisen, Mikey. Sie werden den Flüchtlingen helfen. Aber es ist ein Krieg. Ein echter Krieg. Sie behaupten, wir würden uns nur an sicheren Orten aufhalten, aber ...«

Ich drehe mich, um sie richtig anzuschauen. »Das ist doch verrückt.«

»Ja, und ausgerechnet dieser bescheuerte *Abschlussball* beschert mir Magenschmerzen.« Ihr Lachen bleibt in ihrer Kehle stecken. »Ich will euch nicht im Stich lassen. Und ich habe keine Ahnung, woher das mit Nathan plötzlich kommt ...«

»Du kennst ihn doch gar nicht.«

»Ich weiß! Ich habe ungefähr drei Mal mit ihm geredet! Aber es ist so, wie ich es Mel gesagt habe. Es wallt in mir auf, wenn ich ihn sehe, es ist so stark, dass ich kaum zwei zusammenhängende Worte herausbringe, dabei bin ich doch *klug*, Mike!« Sie schüttelt den Kopf. »Klug genug, um zu wissen, dass es eigentlich gar nicht um Nathan geht. Sondern darum, von hier wegzugehen. Dass die Schule endet. Dass ich mich mitten in einen Krieg hineinbegebe. Zusammen mit meinen Eltern. Meine Bauchschmerzen gehen gar nicht mehr weg. Nathan ist eine Art Ablenkung.«

»... und noch dazu eine ziemlich gute.«

Sie nickt. »Tut mir leid, dass ich dir das sage. Ausgerechnet dir.«

Ich blinzle. »Ausgerechnet«, wiederhole ich.

Sie sieht mich an. Und dann noch einmal. Offensichtlich will sie etwas sagen, weiß aber nicht wie. Vielleicht will sie mir nur nicht wehtun.

Ausgerechnet mir.

Ich starre auf ihr Profil, während sie weiterfährt, um die Ecke biegt und auch noch um die nächste und schließlich die Straße entlangfährt, die zu unseren Häusern führt.

Sie ist schön, aber nicht auf eine dumme Art. Manchmal lässt sie ihre Haare lockig, manchmal glättet sie sie. Es spielt keine Rolle. Es spielt auch keine Rolle, ob sie Make-up auflegt oder nicht – obwohl sie sich regelmäßig darüber beschwert, wie schwer es ist, hier im Nirgendwo das richtige Make-up zu finden.

Nichts davon spielt eine Rolle. Sie ist schön. Die winzige Narbe auf ihrer Wange unterstreicht das sogar noch. Genau wie die Sommersprossen, so ziemlich das Einzige, was sie von ihrem Vater hat. Der leichte Überbiss. Ihr grässlicher Geschmack bei Ohrringen. Nichts davon spielt eine Rolle. Wenn doch, dann nur, weil es sie noch schöner macht.

Und sie weiß genau, dass ich so empfinde.

Wie auch nicht? Sie ist klug, das hat sie selbst gesagt, und sie ist die beste Freundin meiner Schwester. Sie kann gar nicht anders, als es zu wissen.

Aber sie will Nathan, nicht mich. Ihre Angst – die ich verstehe, hurra – hält nach einem sicheren Ort Ausschau und hat ihn bei Nathan gefunden. Nicht bei mir. Und sie weiß, wie es mir dabei ergeht.

Das Herz sollte mir wehtun. Und das tut es auch. Ich spüre es. Dass sie weiß, wie ich fühle, müsste mich demütigen, und das tut es, denn auch das spüre ich. Aber wenn ich sie anblicke, will ich nur, dass für sie alles okay ist.

Weiß der Teufel, warum ich plötzlich sage: »Ich bin in dich verliebt, Henna.«

Sie lächelt leicht, scheint von diesem Lächeln genauso überrascht zu sein wie ich von meinen Worten.

»Mikey«, sagt sie. »Das bezweifle ich.«

Plötzlich schreit sie entsetzt auf. Ein Hirsch ist zwischen den Bäumen hervorgesprungen und läuft direkt vor uns auf die Straße. Es ist zu spät, um zu bremsen, wir kollidieren mit dem Tier. Der Aufprall zieht ihm die Füße weg, und das ist, wie jeder hier in der Gegend weiß, das Schlimmste, was in so einem Fall passieren kann. Denn jetzt fliegen sechshundert Pfund Lebendgewicht eines panischen, sterbenden Hirschs unaufhaltsam über die Kühlerhaube auf uns zu.

So sterben Menschen, denke ich in diesem Moment.

Henna und ich ducken uns in unseren Sitzen nach unten, unsere Köpfe stoßen mit diesem seltsamen Kokosnusskrachen aneinander, Glas splittert, und über uns biegt sich das Metall (es ist so laut, *so* laut), etwas trifft mich voll an der Wange, ich höre, wie Henna ein leises »Uuf« von sich gibt, ehe sie von mir weggleitet, und erst da wird mir klar, dass das Auto immer noch fährt, deshalb beuge ich mich über sie, um das Lenkrad zu packen, aber es ist abgebrochen, ich merke, wie wir uns drehen und kippen und mit einem Ruck halten, wie sich der Beifahrerairbag mit Wucht öffnet und wie meine Nase bricht.

Dann ist alles still.

»Henna?«, rufe ich. *»Henna!«*

Als sie endlich etwas sagt, ist ihre Stimme kehlig dunkel und schmerzerfüllt. »Mein Arm«, stößt sie hervor.

Ich schaffe es einigermaßen, mich aufzusetzen. Der Regen peitscht in mein Gesicht. Das Dach von Hennas Auto ist fast ganz abrasiert. Wir sind gegen das Armaturenbrett gekracht, und als ich den Kopf drehe (au, au, *au*), wird mir klar, dass der Hirsch über das Auto hinweggeflogen ist, was verdammt noch mal an ein Wunder grenzt. Sein massiger Rumpf nimmt den ganzen Rücksitz ein, sein Genick ist gebrochen, der tote Körper drückt von hinten gegen uns. Der Motor ist abgestorben, weil wir – wie ich erst jetzt sehe – in einen Graben gebrettert sind. Überall um uns herum ist Bewegung.

Ich stehe offenbar unter Schock. Dutzende Hirsche, *Dutzende,* kommen auf unserer Seite aus dem Wald gerannt, überqueren die Straße und verschwinden auf der anderen Seite zwischen den Bäumen.

Es werden immer mehr. So etwas habe ich noch nie gesehen. Es ist absolut unwirklich.

»Mikey?«, fragt Henna. Ihre Augen sind vor Angst weit aufgerissen, sie ist genauso erschrocken über diesen Anblick wie ich. Ihr linker Arm sieht schrecklich aus, er ist fürchterlich verdreht, also nehme ich ihre rechte Hand und halte sie fest, während die unglaubliche Rotwildflut um uns herumspült, als wären wir eine Insel in einem Fluss.

»Ich werde dich nicht anlügen«, sagt der Assistenzarzt, ein großer Latino namens Dr. »Nenn mich Steve«, als er meine rechte Wange zusammennäht. »Du wirst eine Zeit lang ziemlich wüst aussehen.«

»Er hat seine Abschlussfotos noch nicht gemacht«, sagt Mel, die mit verschränkten Armen neben der Krankenliege steht und so betont *nicht* mit Nenn-mich-Steve flirtet, dass es für einen Flirt ziemlich gut läuft.

»Wenn das so ist, wirst du leider zwei blaue Augen auf

den Fotos haben«, sagt Steve zu mir. »Ich habe deine Nase gerichtet« – er lächelt Mel an – »was eines meiner Spezialgebiete ist« – er wendet sich erneut mir zu – »in etwa einer Woche sollte sie wieder ihre normale Form haben. Vorsichtshalber würde ich den Stützverband noch eine Woche länger dranlassen, sonst hast du Schwierigkeiten beim Luftholen. Und was das hier angeht« – er legt ein viereckiges Gazestück auf meine genähte Wange – »nehme ich an, dass es von einem Geweih oder einem Huf herrührt und nicht von Glas. Die Wunde hat ausgefranste Ränder. Ich habe mein Allerallerbestes gegeben, aber du wirst trotzdem eine Narbe zurückbehalten, mein Freund.«

»Das gibt dir ein verwegenes Aussehen«, sagt Mel.

»Klar, erst heute Morgen bin ich aufgewacht und habe erkannt, dass das Einzige, was mir fehlt, etwas mehr Verwegenheit ist«, erwidere ich.

»Dann war heute ja dein Glückstag«, sagt Nenn-mich-Steve.

»So ist es«, sagt Mel wütend. Das ist sie immer, wenn sie kurz davor ist, in Tränen auszubrechen. »Er hätte tot sein können.«

Dr. Steve spürt den Unterton und verabschiedet sich.

»Moment«, sagt Mel. Sie reißt einen Streifen Papier von meinem Aufnahmeformular, schreibt ihre Handynummer auf und reicht den Zettel Steve. »Alles okay. Ich bin fast neunzehn. Eigentlich wäre ich schon auf dem College. Also kein Grund zur Sorge.«

Steve lacht, nimmt den Zettel aber trotzdem. »Und jetzt geh, bitte«, sagt sie. »Ich möchte meinen Bruder anschreien, weil er fast gestorben wäre.«

Als wir allein sind, schreit sie mich nicht an. Sie steht still vor mir und berührt sanft, sanft, sanft und eigentlich fast gar nicht die Wunde in meinem Gesicht. Jetzt weint sie *tatsächlich,* aber ihr Gesichtsausdruck ist so wild, ich weiß genau, sie würde mir den Kopf abreißen, wenn ich nur ein Wort darüber verliere.

»Mikey«, sagt sie schließlich.

»Ich weiß«, erwidere ich.

Sie versucht, mich behutsam zu umarmen, aber das ist eindeutig zu viel. »Rippen! Rippen! Rippen!«, stöhne ich. Mel setzt sich neben mich auf die Liege.

Wie sich herausgestellt hat, sind unsere Möchtegernfaschisten und Marihuanafarmer bei einem Autounfall gleichermaßen nett. Mein Handy war irgendwo unter dem Armaturenbrett gelandet, und Henna klemmte fest, ich weiß also nicht, wer den Notruf gewählt hat. Noch bevor der Krankenwagen und das Feuerwehrauto eintrafen, waren die Leute schon mit Handtüchern aus ihren Häusern gekommen. Der erste Helfer hielt verwundert inne, als er die letzten Tiere der Rotwildflut verschwinden sah, aber dann drückten sie mir ihre Handtücher ins Gesicht. Ein paar andere versuchten, Hennas Tür zu öffnen, um sie herauszuziehen, falls das Auto Feuer fangen würde. Bei der leisesten Bewegung ihres Arms schrie Henna auf, aber sie ließ meine Hand nicht los, nicht einmal, als Mr und Mrs Silvennoinen herbeigeholt wurden – wir waren nur ungefähr sechs Häuser entfernt, als der Unfall passierte. Die beiden waren unglaublich ruhig, so ruhig, dass ich erst bei ihrem Anblick merkte, dass ich höllische Schmerzen hatte.

Jemand rief auch bei mir zu Hause an. Meine Mom holte Meredith gerade von ihrem Jazz-und-Stepp-Kurs ab, daher kam Mel – die keinen Gedanken darauf verschwendete, unseren Vater zu verständigen – mit dem Auto die Straße entlanggerast. Der Krankenwagen brachte mich und Henna weg. Mel und die Silvennoinens folgten uns. Henna wurde direkt in die Chirurgie gebracht, damit sie ihren Arm zusammenflicken konnten.

Das Letzte, was sie sagte, bevor die Sanitäter ihr die Narkose verpassten, war: »Mike.«

»Ich habe Jared angerufen«, sagt Mel jetzt. »Er kommt um Mitternacht zum Feld.«

»Gut«, sage ich. »Danke.«

Ihre Hand liegt neben meiner auf der Liege, sie verschränkt ihre Finger in meine und drückt sie ganz fest. Siehst du, was für ein Glück ich habe? Zu wissen, dass es Menschen gibt, die mich lieben. So ein Glück. So ein unverschämtes Glück.

Wir hören unsere Mutter, noch bevor wir sie sehen. Mel lässt meine Hand los. Mom taucht hinter dem Vorhang der Notfallambulanz auf, und einen Augenblick lang ist ihr Gesicht so voller Sorge und Entsetzen, dass ich plötzlich wieder sechs Jahre alt bin und nach einem

Sturz vom Fahrrad nur will, dass sie alles wieder gutmacht.

Es dauert volle vier Sekunden, dann versucht sie mich zu umarmen.

»Rippen!«, kreische ich fast.

»Tut mir leid, Schatz«, sagt sie und zieht sich zurück. Als sie mein Gesicht berühren will, zucke ich ängstlich zusammen. »Tut mir leid, tut mir leid, tut mir leid.«

»Siehst du nicht die Verbände?«, fragt Mel. »Und das Blut?«

»Ja«, sagt Mom. »Wieso hat man es nicht abgewischt?«

»Das haben sie«, antworte ich. »So gut es ging.«

Ihr Gesicht wird weicher. »Wie schlimm ist es?«

Ich zucke die Schultern und winde mich dabei, denn Schulterzucken tut höllisch weh. »Schnittwunde an der Wange, gebrochene Nase, etliche Rippenbrüche links, verstauchter Knöchel. Henna hat viel mehr abgekriegt als ich.«

»Ich habe Mattias und Caroline am Eingang getroffen«, sagt Mom und meint damit Hennas Eltern. »Sie wird gerade operiert, aber abgesehen von ihrem Arm und einem gebrochenen Schlüsselbein, hat sie nur blaue Flecken und Prellungen, so wie du.«

»Nur«, greife ich ihre Wortwahl auf.

»Du weißt genau, wie ich das meine.«

»Ja. Wir hatten Glück. Aber es war zum Fürchten. Und auch irgendwie verrückt.«

»Du solltest mal Hennas Auto sehen«, sagt Mel. »Das Dach ist regelrecht abrasiert.«

»Wo ist eigentlich Meredith?«, frage ich.

»Caroline kümmert sich kurz im Warteraum um sie«, antwortet Mom.

»Jemand muss es Dad sagen«, stellt Mel fest.

Moms Blick schweift gedankenverloren ab, dann überspielt sie es. »Hört zu, ich weiß, es ist weder der richtige Zeitpunkt noch der richtige Ort …«

»Dann lass es …«, sagt Mel.

»Was?«

»Das, was du vorhast.«

Moms geistesabwesender Blick kehrt zurück. »Jetzt, wo ich weiß, dass es dir gut geht«, sagt sie zu mir.

»Na ja, so kann man das nicht unbedingt sagen …«

»Ihr werdet es ohnehin aus den Nachrichten erfahren, aber ich möchte, dass ihr es zuerst von mir hört.«

Sie hält inne, ich denke, dass es um den seltsamen Vorfall mit den Hirschen geht, für den bisher noch keiner eine vernünftige Erklärung hat. Wenn ausgerechnet Mom eine hätte, wäre das wirklich seltsam – aber hey, ich stehe immer noch unter Schock, und der Gedanke hat sich so in meinem Kopf festgesetzt, dass ich, als sie sagt: »Mankiewicz ist tot«, allen Ernstes überlege, ob ich einen Hirsch namens *Mankiewicz* kenne.

»Was?«, fragt Mel argwöhnisch.

»Heute Morgen«, sagt meine Mom etwas zu eifrig. »Schlaganfall. In seinem Haus in D. C.«

Sie hält inne, und ich sehe ihr an, dass sie ein Lächeln kaum unterdrücken kann, dabei müsste selbst *sie* wissen, dass dies die falsche Reaktion auf eine solche Neuigkeit ist, noch dazu an diesem Ort und angesichts meiner verletzten Nase.

Mankiewicz ist kein Hirsch. Er ist unser Kongressabgeordneter, und das war er schon, als meine Mutter noch gar nicht auf der Welt war. Er ist eine Million Jahre alt, wird in seinem Wahldistrikt geradezu verehrt und ist in den Wahlen nicht zu schlagen.

Jetzt ist er tot.

»Das Protokoll sieht sieben Tage vor.« Mom gibt sich keine Mühe mehr, ihr Lächeln zu verbergen. »Sieben Tage warte ich aus Respekt, dann verkünde ich meine Absicht, für seinen Sitz zu kandidieren.« Sie lässt diese Neuigkeiten einen Augenblick wirken. Wir starren sie schweigend an. »Der Bundesvorstand hat tatsächlich *mich* angerufen und mich *gebeten*, zu kandidieren.«

Für einen Moment wird ihr Lächeln hart. »Ich nehme an, der Vater deines Freundes wird sich ebenfalls aufstellen lassen, aber er wird verlieren, wie immer, also habe ich den Job so gut wie in der Tasche.« Sie wendet sich an Mel. »Und diesmal bist du endlich alt genug, um mich zu wählen!«

Meine Mutter *klatscht*. Sie klatscht tatsächlich in die Hände.

»Eure Mutter wird eine Kongressabgeordnete«, sagt sie. »In Washington, D. C.!«

»Dein Sohn wird eine bleibende Narbe auf seiner Wange haben«, sagt Mel.

»Oh«, sagt meine Mutter. »Das weiß ich doch, aber die Sache kommt heute in den Nachrichten, ich dachte, ihr würdet …« Sie hält inne und reißt sich zusammen. »Endlich ist meine große Chance da. Wir werden die Familienfotos auf ein Minimum beschränken, keiner wird zu etwas gezwungen, was er nicht will …«

»Ich sollte Meredith vielleicht Bescheid geben, dass ich nicht tot bin«, sage ich.

Mel nimmt das als Stichwort, um Nenn-mich-Steve zu suchen, der mich offiziell aus der Klinik entlässt und nickt, als Mel ihm mit einer Geste zu verstehen gibt, dass er sie anrufen soll. Draußen wartet Meredith mit Mrs Silvennoinen und vertreibt sich die Zeit mit ihrem Tablet. Sie springt auf und schlingt ihre Arme um meine wackligen Beine. »Ich habe mir schreckliche Sorgen gemacht«, sagt sie.

»Mir geht es bald wieder gut«, versichere ich ihr. »Ich werde eine coole Narbe haben.«

»Trotzdem.« Meredith wirft meiner Mutter einen Blick zu. »Ich habe mir solche Sorgen gemacht, dass es schon etwas ganz Besonderes braucht, damit ich mich wieder besser fühle.«

»Meredith«, fängt meine Mutter an.

»Wie geht's Henna?«, fragt Mel Mrs Silvennoinen. Hennas Mutter ist so schön wie ihre Tochter und auch wieder nicht, denn Henna ist offen, wohingegen Mrs Silvennoinen – und das, obwohl sie als Kirchenmusikerin jeden Sonntagmorgen die Leute von den Sitzen reißen muss – ein bisschen wie eine verschlossene Tür ist. Nicht unfreundlich, aber sehr reserviert.

»Nichts Lebensbedrohliches«, sagt sie.

»Gelobt sei Gott«, erwidert Mr Silvennoinen, der zu uns gekommen ist. Er ist eins neunzig und hat irritierend blassgrüne Augen, die Henna nicht geerbt hat. Seine Stimme ist tief, er spricht mit starkem Akzent und ist auf eine so gruselige Art gut aussehend, dass man sich von ihm fast hypnotisiert fühlt.

Aber er ist immer sehr nett zu mir gewesen. Er ist streng, besteht darauf, mich regelmäßig in der Kirche zu sehen, und zermürbt Henna mit seinen Erwartungen an sie, aber er ist nett. Jetzt legt er seine weiche Hand auf meine Schulter.

»Wir haben gesehen, dass du für sie da warst, Mike«, sagt er.

»Danke«, sagt Mrs Silvennoinen ernst.

Ich muss daran denken, dass die beiden ihren Sohn seit vier Jahren nicht mehr zu Gesicht bekommen haben.

Die armen Schweine.

Bevor ich antworten kann, hallt das schrecklichste, qualvollste Heulen, das ich je gehört habe, durch die Gänge und lässt uns alle erstarren. Es kommt von einem Mann, den zwei Polizisten durch den Wartebereich führen. Sie haben ihre Mützen abgenommen. Der Mann scheint weder verhaftet noch verletzt zu sein. Es ist offensichtlich, dass sie ihn zu jemandem bringen, der es nicht geschafft hat.

»Ist das nicht der Vater eines Schülers bei uns?«, flüstert Mel mir zu. »Ich glaube, er gehört zu einem der Indie Kids.«

Wir schauen ihm nach, bis er in einem Gang verschwindet. Sein Wehklagen ist noch lange zu hören.

»Bitte, ich würde jetzt wirklich gerne nach Hause gehen«, sage ich.

Das sechste Kapitel, *in welchem Satchel auf dem Kissen eine Nachricht von Kerouac vorfindet, mit dem sie seit Kindertagen befreundet ist und der immer auf den Baum vor ihrem Fenster geklettert ist, um sich zu ihr hineinzuschleichen; auf dem Zettel steht, dass er glaubt, einen schrecklichen Fehler begangen zu haben, und dass sie unter allen Umständen das Medaillon tragen soll, das er ihr ebenfalls aufs Kissen gelegt hat; Satchel hängt das Medaillon um, dann ruft sie ihren Onkel bei der Polizei an, der aber bereits mit Kerouacs Vater unterwegs ist, damit er die sterblichen Überreste seines Sohnes identifiziert.*

Mein Wecker piepst um halb zwölf in der Nacht. Normalerweise wäre ich um diese Zeit noch gar nicht im Bett, aber ich musste klein beigeben und eine halbe Schmerztablette nehmen. Wie sich herausstellt, hat man Muskeln, von denen man gar nicht weiß, wie weh sie tun können, bis man plötzlich mit einem fliegenden Hirsch zusammenprallt. Ich stehe langsam auf, ganz langsam, trotzdem kann ich einen Aufschrei nicht unterdrücken. Ich ziehe einen Hoodie über, aber mich zu bücken und meine Schuhe zu schnüren, tut einfach zu weh, deshalb schlüpfe ich in Flip-Flops.

Ich warte und lausche. Das Haus ist still. Mom ist früh zu Bett gegangen, weil sie am Morgen ins Kapitol muss, um sich dort mit den Parteivertretern zu treffen und die Übernahme von Mankiewicz' Sitz im Kongress zu planen. Allen anderen ist es egal, ob ich auf bin oder nicht.

Mary Magdalene begrüßt mich auf dem Treppenabsatz und starrt mich eindringlich an.

»Na, dann komm mit«, sage ich leise. Schnurrend folgt sie mir nach unten. Ich gehe durch die Haustür nach draußen und versuche, auf dem Kiesweg nicht zu laut zu knirschen. Der Regen hat aufgehört, aber jetzt ist es neblig; die Laternen am Ende der Straße tauchen die Welt in einen blassen weißen Schimmer. Mary Meg legt einen lautlosen Katzensprint hin, verlässt unsere Auffahrt und läuft auf leisen Pfoten zum Rand des Felds.

Wo Jareds Auto steht.

In meinem Leben hatten wir 1) die Untoten, 2) die Seelenfresser, 3) den Vampirzyklus aus Romanze und Tod und 4) das, was jetzt mit Finns Leichnam und dem aufgescheuchten Rotwild passiert, falls es überhaupt irgendeine Verbindung zwischen beiden Vorfällen gibt (was wahrscheinlich der Fall ist). Als Jareds Großvater in unserem Alter war, hatten sie Götter.

Die Indie Kids, die damals vermutlich Beatniks hießen oder so, kämpften, und manche starben, und in der Erde tat sich ein Riss auf und verschlang die ganze Nachbarschaft. Aber am Ende wurden die Götter und Göttinnen besiegt, sonst wären wir ja nicht hier. Sie wurden dorthin zurückgeschickt, woher sie gekommen waren, und die Welt tat wieder einmal so, als wäre nichts geschehen. Der Riss wurde mit einem vulkanischen Erdbeben erklärt und die Geschichte ließ den Rest in Vergessenheit geraten.

Aber da war diese eine Göttin. Sie traf Jareds zukünftigen Großvater (er hieß Herbert, war also eindeutig kein Beatnik), und was sie sah, gefiel ihr. Sie heirateten. Sie bekamen eine Tochter, Jareds Mom – dazu gibt es eine ausführliche Geschichte, aber darüber spricht Jared sogar noch weniger als darüber, dass er auf Jungs steht. (Jared ist überhaupt sehr verschwiegen. Jared ist nicht einmal sein echter Vorname, sondern sein zweiter Name. Sein erster ist so schrecklich, dass ihn außer mir niemand kennt.)

Jedenfalls heiratete Jareds Halbgöttinnen-Mom Jareds Dad, und sie bekamen einen Sohn, der zwei Monate und zwei Tage vor mir auf die Welt kam. Seine Großmutter und seine Mutter sind alle beide nicht mehr da. Die Großmutter kehrte nach Herberts Tod in ihr Reich zurück, und seine Mutter leitet eine internationale Hilfsorganisation, die Löwen, Tiger und Leoparden vor dem Aussterben rettet. Vermutlich ist sie vor dem Gesetz immer noch mit Jareds Vater verheiratet, aber sie ist weggegangen, als Jared noch ein Kind war. Jetzt hat er nur noch seinen Dad, Mr Shurin, der in der Junior-High Geografie unterrichtet. Wir hatten ihn in der achten Klasse.

Jared hat mir einmal gesagt, dass er sich »zu drei Vierteln als Jude und zu einem Viertel als Gott« sieht, was, wie er sagt, viele Fragen aufwirft, auf die er selbst keine Antworten weiß. Immerhin hatte er eine Bar-Mizwa. Das war vielleicht ein Spaß.

Die meiste Zeit redet er nicht über diese Göttersache. Das würdest du auch nicht tun, wenn deine Großmutter eine Katzengöttin gewesen wäre und du ein sehr großer achtzehnjähriger schwuler Linebacker bist, der nur ein normales Leben will. Das wäre vielleicht anders, wenn sie zum Beispiel eine Göttin des Feuers, des Kriegs, des Reichtums oder sonst was gewesen wäre. Allerdings kenne ich Jared schon mein ganzes Leben lang, und er hat sich noch nie über die Art und Weise beschwert, wie Katzen ihn, na ja, *verehren*. Er ist freundlich und geduldig zu ihnen, schenkt ihnen Anerkennung und schickt sie ihres Weges.

Und er kann sie heilen.

»Du weißt aber schon, dass ich meine Grenzen habe«, sagt er und legt seine Hand an meine Wange. »Du bist keine Katze und ich bin nur der Enkel.«

»Ich weiß«, sage ich.

»Ich will nur nicht, dass du dir falsche Hoffnungen machst.«

»Mache ich nicht.«

»Wenn ich es könnte, würde ich es tun.«

Ich lache ein bisschen, zucke aber sofort vor Schmerz zusammen. »Das wissen alle, Jared. Du würdest *immer,* wenn du könntest.«

»Tja«, sagt er. »Die Leute glauben, sie wissen alles Mögliche von mir. Das könnte jetzt wehtun.«

Meine Wange fängt an zu glühen, die Hitze zerrt beinahe an den Fäden. Jareds Handfläche strahlt ein blasses Licht aus. Ich versuche nicht zu zucken, denn die Wange wird immer heißer.

Jared hält inne und späht unter den Verband. »Sieht schon ein bisschen besser aus«, sagt er. »Ich fürchte allerdings, was die Narbe angeht, kann ich nichts tun.«

»Ist schon okay«, sage ich. »Es fühlt sich schon sehr viel besser an.«

Und das stimmt auch. Die Wange reagiert noch empfindlich auf Berührung, aber ich habe das Gefühl, als hätte ich drei oder vier Tage des Heilungsprozesses übersprungen. Mehr kann Jared für Nichtkatzen nicht tun, aber verdammt noch mal, der Schmerz weicht, als er meine Rippen berührt, und meine Nase kommt mir danach nicht mehr so vor, als hätte ich eine apfelgroße Fieberblase im Gesicht.

Das hat er schon immer für uns gemacht. Sportverletzungen, Erkältungen, Kopfschmerzen. Er kann sie nicht ganz vertreiben, aber Ärzte und Eltern sind immer wieder erstaunt, wie robust unsere Immunsysteme sind. Jared kann leider nichts dagegen unternehmen, was *in* unseren Köpfen schiefläuft – es sind zwar Krankheiten, aber sie sind viel komplizierter als jeder Muskelschmerz. Wenn er mich aus meinen Endlosschleifen holt, rettet er mich als Freund und nicht als Gott, trotzdem hat er schon allen möglichen Scheiß erträglicher gemacht.

Eines ist mir vollkommen klar: dass du das alles vielleicht gar nicht glaubst. Weder das von seiner Großmutter oder von Jared selbst oder verdammt noch mal das mit den Indie Kids oder den Vampiren oder was auch immer. Vielleicht denkst du, dass ich das nur erfinde, damit ich mich besser fühle, allein deshalb, weil *ich* glaube, dass Jared es kann. Aber es ist mir egal, was du denkst, erst recht, was diese Dinge angeht. Wenn du überzeugt bist, dass sie nicht echt sind und keinerlei Bedeutung haben, oder wenn du denkst, dass wir irgendwann erwachsen werden und diesen Unsinn hinter uns lassen, tja, dann kann ich dir auch nicht helfen. Ich kann dir nicht vorschreiben, was für dich echt ist oder nicht.

Aber du kannst mir umgekehrt auch nicht vorschreiben, was ich für echt halte und was nicht. Das entscheide ich selbst. Nicht du.

Jared lehnt sich zurück und blickt hinaus in den Nebel. Mary Magdalene hat sich auf dem Rücksitz ausgebreitet und schnurrt, als hätte sie gerade den besten Sex ihres Lebens gehabt. Draußen sind noch weitere Katzen aus der Nachbarschaft, jede Menge sogar. Jareds göttliches Handeln hat sie angelockt, ich schätze, er ist für sie wie ein Katzenleuchtturm. In ihren Augen spiegeln sich die Autoscheinwerfer, einige sind sogar auf die Kühlerhaube und den Kofferraum gesprungen, alle schnurren, und manche treten mit sanften Pfoten gegen das Blech oder die Fenster.

»Morgen früh werde ich versuchen, zu Henna reinzuschleichen«, kündigt Jared an. »Aber ich muss erst an ihrer Mom und ihrem Dad vorbeikommen.« Er dreht sich zu mir. »Wie kommt es, dass ich bei Eltern so unbeliebt bin? Eigentlich bin ich der Typ, in den Eltern ganz vernarrt sind.«

Hennas Eltern haben nie erklärt, warum sie Jared nicht mögen, aber es ist nicht schwer zu erraten. Es machen immer wieder Gerüchte über Jareds Abstammung die Runde, die er nicht aus der Welt schaffen kann, und selbst wenn die superreligiösen Silvennoinens sie nicht unbedingt glauben, hinterlassen diese Gerüchte einen Nachhall, der sie beunruhigt.

Was meine Eltern angeht – oder zumindest meine Mom –, ist die Antwort auf diese Frage sehr viel einfacher zu beantworten.

»Hast du schon von Mankiewicz gehört?«, frage ich Jared.

»Oh ja. Und schon geht's wieder los.«

Mr Shurin ist bei sämtlichen Wahlen der Gegner meiner Mutter gewesen und er hat sämtliche Wahlen verloren. Die politischen Umfragen sehen ihn nie bei mehr als 45 Prozent, trotzdem lässt er sich immer wieder aufstellen. Da die beiden denselben Wahlbezirk vertreten wollen, ist er schon viermal im Kampf um das Repräsentantenhaus gegen Mom angetreten, zweimal für den Senat und jetzt ziemlich sicher wieder für den Kongress.

Manchmal war die Freundschaft zwischen Jared und mir deswegen etwas seltsam. Na ja, zumindest seltsamer als ohnehin schon. Aber wir haben es – sehr zu Moms Missfallen – immer wieder auf die Reihe gekriegt. Mr Shurin ist so nett, dass er nie auf den Gedanken käme, unsere Freundschaft könnte jemals infrage stehen.

»Ich wette, Mel stimmt für deinen Dad«, sage ich.

»Ich weiß nicht, ob das eine gute Idee ist«, erwidert Jared. »Es ist schräg, sich gegen die eigenen Eltern zu stellen.«

»Du kannst meine Mutter nicht ausstehen.«

»Ja, aber deshalb muss man es ja nicht in einen Krieg ausufern lassen, oder? Niemand soll dabei verletzt werden.«

»Diese Einstellung ist vielleicht der Grund, warum dein Vater immer verliert.«

Jared lacht. »Ich bezweifle, dass er mit einem Sieg etwas anfangen könnte.«

»Es sind ja noch ein paar Monate«, sage ich. »Bis dahin sind wir beide nicht mehr da. Vielleicht können wir uns dieses Mal heraushalten.«

Jared und ich wollen auf verschiedene Colleges gehen – obwohl wir beide ein Stipendium haben, müssen wir riesige Kredite aufnehmen, die wir vermutlich bis zum Ende unseres Lebens mit uns herumschleppen –, aber diese Colleges sind zum Glück in der gleichen Stadt, zwei Bundesstaaten entfernt von hier. Der Plan sieht vor, dass wir Freunde bleiben. Der Plan sieht auch vor, dass wir möglichst eine gemeinsame Wohnung nehmen, um Geld zu sparen. Der Plan sieht vor, dass wir vielleicht nie wieder in unsere Stadt zurückkehren.

Die Colleges sind allerdings eine fünfundvierzigminütige Fahrt voneinander entfernt. Wird es wirklich so leicht sein, wie ich hoffe? Werden sich die Pläne umsetzen lassen? Schon zu Hause ist uns die einstündige Fahrt in die Stadt oft zu weit vorgekommen.

Aber darüber will ich jetzt nicht nachdenken.

Ich strecke mich auf dem Beifahrersitz und spüre, wie die Schmerzen deutlich nachlassen. Ich kann mich sogar bis zu den Füßen bücken – die in dem geparkten Auto mittlerweile eiskalt sind. Aus dem Augenwinkel sehe ich eine Bewegung. Eine Berglöwin taucht aus dem Nebel auf, umrundet das Auto und bleibt auf der Fahrerseite stehen.

»Hallo, Missus.« Jared öffnet die Fahrzeugtür. Er legt die Hand auf den Kopf der Berglöwin und streicht in einer langsamen, fließenden Bewegung über den Rücken bis zum Schwanz. Hast du jemals eine Berglöwin schnurren hören? Es hört sich an wie ein defektes Abflussrohr. Die Berglöwin hinterlässt große Abdrücke in der feuchten Erde, als sie sich etwas abseits vom Wagen wie eine Statue niederlässt. Sie ist ein Schatten in der Dunkelheit, und ich weiß aus Erfahrung, dass sie geduldig warten und uns, so gut es geht, beschützen wird, bis wir wieder wegfahren.

»Das …«, sagt Jared und schließt die Tür. »Das ist total abgefahren.«

»Ich habe Henna gestanden, dass ich sie liebe«, eröffne ich ihm. »Kurz bevor der Hirsch uns ins Auto gelaufen ist.«

Er blickt mich überrascht an. »Hatte sie noch Zeit zu antworten?«

Ich atme langsam durch die Nase, und erst da fällt mir auf, dass ich tatsächlich wieder durch die Nase atmen kann. Ich taste sie vorsichtig ab. »Das hast du gut gemacht.«

»Danke.«

»Henna sagt, sie bezweifelt es.«

Jared sieht nachdenklich aus. »Das ist eine merkwürdige Antwort.«

»Ja«, sage ich.

»Ja.«

»… aber ich habe bis zum Eintreffen der Sanitäter ihre Hand gehalten. Kurz bevor die Wirkung der Narkose voll einsetzte, hat sie noch meinen Namen gesagt.«

Was sie über Nathan und den Abschlussball gesagt hat, verschweige ich ihm. Irgendwie hoffe ich, dass der Unfall sie das vergessen lässt. Ist das mies von mir?

»Kumpel«, murmelt Jared und reibt sich die Augen. »Diese Heilerei schafft mich ganz schön. Ich denke, ich sollte jetzt lieber ins Bett.«

»Ja«, sage ich. »Danke noch mal.«

»Kein Problem, mein Freund.« Er atmet tief durch und öffnet die Fahrzeugtür. »Lass mich nur kurz noch den Segen erteilen.«

Hundert Katzen und eine Berglöwin beobachten erwartungsvoll, wie er mit erhobenen Händen zu ihnen kommt.

Bei meiner Rückkehr wartet Mel auf mich. »Wie geht's dir?«

»Ich fürchte, ich nehme das mit der Narbe doch nicht so leicht.«

»Das dachte ich mir schon.«

Wir setzen uns auf die Couch und schalten den Fernseher als Lichtquelle an, allerdings ohne Ton. Eine barbusige Frau mit einer Waffe in jeder Hand schießt in einem langen Gang auf Asiaten. Offensichtlich stören sie ihre abgeschnittenen Jeansshorts, weshalb sie sie auszieht und – jetzt nur noch im Stringtanga – weiterballert. Manchmal verstehe ich die Welt nicht. Mel schaltet auf eine Sendung über Hunde um.

»Mit den Narben ist es so«, sagt sie. »Du kannst nichts machen außer sie mit Stolz tragen.«

»Sagt das Mädchen mit der makellosen Haut.«

»Sagt das Mädchen, das ihren Zahnschmelz durch ständiges Zwangserbrechen ruiniert hat. Sagt das Mädchen, das weniger Busen hat als ein neunjähriger Junge, weil es sich in einer wichtigen Entwicklungsphase ihres Lebens fast zu Tode gehungert hat. Es gibt verschiedene Arten von Narben, Bruder.«

Ich sehe zu, wie die stummen, sinnlosen Bilder von Hunden in Kostümen über den Bildschirm flimmern. »Ist es für dich okay, dass Mom sich für den Kongress bewirbt?«

»Spielt das eine Rolle? Es ist nicht so, als hätte sie uns gefragt.«

»Sie denkt, dass es uns allen besser geht.«

»Ist das so? Oder doch nicht?«

Ich wiederhole, was ich zu Jared gesagt habe. »Es sind noch Monate und bis dahin sind wir längst weg.«

Mel, die zwischen totalem Selbstvertrauen und tiefsten Selbstzweifeln schwankt – was es häufiger gibt, als man meinen würde –, will Medizin studieren. Dabei ist sie schon skeptisch, ob sie die Geschichtsprüfung besteht. Wahrscheinlich wird ihr beides gelingen, und wenn ihr Notenschnitt so ist, wie sie es sich vorstellt – und das wird er –, dann besucht sie ein College, das Tausende von Meilen entfernt an der anderen Küste liegt.

Es ist seltsam, so etwas über die eigene Schwester zu sagen, aber ich vermisse sie schon jetzt, obwohl sie direkt neben mir sitzt.

Ich schrecke um 03:43 Uhr hoch, weil mein Dad sich zu mir ans Bett gesetzt hat.

Er weint.

»Es tut mir leid, dass ich nicht da war«, schluchzt er. »Es tut mir so leid.«

Er trägt immer noch seine Arbeitskleidung. Er stinkt.

»Geh wieder ins Bett, Dad«, sage ich. »Es ist alles in Ordnung.«

»Nein, ist es nicht.« Er schüttelt den Kopf. »Das ist es ganz und gar nicht.«

»Okay, mir geht's nicht gut. Aber es ist mitten in der Nacht, und dass du mich aus dem Schlaf reißt, macht es nicht gerade besser.«

Er schnieft leise. »Am besten, ich bringe mich um. Ich sollte von einer Brücke fahren, dann wärt ihr alle besser dran.«

»Es wäre schade um das Auto. Vor allem wenn es Onkel Rick gehört.«

»Ich könnte das Auto abstellen und springen.«

»Von welcher Brücke denn? Hier gibt es keine, die hoch genug wäre. Du würdest dir höchstens ein Bein brechen und dann würdest du uns noch viel mehr auf die Nerven gehen als jetzt schon.«

Er seufzt. »Du hast recht. Du hast ja so recht.« Er fängt wieder an zu weinen.

»Dad …«

»Du bist ein guter Junge, Mikey. Du bist der *beste* …« Seine Stimme bricht.

»Ernsthaft, Dad …«

Er lässt sich auf den Boden sinken und weint weiter. Nur ein paar Minuten, dann fängt er an zu schnarchen.

Ich nehme meine Decke und schlafe auf der Couch weiter.

Das siebte Kapitel, *in welchem Satchel und die anderen Indie Kids ihrer gemeinsamen Trauer um Kerouac Ausdruck verleihen, indem sie gefühlvoll Steine in einen nahe gelegenen See werfen; Satchel, die sich etwas abseits hält, nimmt das Medaillon in die Hand und hat eine Vision von dem hübschesten Jungen, den sie je gesehen hat; Dylan macht sich auf die Suche nach ihr und nutzt die Gelegenheit, sie zu küssen; obwohl seine Lippen nach Honig und veganem Patschuli schmecken, stößt sie ihn von sich und vertraut ihm an, was das Medaillon ihr offenbart hat. »Die Unsterblichen sind hier«, sagt sie zu ihm.*

Am Montag lasse ich die Schule sausen. Nach Jareds Heilungsritual geht es mir schon sehr viel besser, aber ich habe immer noch eine gebrochene Nase, zwei Veilchen und einen unbestreitbaren Grund, im Bett zu bleiben, also tue ich es auch.

Mein Handy ist noch in Hennas Autowrack, daher ruft mich Mel zu Hause an, um mir Folgendes zu sagen: Jared ist ebenfalls nicht in die Schule gekommen, vielleicht, weil er sich noch vom Heilen erholen muss oder immer noch versucht, sich zu Henna ins Krankenhaus zu schleichen, denn sie ist natürlich noch nicht draußen.

»Flipp jetzt nicht gleich aus«, sagt Mel. »Aber es gibt noch einen weiteren Toten bei den Indie Kids. Kerouac Buchanan. Der Mann in der Notaufnahme war sein Vater.«

»Scheiße«, sage ich. »Kerouac war in meinem Kurs über amerikanische Literatur.«

»Ich weiß. Wir sind eindeutig mitten in einer neuen Welle. Ich hoffe, es wird nicht so schlimm wie beim letzten Mal.«

»Pass auf dich auf.«

»Ich bezweifle, dass es damit getan ist. Du bist der vorsichtigste Mensch, den ich kenne, und trotzdem wärst du beinahe von einem Hirsch getötet worden.«

»Ich bin nicht der vorsichtigste ...«

»Ist Dad immer noch bei dir im Zimmer?«

»Nein, so gegen acht hat er sich weggeschlichen, um zur Arbeit zu gehen.«

»Du musst zugeben, seine Willenskraft ist bewundernswert.«

»Willenskraft? Ich dachte, Saufen ist ein Beweis für den Mangel an Willenskraft.«

»Im Gegenteil. Glaub mir. Du bist deinen Verhaltensmustern hilflos ausgeliefert, aber der Kraftakt, der dabei aufgebracht werden muss, ist einfach unglaublich.«

Nachdem wir das Gespräch beendet haben, rufe ich

Jared an. Es meldet sich nur der Anrufbeantworter und bei ihm zu Hause geht auch keiner ran. Damit habe ich mein Repertoire an Telefonnummern, die ich auswendig kenne, erschöpft. Ich frage mich, ob ich mein Handy jemals wieder zurückbekommen werde. Dann frage ich mich, was mit dem armen toten Hirsch passieren wird. Ob ihn jemand isst? Dann frage ich mich, ob Hennas Arm wieder ganz heil wird. Dann frage ich mich, ob das auch für meine Narbe gilt. Dann frage ich mich, was es bedeutet, dass Henna meinen Namen ausgesprochen hat, bevor sie das Bewusstsein verlor. Dann frage ich mich, was sie damit gemeint hat, als sie sagte, sie würde bezweifeln, dass ich sie liebe.

Mehr als einmal habe ich überlegt, ob ich insgeheim, tief in mir drin, nicht ebenfalls schwul bin. Mein bester Freund ist es und wir haben auch schon miteinander rumgemacht. Und es war nicht so, als hätte ich mich dabei nur zurückgelegt und die Augen geschlossen. Es hat Spaß gemacht. In Jareds Gegenwart fühle ich mich so sicher, da ist es nur natürlich, dass wir uns gegenseitig dabei geholfen haben, etwas Dampf abzulassen. Jared glaubt, es liegt daran, dass Götter für Menschen unwiderstehlich sind. Kann sein. Ich glaube, es liegt daran, dass er ein netter Kerl ist.

Abgesehen davon bin ich mir sicher, dass er mich nicht auf diese Weise mag. Er hat es selbst einmal angesprochen, aus Sorge, ich könnte auf ihn stehen, und weil er mich nicht verletzen wollte. Aber das habe ich nie getan und werde es auch nicht. Okay, das hört sich alles ein bisschen kompliziert an, aber ich wäre verrückt gewesen, wenn ich mir darüber nicht irgendwann einmal meine Gedanken gemacht hätte.

Ich träume von Mädchen. Auf diese ganz bestimmte Art. Und wenn ich, du weißt schon, gelegentlich diese … intime Unterhaltung mit mir selbst habe, sind es auch da wieder Mädchen. Ich schaue sie mir im Internet an, und wenn ich Dates habe, dann mit Mädchen. Ich hatte auch schon Sex mit zwei von ihnen. Vanessa Wright und ich haben in der zehnten Klasse zusammen unsere Hetero-Jungfräulichkeit verloren. Danach sind wir eine Weile miteinander gegangen und auch jetzt sind wir noch Freunde. Letzten Sommer war ich mit einem Mädchen namens Darlene zusammen. Sie hat im *Grillers* gekellnert. Darlene war total lustig und total hübsch, aber es war ihr so peinlich, als sie mir die Filzläuse ihres Exfreunds weitergegeben hat, dass sie sogar den Job hinschmiss. Wegen mir hätte sie das nicht tun müssen; eine Salbe hat das Problem aus der Welt geschafft, und meine Mom konnte nicht einmal sauer auf mich sein, denn natürlich haben wir verhütet. Dass Darlene siebenundzwanzig und ich erst sechzehn war, hat ihr mehr zu schaffen gemacht. Ich weiß auch nicht, manchmal bin ich vielleicht nur zu blöd.

Und dann natürlich Henna. Ich stelle es mir seit Jahren vor. Dass wir zwei zusammenleben. Kinder, ein Zuhause, Reisen. Natürlich stelle ich mir auch etwas Privateres vor, aber immer auf eine respektvolle Art. Na ja … du weißt schon, was ich meine. Jede Wette, du machst das auch. Wenn *ich* es tue, dann sind Henna und ich immer zusammen, ein echtes Team, wir gegen alle anderen, und weder sie noch ich würden es gegen irgendetwas anderes eintauschen wollen.

Ich stelle sie mir als meinen besten Freund vor.

Mag sein, dass ich nicht ganz verstehe, was sie mit »Du spürst es« meint. Was soll's, die Menschen sind unterschiedlich.

Ich liebe sie. Das tue ich wirklich.

Oder?

Fast eine geschlagene Stunde verbringe ich damit, immer wieder die Parkettdielen im Wohnzimmer zu zählen, dann bin ich endlich verdammt noch mal so weit, das Haus zu verlassen.

Der Krankenpfleger – ich bin nicht sicher, ob er das wirklich ist oder das Altenheim überhaupt Krankenpfleger oder Ärzte und so weiter hat, aber zumindest ist er angezogen wie ein Krankenpfleger – führt mich den Gang entlang zum Zimmer meiner Großmutter. Ich komme nicht sehr oft hierher, und ich spüre förmlich, wie der eifrige Typ mich deswegen verurteilt.

»Maggie?«, sagt er, zuerst leise, dann etwas lauter. *»Maggie.«*

Meine Grandma dreht den Kopf in unsere Richtung, zeigt aber keinerlei Anzeichen des Erkennens.

»Maggie, dein Enkel ist zu Besuch gekommen«, sagt der Pfleger.

Grandma starrt mich an. »Phillip?«

Man könnte denken, dass es sich bei »Phillip« um ihren toten Ehemann oder Vater oder so handelt, aber niemand weiß, wer dieser Phillip ist. Wir vermuten, dass Grandma es auch nicht weiß.

»Nein, Grandma«, sage ich. »Ich bin Michael.«

»Wo warst du, Phillipp?«, fragt sie. Ihre Augen füllen sich mit Tränen.

»Soll ich hierbleiben?«, fragt der Pfleger, was nett von ihm ist.

»Nein, danke, ich komme schon klar.«

Er wartet eine Sekunde, dann geht er hinaus. Grandma teilt sich das Zimmer mit zwei anderen Frauen. Mrs Richardson bekommt nie Besuch, deshalb bringt meine Mom ihr manchmal Blumen mit. Mrs Richardson nimmt das nicht zur Kenntnis, sondern murmelt immer etwas von einer Rosalie, die ihr unrecht getan hat. An der Fensterseite ist Mrs Choi, von der ich noch nie ein Wort auf Englisch gehört habe, aber wenn ich ihr zuwinke, winkt sie zurück. Nur heute nicht. Ihr erwachsener Sohn ist zu Besuch, deshalb hat sie sich mit dem Rücken zu ihm in einen Rollstuhl gesetzt und tut so, als wäre er nicht da. Er scheint das als gerechte Strafe zu empfinden und so sitzen sie stumm da und schweigen sich an.

»Ich habe sie zurückgebracht, Phillip«, sagt Grandma. »Jetzt sind sie weg.«

Ich setze mich neben sie ans Bett. »Was ist weg, Grandma?«

»Da ist ein …« Sie runzelt die Stirn. »Rot.« Dann starrt sie in die Luft.

Die drolligen Alten in den Alzheimerfilmen kotzen mich an. Du weißt schon, die süßen, lustigen Omas, die wie aufs Stichwort witzige-aber-kluge Dinge sagen? Mit echten Alzheimerpatienten hat das nichts, aber auch rein gar nichts zu tun. Alzheimer ist Furcht einflößend und anstrengend und so traurig, dass du dich am liebsten umbringen würdest. Meine Eltern haben Grandma ins Heim gebracht, nachdem sie ihre ganze linke Seite mit kochendem Wasser übergossen hatte, weil sie nicht mehr wusste, was ein Topf ist. Sie hat sich dabei so schwere Verbrühungen zugezogen, dass sie immer noch kaum laufen kann.

»Also gut, mal sehen«, sage ich. »Heute in vier Wochen sind die Abschlussprüfungen. Ich bin ziemlich gut in meinen Kursen und brauche mir daher nicht allzu viele Sorgen zu machen. Die schwierigsten Sachen habe ich schon im letzten Semester hinter mich gebracht, jetzt muss ich eigentlich nur noch für Mathe und Englisch lernen –«

»Phillip?«

»Ich habe sogar schon meinen Smoking für den Abschlussball. Ich werde dir Bilder zeigen. Allerdings versucht sich das Mädchen, mit dem ich auf das Fest gehen wollte, aus unserem blöden Plan rauszumogeln –«

»Phillip, da ist –«

»Sieht ganz so aus, als würde Meredith Mom dazu bringen, sie auf das Konzert von *Bolts of Fire* gehen zu lassen, also müssen Mel und ich womöglich mit ihr –«

»Deine *Nase,* Phillip.«

Sie starrt auf den Verband in meinem Gesicht. Ich habe immer noch zwei blaue Augen, und plötzlich frage ich mich, ob mein Anblick vielleicht so grässlich ist, dass ich ihr damit Angst einjage. Der Krankenpflegertyp hätte etwas sagen sollen. Vielleicht war *das* der Grund, warum er angeboten hat, hierzubleiben.

»Ich hatte einen Autounfall, Grandma«, erkläre ich ihr. »Aber es ist alles okay. Es geht mir gut. Ich bin sogar selbst hierhergefahren.«

Was auch stimmt. Allerdings bin ich schon bei der kleinsten Bewegung, die ich aus dem Augenwinkel wahrgenommen habe, zusammengezuckt.

»Alles in allem läuft es gar nicht schlecht.« Ich berühre ihren Arm. Sie blickt auf meine Hand, zieht den Arm aber nicht weg. »Ich meine, du weißt ja, ich bin immer noch nicht mit Henna weitergekommen, aber wenigstens hat sie meinen *Namen* gesagt. Das muss doch etwas bedeuten. Wir machen bald unseren Abschluss, und Jared und ich werden in dieselbe Stadt ziehen, das ist cool. Mel sieht gut aus, sie ist so gesund wie nie …«

Ich hindere sie daran, ihr Nachthemd über den Kopf zu ziehen. Sie lässt mich gewähren und trinkt sogar aus einem Glas Wasser, das ich ihr anbiete.

»Also«, sage ich. »Die Frage ist doch: Warum mache

ich mir andauernd so viele Sorgen? Wenn ich kurz damit aufhöre und die Lage betrachte, ist alles in Ordnung. Okay, es könnte besser sein – da ist dieser Typ in der Schule, auf den Henna abfährt, und deine Schwiegertochter kandidiert wieder einmal –, aber vor mir liegt ein neues Leben, auf das ich mich freue. Glaube ich jedenfalls.«

Grandma sieht mich nur an.

»Ich werde eine Narbe im Gesicht zurückbehalten. Alle sagen, es sieht cool aus, aber woher wollen sie das wissen? Und … ich habe wieder angefangen zu zählen. Ich tappe immer wieder in die Falle. Ich habe das Gefühl, dass etwas Schreckliches passieren wird, wenn ich nicht immer wieder diese verrückten Sachen mache. Ehrlich gesagt fürchte ich, dass so oder so etwas Schreckliches passieren wird. So geht es mir die ganze Zeit. Sogar wenn ich glücklich bin.«

»Glücklich«, wiederholt Grandma. Dann schreit sie dreimal hintereinander so laut, dass Mrs Richardson, Mrs Choi und ihr Sohn sich umdrehen, um zu sehen, was los ist. Grandma verstummt und lässt verwirrt den Blick durchs Zimmer schweifen, auf der Suche nach etwas, auf das sie sich konzentrieren kann.

»Was, wenn …«, sage ich leise. »Was, wenn ich *tatsächlich* verrückt werde? Was, wenn ich wieder in einer Endlosschleife lande und niemand mich rausholt?«

Unsere Blicke treffen sich. Grandmas Augen verharren einen Moment, dann schweifen sie weiter.

»Was, wenn ich irgendwann feststecke?«, frage ich. »So wie du?«

»Phillip«, sagt sie fast flehentlich. *»Phillip?«*

Ein fürchterlicher Geruch schlägt mir entgegen. Grandma weint leise vor sich hin, als ich hinausgehe, um den Pfleger zu holen.

Ja, drollige Alzheimerpatienten kotzen mich *echt* an.

Hennas Auto liegt immer noch im Straßengraben. Auf meinem Weg zu Grandma bin ich daran vorbeigekommen. Jemand hat es mit einer Plane abgedeckt, aber sonst ist nichts passiert. Es ist Montag, vielleicht haben sie das Wochenende über abgewartet. Vielleicht schleppen sie es heute ab. Aus diesem Grund halte ich auf dem Rückweg vom Pflegeheim an der Unfallstelle an.

Ich will mein Handy wiederhaben.

Ich stelle das Auto ab und steige aus. Es ist wärmer geworden, die Sonne scheint, wie man es im Mai erwarten kann. Obwohl der Unfall erst ein paar Tage her ist, kann man den Kadaver schon riechen. Es ist noch nicht zu schlimm, aber man ahnt, wie arg es werden könnte. Einmal ist ein Opossum unter unserem Wohnzimmer verendet. Du hast ja keine *Ahnung*, wie scheußlich so ein kleines Tier stinken kann.

Ich sehe mich um. Wir leben echt in der Pampa. Hier ist niemand und alle Straßen enden im Baumdickicht. Warum komme ich mir dann wie ein Eindringling vor? Das Handy gehört ja wohl *mir*.

Die Plane ist mit einem Nylonseil straff gezogen. Auf der Suche nach einem Zugang umrunde ich das Wrack. Man hat die Tür zur Fahrerseite aufgebrochen, deshalb schließt sie nicht mehr richtig, und auch das Seil ist an dieser Stelle lockerer. Ein Zipfel der Plane lässt sich zurückschlagen. Ich krieche darunter und spähe ins Auto. Das Dach ist fast ganz abrasiert, der Wagen sieht aus wie ein Cabrio mit offenem Verdeck. Nur eben unter einer Plane.

Der Kadavergeruch ist hier *viel* stärker und die aufgestaute Hitze macht es nicht besser. Hinter dem kaputten Lenkrad auf der Fahrerseite ist eine Art freier Tunnel. Ich kann mich nicht ganz reinquetschen, aber es reicht, um im Auto herumzutasten.

Ich zwänge mich durch die Tür und hole flach Luft, um nicht den heißen Verwesungsgeruch einzuatmen. Meine Rippen tun höllisch weh, weil es hier so eng ist und ich überall anstoße, aber ich dringe so weit vor, dass ich den Boden auf der Beifahrerseite absuchen kann. Er hat nicht mehr die Form, die er haben sollte; er ist flacher, runder und es ist nicht mehr genug Platz für die Füße.

»Ha!«, murmle ich, als meine Fingerspitzen das Handy ertasten. Mit zwei Fingern angele ich es heraus und nehme es, auf dem Vordersitz liegend, an Ort und Stelle in Augenschein. Das Display ist zersprungen, aber das Gerät lässt sich einschalten und zeigt kurz etwas an, bevor der Akku alle ist. Es funktioniert also noch.

Der Kadavergestank wird immer schlimmer, deshalb robbe ich vorsichtig wieder zurück …

Plötzlich ist um mich herum Helligkeit. Draußen scheint die Sonne, aber dieses Licht ist anders. Die dunklen Schatten unter der Plane lösen sich auf, alles ist in einen blauen Schimmer getaucht. Ich sehe den Kopf des Hirschs, er ist gegen die Lehne des Beifahrersitzes gedrückt. Fliegen krabbeln über sein Fell, ihre metallischen Augen glitzern. Das Licht wird immer heller und ich muss die Augen zusammenkneifen.

Ich kann an nichts anderes denken als an die Lichtsäule, die wir auf dem Feld gesehen haben, unmittelbar nachdem der Indie-Junge an uns vorbeigerannt ist.

Finn, der tot aufgefunden wurde.

Ich fürchte mich davor, unter der Plane hervorzukriechen.

Ich fürchte mich davor, *nicht* unter der Plane hervorzukriechen.

So plötzlich, wie es angefangen hat, ist es auch vorbei. Das Licht erlischt, ich bin kurz geblendet und blinzle, um in dem normalen schattigen Sonnenlicht unter der Plane etwas erkennen zu können.

Ich lausche. Alles ist still.

Und dann nicht mehr.

Da ist ein Geräusch. Ganz nah. Eines, das vorher noch nicht da gewesen war.

Etwas atmet.

Es ist der Hirsch. Es ist der verdammte Hirsch. Ich

sehe, wie sein Kopf sich bewegt. Aus seinen Nüstern kommt ein nasses, widerliches Röcheln.

Ich hechte ungeschickt aus dem Auto und lande im Graben. Der Hirsch hat angefangen, mit seinem kurzen Geweih gegen die Plane zu stoßen. Mit dem Geweih, das meine Wange aufgeschlitzt hat, als der Hirsch seinem *Tod* entgegenflog. Jetzt buckelt und stampft er so lange, bis der Großteil der Plane herabrutscht.

Und da ist er. Er steht in Hennas Auto.

Sein Genick ist eindeutig gebrochen, seine Beine auch, aber er steht und scheint keinerlei Schmerzen zu haben. Der Hirsch schüttelt die Fliegen ab, dann ist ein scheußliches Knacken zu hören, als seine Genickwirbel wieder einrasten. Er wendet den Kopf und sieht mich an.

Seine Augen glühen blau, ja, sie *glühen.* Ich liege in dem matschigen Graben, der Hirsch steht über mir, und in diesem Moment bin ich kurz davor, in die Hosen zu machen.

Der Hirsch blickt an mir vorbei in den Wald hinein, aus dem in jener Nacht die anderen Tiere gekommen sind. Er springt aus dem Wagen heraus, lautlos, leichtfüßig, und setzt über den Graben hinweg. Seine verletzten Beine sind der reinste Albtraum, es ist *undenkbar,* dass sie sein Gewicht tragen können.

Aber sie tun es. Mit einem Schnauben läuft er los und verschwindet zwischen den Bäumen.

Das achte Kapitel, *in welchem sich die Indie Kids Satchel, Dylan und Finn Nummer zwei in der Bibliothek in Nachforschungen stürzen, um Hinweise auf die Unsterblichen zu finden; auf Kerouacs Beerdigung gegen Ende der Woche umarmen Satchels Eltern ihre Tochter und geben ihr Raum für ihre Trauer; währenddessen macht der Hof der Unsterblichen ernst mit seiner Suche nach einem Geheimniswahrer; sie stoßen auf Satchels Onkel, der auf einem dunklen Waldweg – der für die dort stattfindenden nächtlichen Aktivitäten bekannt ist – bewusstlos in seinem Polizeiwagen sitzt; als er wieder zu sich kommt, kann er gerade noch »Sandra?« fragen, ehe sein Kopf von den Schultern abgetrennt wird, was nicht völlig schmerzlos vonstattengeht.*

»Aber ich muss für Deutsch lernen«, nörgelt Meredith vom Rücksitz aus. Sie hält ihre Deutscharbeitsblätter hoch.

»Magst du Minigolf nicht?«, frage ich.

»Niemand mag Minigolf«, sagt sie. »Du doch auch nicht. Du machst das doch nur aus Ironie.«

»Tja, schon möglich. Henna kann noch nicht einmal den Schläger richtig halten, aber es war ihre Idee.«

»Mir ist schleierhaft, warum ich mitkommen muss.«

Sie muss mitkommen, weil niemand mehr alleine unterwegs ist. Nicht seit der Sache mit dem Zombiehirsch, nicht nach dem Tod der beiden Indie Kids. Jared und ich machen ab sofort nur noch gemeinsam Schichten im *Grillers*. Mel gibt vor, für die Abschlussprüfungen lernen zu müssen, um sich vor den Nachtschichten im Drugstore zu drücken, und Henna kann mit ihrem verletzten Arm ohnehin nicht im *Java Shak* arbeiten. Mom ist auf Wahlkampf und immer öfter im Kapitol, deshalb wechseln Mel und ich uns damit ab, Meredith zu ihren Abendklassen zu fahren. Zum Abschlussball (es sind keine drei Wochen mehr bis dahin, ticktack) werden wir jetzt definitiv alle gemeinsam gehen, einschließlich Nathan und, ganz neu hinzugekommen, Dr. Nenn-mich-Steve, weil es die einzige Möglichkeit ist, um halbwegs sicher zu sein. Toll, toll, toll.

Mel wirft einen Blick in den Rückspiegel. »Hör auf, dich zu beschweren, sonst gehen wir nicht mit dir zu *Bolts of Fire*.«

»Denk dran, Mom hat noch nicht Ja gesagt«, erinnere ich meine kleine Schwester, während Mel auf unseren winzigen Autobahnabschnitt biegt. »Wir können immer noch dafür sorgen, dass sie Nein sagt.«

»Sie wird Ja sagen«, erwidert Meredith stur. »Ich habe schon die Tickets … oh.« Sie bricht erschrocken ab, als hätte sie schon zu viel gesagt. Was auch stimmt.

Ich drehe mich im Sitz um. »Wie bitte?«

Merediths panischer Blick verrät mir, dass ihre Gedanken auf der Suche nach einer Ausrede rattern.

»*Meredith*«, sagt Mel warnend.

Seufzend gibt Meredith sich geschlagen. »Ich habe die Tickets bereits.«

»Seit wann?«, fragt Mel.

»*Wie*?«, frage ich.

»Mit meiner Kreditkarte«, sagt Meredith leise.

»Deiner was?«, fragt Mel. Ihre Stimme ist so scharf wie eine Papierkante. Meredith schweigt. »Heißt das, Mom hat dir eine Kreditkarte besorgt?«

»Es ist nicht *meine*«, gibt Meredith zu. »Sie ist an Moms Karte gebunden.«

»Steht dein Name drauf?«, frage ich.

»Irgendwie schon, aber …«

»Ich fasse es nicht«, japst Mel und lacht rau. »Diese Frau.«

»Ihr beide habt *Jobs*«, jammert Meredith. »Aber ich kann mir nichts alleine kaufen.«

»Du bist erst zehn, Merde Breath«, erinnere ich sie.

»Nenn mich nicht so. Mom hatte keine Lust mehr, immer wieder die Kreditkartennummer für meine Online-Musikkurse eingeben zu müssen.«

»Also hat sie dir einfach eine eigene Karte besorgt«,

sagt Mel. »Weil das natürlich die naheliegende Lösung für dieses Nichtproblem ist.«

»Ich darf es euch eigentlich nicht erzählen.«

»Warum wohl.« Mels Stimme ist ganz hell vor Ärger. »Der Himmel weiß, dass sie uns alle gleich behandelt, also was sollte es für eine Rolle spielen?«

»Ich gehe sehr verantwortungsvoll damit um.«

»Tickets für *Bolts of Fire* sind nicht verantwortungsvoll«, sage ich.

Meredith sieht uns durchtrieben an. »Die Abrechnung kommt erst nach dem Konzert.«

Bei dieser Antwort lachen Mel und ich laut los.

»Für die Fanklubtickets war die Zeit total knapp!«, redet Meredith schnell weiter. »Wenn ich sie nicht sofort gekauft hätte, wäre ich leer ausgegangen. Ist ja auch egal, gestern waren sie in der Post.« Sie strahlt wie die aufgehende Sonne. »Drei Tickets.«

»Wieso drei?«, fragt Mel. »Zwei hätten doch gereicht. Das wäre billiger gewesen. Und du würdest später weniger Ärger kriegen.«

»Ihr habt beide versprochen mitzukommen«, antwortet Meredith. »Zu dritt macht es mehr Spaß.«

Die schlichte Liebe, mit der sie das sagt, versetzt mir einen kleinen Stich ins Herz. Ja, wir haben miese Eltern. Aber wenn jemand es wagen sollte, einer meiner Schwestern wehzutun, werde ich ihn den Rest meines Lebens jagen und vernichten.

»Du spielst ziemlich auf Risiko, wenn du Moms Einverständnis voraussetzt«, erwidert Mel und fährt von der Autobahn ab (ich hab doch gesagt, dass wir nur ein kleines Stück haben).

»Am Ende gibt sie immer nach«, sagt Meredith. »Keine Ahnung, warum.«

Der Minigolfplatz befindet sich praktisch direkt neben der Autobahnausfahrt und Mel biegt bereits auf den Parkplatz ein. Sie stellt das Auto ab und stellt neidlos fest: »Weil du die Beste von uns bist, Meredith.«

Meredith sieht mich an. »Das bezweifle ich.«

»Deswegen haben wir dich mitgenommen«, sage ich. »Wir können dich nicht alleine zu Hause lassen.«

»Dad ist doch da.«

»Du sagst es.«

»Liegt es an all den seltsamen Dingen, die passiert sind?«, fragt Meredith und wartet fast ängstlich auf unsere Antwort.

Mel und ich sehen einander an und sind uns im Bruchteil einer Sekunde einig, dass wir sie nicht anlügen werden. »Ja«, sage ich. »Wegen all der seltsamen Dinge.«

Meredith nickt ernst. »Das dachte ich mir.«

Wir steigen aus. Henna wartet bereits vor der kleinen Hütte, wo man die Schläger bekommt, und winkt uns mit ihrer gesunden Hand zu sich. Sie ist in Begleitung von …

»Da ist Jared!«, ruft Meredith glücklich. »Und wer ist der andere?«

Ich antworte: »Das ist Nathan.«

Ich schaffe es gerade mal bis zum ersten Loch, um dann festzustellen, dass sogar eine Woche nach dem Unfall die leichte Drehbewegung, die man machen muss, um beim Minigolf einzulochen, für meine Rückenmuskeln zu viel ist. Jared legt mir heimlich seine heilende Hand auf, während Mel und Nathan ihre Bälle schlagen.

»Tut's weh?«, fragt Henna. Sie sitzt auf einer Bank neben Meredith, die ihre Deutschkonjugationen lernt.

»Ein bisschen«, sage ich und setze mich vorsichtig neben sie. »Ich entdecke immer wieder neue Stellen, die wehtun können.«

»Geht mir ähnlich.« Sie fährt mit dem Finger über ihren Gips. »Aber Jared hat mir geholfen.«

Jared hat sich zu Mel und Nathan gesellt, die am ersten Loch stehen, das mit kleinen Plastikdinosauriern dekoriert ist. Mel schlägt ab, dann stößt sie zwei Fäuste in die Luft. »Volltreffer!«, ruft sie. Mel ist ein echtes Ass und geradezu lächerlich gut in Minigolf.

»Ich bin überrascht, dass deine Eltern dir erlaubt haben, mitzukommen«, sage ich zu Henna.

»Und das mit gutem Grund«, stimmt sie mir zu.

»Ich schreibe, du schreibst, er schreibt …«, leiert Meredith leise neben uns herunter.

»Aber seit ich knapp dem Tod entronnen bin, hat sich einiges geklärt«, fährt Henna fort. »Findest du nicht auch?«

»Ehrlich gesagt, nicht unbedingt.«

»Für mich schon.«

Jared, Nathan und Mel lachen über Nathans klägliche

Versuche, den Ball ins Loch zu kriegen. »Nach sieben Schlägen gibt man meistens auf«, hören wir Jared sagen.

»Ich habe meinen Eltern mitgeteilt, dass ich mich mit euch treffe«, sagt Henna. »Sie wollten mich zuerst nicht gehen lassen, aber ich habe sie nicht um Erlaubnis gefragt. Erstaunlich, was für einen Unterschied das macht, wenn man entschlossen ist. Wenn man weiß, was man will.«

»Deine Eltern haben recht, wenn sie sich Sorgen machen. Zwei Schüler sind tot. Und es werden vermutlich nicht die letzten sein.«

Meredith hält kurz inne, dann konjugiert sie weiter. *»Ich möchte, sie möchten …«*

»Aber genau darum geht es doch«, sagt Henna. »Ich hätte sterben können. *Wir beide* hätten bei diesem Autounfall sterben können. Aber wir sind nicht tot. Ich könnte ebenso leicht zu Hause sterben wie hier bei meinen Freunden. Ganz zu schweigen von der Zentralafrikanischen Republik.«

»Ah.«

»Ja, ah.«

Sie sieht mir fest in die Augen. Ich weiß nicht, was ihr Blick bedeutet.

»Bei mir hat sich nichts geklärt«, höre ich mich zu meiner eigenen Überraschung sagen. »Ich habe das Gefühl, mein Körper besteht aus lauter kleinen Teilen. Es mag so aussehen, als wären sie zusammengefügt, aber die Teilchen schweben frei im Raum, und bei der ersten Erschütterung falle ich auseinander.«

»Wie eine Fontanelle«, sagt Henna.

»Eine was?«

»Die weiche Stelle am Kopf eines Babys.« Sie berührt die Stelle an ihrem eigenen Kopf. »Der Schädel eines Babys besteht bei der Geburt nicht aus einem Stück, sonst wäre er zu groß für den Geburtskanal. Deshalb gibt es die sogenannte Fontanelle, eine ungeschützte Stelle, die sich erst später verhärtet.«

»Das passt genau«, sage ich. »Ich bin eine große Fontanelle.«

Henna lacht leise. Dann nimmt sie meine Hand in ihre Hände und hält sie fest. »Mikey«, sagt sie, aber nicht so, als würde sie weiterreden wollen, sondern so, als würde sie mir einen Namen geben und einen Platz auf dieser Welt zuweisen. Mein Herz wird schwer, denn ich sehne mich so nach ihr. Es ist, als würde ich trauern. Meinen die anderen das, wenn sie vom Bauchgefühl reden? Dass es so traurig ist, hat keiner gesagt.

Der Minigolfplatz ist alt und klitzeklein, deshalb sind Jared, Mel und Nathan immer noch ganz in unserer Nähe, obwohl sie bereits beim dritten Loch sind. Sie lachen und sehen zu uns herüber. Besonders Nathan.

»Ich esse, wir essen.« Meredith blickt hoch. »Ich habe Hunger.«

»Geht mir genauso«, ruft Nathan. Henna lässt meine Hand los. »Wer will was zu essen?«, fragt Nathan und gesellt sich zu uns.

»Ein Hotdog«, sagt Meredith.

Nathan zieht die Augenbrauen hoch.

»Ein Hotdog, *bitte*«, wiederholt Meredith

»Ich helfe dir«, bietet Henna an und steht auf. Sie dreht sich zu mir um. »Möchtest du auch was, Mikey?«

»Ich liebe«, murmelt Meredith vor sich hin. *»Du liebst …«*

Ich versetze ihr einen Stoß mit dem Fuß. »Nein, schon okay.«

Mein Blick folgt den beiden, als sie zu der Bude gehen, wo es das Standard-Minigolf-Essen gibt: Hotdogs und Nachos. Ich sehe zu, wie Henna mit Nathan zur Tür hineingeht. Auch Jared beobachtet die beiden, dann sieht er mich an, und ich weiß, was er denkt. Er denkt, es ist höchste Zeit, dass ich Henna aufgebe.

Vielleicht hat er recht.

Aber sie hat meine Hand gehalten. Und gesagt, dass sie die Dinge jetzt klarer sieht.

Ich wünschte, ich könnte das auch von mir behaupten.

»Zwei!«, ruft Mel triumphierend.

Die zweite Minigolfrunde ist gerade in vollem Gange – die erste hat Mel mit neunundfünfzig Punkten gewonnen, Jared hatte achtzig und Nathan zu meiner großen Freude siebenundneunzig –, als wir überraschend Besuch bekommen.

»Hey«, begrüßt uns ein müde wirkender Dr. Nenn-mich-Steve. Er hält seine Autoschlüssel in der Hand und trägt immer noch die Krankenhauskleidung.

»Hey«, sagt Mel. Jeder Bestandteil ihrer Körpersprache drückt ein Lächeln aus. »Du bist gekommen.«

»Wer könnte zu Minigolf schon Nein sagen?«

»So gut wie jeder«, murmelt Meredith und schreibt eifrig ihre Antworten zu den Abenteuern von Dieter und Frederika in Hamburg auf.

»Kann ich mitspielen?«, fragt Steve, nachdem Mel ihn allen vorgestellt hat. (»Wow«, sagte er bei der Begrüßung zu mir und tastete behutsam meine Nase ab. »Die heilt ja unglaublich schnell.«)

»Du kannst für mich einspringen«, bietet Nathan ihm an. »Ich bin so schlecht, dass du von Glück reden kannst, wenn du in der Runde mit unter hundert Punkten rauskommst.«

Steve nimmt Nathans Schläger. »Ich mag Herausforderungen.«

Wir sind auf dem neuen Parcours im hinteren Teil des Minigolfplatzes. Allerdings ist er nur so neu, wie New Mexico neu ist. Das Motto des Parcours war früher mal »Dschungel«, aber die Figuren der »Eingeborenen« waren so rassistisch, dass sie entfernt werden mussten. Übrig geblieben sind ein Blätterdickicht und in der Mitte ein Tiger aus Glasfaser mit rissigem Anstrich, der alle vier Minuten ein blechernes Brüllen vom Band von sich gibt.

Kaum ist Dr. Steve da, schließt Henna sich Mel an – als moralische Unterstützung, nehme ich mal an –, sodass nur noch ich und Nathan übrig bleiben. Yippie.

»Wie geht es dir, Mike?«, fragt er und setzt sich zwischen mich und Meredith.

»Ach, weißt du«, sage ich und weiche seinem Blick aus. »Ich schlage mich nur mit den physischen und emotionalen Nachwirkungen eines Nahtoderlebnisses herum. Keine große Sache.«

Er lacht. Was ich merkwürdig finde. »Ich weiß«, sagt er. Und das finde ich noch merkwürdiger.

Ich stehe auf. »Will noch jemand was zu essen?«

»Nein«, sagt Meredith auf Deutsch und zerbröselt einen Nacho. *»Ich habe viele Nachos.«*

»Du magst mich nicht«, stellt Nathan fest. Ich bleibe stehen.

»Wer behauptet das?«

»Du strahlst es mit jeder Faser aus. Oder irre ich mich?«

Ich zögere, unabsichtlich, aber lange genug, dass es peinlich ist.

»Ich kann es sogar irgendwie verstehen«, sagt er. »Du bist zu neunzig Prozent schon weg, stimmt's? In den verbleibenden Wochen willst du so viel Zeit wie möglich mit deinen Freunden verbringen, ohne daran zu denken, dass du sie bald verlassen wirst. Aber dann taucht dieser *Eindringling* auf und sprengt deine verschworene Clique, und das zu einer Zeit, wo du sie am meisten brauchst.«

»Tja«, sage ich. »Genau.«

Er blickt auf seine Hände, ballt die Faust und lässt wieder locker. »Als wir in Florida wohnten, fuhr meine

Schwester total auf Indie Kids ab. Ich war für sie und ihre Freunde eine Art Maskottchen. Der Kleine …«, Nathan wirft Meredith einen kurzen Blick zu, »… der immer dabei war und lustige Dinge von sich gab.« Er betrachtet wieder seine Hände. »Dann kamen die Vampire. Meine Schwester verliebte sich. Als der Spuk vorbei war, waren sie und ihre Freunde tot.«

»Oh nein«, sagt Meredith mit großen Augen.

»Seither zieht meine Mom von einer Militärbasis zur nächsten. Immer beschäftigt, damit sie nicht nachdenken muss. Kaum kreuzen wir hier auf, gibt es zwei tote Kids, und ich kenne niemanden …«

»Ja«, sage ich. »Ja, okay.« Wir schweigen eine Sekunde, dann sage ich: »Weißt du, Hennas älterer Bruder –«

»Ich weiß«, unterbricht er mich. »Es tut gut, mit jemandem zu sprechen, der das kennt.«

Scheiße. Ich meine, *echt jetzt*. Wie reagiert man auf so etwas? Wie soll ich ihn jetzt noch *hassen?*

»Du hast eine ätzende Frisur«, sage ich zu ihm.

»Ich schäme mich wegen meiner Ohren«, antwortet er.

Lautes Gelächter dringt von den Golfern zu uns herüber. Wir blicken hoch und sehen, wie Mel einen belämmert dreinblickenden Dr. Steve aus einem fünfzehn Zentimeter tiefen Wassergraben zieht.

»Alles gut?«, fragt Nathan.

»Oh Mann«, stöhne ich. »Das war es, bis du so blöd gefragt hast.«

Mel und Dr. Steve verschwinden zusammen für ein spätes Abendessen, also nehme ich das Auto meiner Schwester und fahre Meredith nach Hause. Jared fährt selbst und Nathan nimmt Henna mit. Bevor sie gehen, umarmt sie mich.

»Dass mir alles klarer ist, heißt nicht, ich wüsste jetzt, was zu tun ist«, sagt sie so leise, dass nur ich es hören kann. »Aber der Unfall hat mir vor Augen geführt, wie wichtig du für mich bist, Mikey. Wie sehr ich dich liebe.«

»Nur eben nicht mit deinem Bauch.« Ich versuche zu lächeln.

Sie zögert kurz, dann fragt sie: »Arbeitest du am Sonntag?«

»Nein«, antworte ich. »Am Nachmittag muss ich die Abschlussbilder machen lassen. Da verschwinde ich unter einer zehn Zentimeter dicken Make-up-Schicht.«

»Hol mich danach ab«, sagt sie. »Ich werde die Abendmesse schwänzen. Lass uns etwas unternehmen. Nur wir zwei.«

»Okay.«

»Okay?«

»Okay.«

Dann geht sie weg. Mit Nathan.

Auf dem Heimweg singt Meredith »Bold Sapphire«, bis sie einschläft. Einmal wird sie wach und murmelt: »Ich wünschte, ihr würdet nicht weggehen.« Dann rollt sie sich zusammen und schläft wieder ein.

Das neunte Kapitel, *in welchem Satchel das Polizeirevier aufsucht, um mit ihrem Onkel zu sprechen; die anderen Polizisten behandeln sie unfreundlich und sie entdeckt das blaue Leuchten in ihren Augen; auch ihr Onkel – der trotz der Hitze einen Schal trägt – hat schimmernde Augen; er bedroht Satchel, und nachdem sie aus dem Polizeirevier geflohen ist, findet sie bei sich zu Hause Finn Nummer zwei vor; zuerst sieht es so aus, als wolle er sie küssen, aber dann berührt sie das Medaillon und hat wieder eine Vision von dem hübschesten Jungen, den sie je gesehen hat; die Vision ist so überwältigend, dass Satchel in ihr Zimmer rennt, um sich alleine ihren Gedanken hinzugeben.*

»Hast du ihn schon gefragt?«

»So einfach ist das nicht«, sagt Jared. »Eigentlich ist er gar kein *Er*. Du siehst aus wie ein Verbrennungsopfer.«

Ich berühre das Make-up, das die Fotografin in mein Gesicht geklatscht hat wie Zuckerguss auf eine Torte. Danach sind meine Fingerspitzen pfirsichfarben.

»Nicht anfassen!«, ruft sie hinter ihrer Kamera hervor.

»Vielleicht sollte ich mich lieber mit zwei Veilchen fotografieren lassen«, sage ich zu Jared.

»Wenigstens hast du keinen Verband an der Nase«, erwidert er.

»Ja, echt toll. Also, hast du ihn gefragt? Oder sie? Oder auch im Plural?«

»Bei manchen Göttern lässt sich das nicht so leicht unterscheiden. Aber ja, ich habe den Gott der Waldtiere nach deinem Zombiehirsch gefragt.«

»Und?«

»Nichts. Hatte noch nie etwas davon gehört. Nach einer kurzen Nachforschung hieß es lediglich: *außerhalb meines Reichs*.«

»Was heißt das genau?«

»Dass die Vorgänge nichts mit den Göttern zu tun haben.« Jared blinzelt und reibt sich die Nase. Er kommt ohne Make-up aus. »Hör zu, Mike. Den meisten Göttern ist es egal.«

»Was?«

»Alles. Ihnen geht es nur darum, die Herrschaft über andere Götter zu erlangen. Sie sagen dir, wie wunderbar sie sind, und erwarten, dass du ihnen das bestätigst.« Ich höre an seinem Unterton, dass ihn das nicht kaltlässt. »Niemand kann dir besser vor Augen führen, wie allein du bist, als eine Schar Götter.«

»Kumpel«, sage ich. »Ich sitze hier. Du bist nicht allein.«

»Du bist dran!«, sagt die Fotografin zu mir. »Und beeil

dich. Unter dem Scheinwerferlicht verwandelt sich das Zeug auf deinem Gesicht in einen Lavastrom.«

»Wow, das ist eine Menge Make-up«, sagt Mr Shurin, als wir nach der Fotosession bei Jared zu Hause anhalten.

»Hi, Mr Shurin«, begrüße ich ihn.

»Du siehst aus wie ein TV-Moderator.«

Jared und Mr Shurin begrüßen sich mit einer Umarmung. Das haben sie schon immer so gemacht und tun es auch jetzt noch, obwohl Jared seinen Vater wie ein Riese überragt. Mr Shurin ist echt in Ordnung. Er ist zwar klein und nicht gerade tough, trotzdem lässt sich erahnen, warum eine Halbgöttin sich in seiner Gesellschaft wohlgefühlt hat.

»Wie es aussieht, gehen deine Mutter und ich wieder mal gegeneinander ins Rennen, Mike«, sagt er zu mir. »Der Bundesvorstand hat mir ein richtiges Kampagnenteam zur Verfügung gestellt.« Er zuckt die Schultern. »Das ist mal was Neues.«

»Bis es so weit ist, liegen zwei Bundesstaaten zwischen uns«, sage ich. »Also viel Glück schon mal. Schicken Sie mir eine SMS mit dem Ergebnis oder so.«

Er lächelt, sieht aber auch erschöpft aus. Er hat nicht die geringste Chance auf einen Sieg, und das weiß er, aber *irgendjemanden* muss die Oppositionspartei schließlich aufstellen. Mr Shurin hat nie erklärt, warum er sich immer wieder breitschlagen lässt, aber ich vermute mal, es liegt daran, dass die Partei meiner Mom nicht sonderlich viel von Leuten hält, die *anders* sind. Und Mr Shurin ist sehr *anders*.

Es scheint jedoch an seinen Kräften zu zehren. Seine Schläfen sind grauer als noch vor einem Monat. Ich habe nie darüber nachgedacht, welchen Unterschied es für meine Eltern macht, wenn Mel und ich ausziehen, denn realistisch betrachtet lautet die Antwort auf diese Frage: keinen großen. Aber Jared ist ein Einzelkind, er und sein Dad stehen sich sehr nahe, und seine Mutter ist nicht mehr da. Seltsam, wie man immer wieder vergisst, dass nicht alle Familien so sind wie die eigene.

Ich will ganz dringend heimfahren und mein Gesicht waschen, aber Mr Shurin drückt mir eine Coke in die Hand und holt eine Pizza aus dem Ofen, die er offensichtlich für uns bereitgehalten hat. Wir setzen uns hin und essen. Make-up-Brösel fallen in meine Peperoni.

»Hat Jared dich schon wegen der Hütte gefragt?«, will Mr Shurin wissen.

Ich blicke hoch und kaue auf dem Käse herum. »Wie bitte?«

»Nach dem Ball.«

»Dad findet, wir sollten draußen in der Hütte eine Party schmeißen«, klärt Jared mich auf. »Wenn wir genug vom Tanzen haben.«

»Keine Party«, sagt Mr Shurin. »Der Ball ist die Party. Es wäre eine Art Afterparty. Ein Chill-out.«

Jared zuckt zusammen, als sein Dad diese altmodischen Ausdrücke gebraucht.

»Hört zu«, sagt Mr Shurin. »Mir ist klar, dass ihr irgendwo abhängen und trinken werdet, also warum wählt ihr dafür nicht einen sicheren Ort, von dem niemand mehr mit dem Auto nach Hause fahren muss?«

Die Hütte, von der er spricht, ist eine geräumige, wenn auch billig zurechtgezimmerte Behausung weit draußen auf der anderen, sprich ärmlichen Seite des großen Gletschersees. Sie schlicht zu nennen, wäre euphemistisch, aber im Laufe der Jahre bin ich ein paarmal im Sommer dort gewesen, und es war ganz okay. Vor einiger Zeit gab es ein kleines Otterproblem, aber inzwischen wird sich der Geruch nach Moschus und verrottendem Fisch verflüchtigt haben.

»Klingt gut«, sage ich. »Mal abgesehen davon, dass dies genau die Situation ist, in der man gerne mal von einem menschenhäutenden Serienkiller abgemurkst wird.«

Jared geht so gut wie gar nicht darauf ein. Schon seit heute Morgen ist er irgendwie mit sich selbst beschäftigt.

Eigentlich geht das schon länger so, fällt mir auf. Jetzt, wo ich darüber nachdenke. Jetzt, wo ich zur Abwechslung einmal an jemand anderen denke als an mich. Oh, verdammt. Habe ich irgendwas verpasst? Habe ich meinen besten Freund im Stich gelassen?

»Also, das Angebot steht«, sagt Mr Shurin. »Wenn ihr wollt.« Er beißt in die Pizza hinein. »Habt ihr Jungs heute Abend noch etwas vor?«

Er will wissen, ob wir gemeinsam etwas machen. Ich schüttele den Kopf. »Ich treffe mich mit Henna.«

Mr Shurins Miene hellt sich auf. »Ein Date? Endlich?«

Ja. Alle wissen Bescheid. Alle.

»Glaube ich nicht«, sage ich. »Eher ein Treffen der Autounfallüberlebenden.«

Mr Shurin nickt, dann sieht er Jared fragend an. »Gehst du noch mal weg?«

»Mm«, brummt Jared und wischt sich mit einer Serviette über den Mund. Er steht auf und öffnet die Hintertür, durch die wir hereingekommen sind. Ein Dutzend Katzen aus der Nachbarschaft wartet draußen geduldig. »Bin gleich wieder da«, sagt Jared.

Als ich mein Gesicht zum dritten Mal wasche, weiß ich, dass ich durchdrehe.

Ich bin in Jareds Bad, und weil ich so bin, wie ich bin, wasche ich mich in einer ganz bestimmten Reihenfolge. Jared hat eine einigermaßen brauchbare Gesichtsseife, also spritze ich Wasser aus dem Waschbecken in mein Gesicht und reibe die Seife auf meine Stirn, angefangen bei den beiden oberen Ecken, dann mit beiden Händen kreisend bis zur Mitte. Ich arbeite mich bis zur Nase vor, wasche jeden Nasenflügel extra, vier, fünf, sechs Mal, dann kommen die Wangenknochen dran, mit synchronen Bewegungen, danach die Wangen – bei der noch nicht ganz verheilten Narbe bin ich besonders vorsichtig –, und schließlich reibe ich mit der rechten Hand mein Kinn ein. Am Hals sind es wieder beide Hände. Das Wasser tropft auf den Kragen. Zum Schluss spüle ich die Seife ab, mit eins, zwei, drei Wasserspritzern, danach trockne ich mein Gesicht mit dem Handtuch nach genau demselben Muster ab.

Weil sich beim ersten Mal dicke Make-up-Batzen lösen – auf meinen Fotos werde ich wie einer dieser steinernen Köpfe auf den Osterinseln aussehen –, lege ich noch eine zweite Runde mit gleicher Abfolge ein. Beim dritten Mal wird mir klar, dass ich geliefert bin. Stirn, Nase, Wangenknochen, Kinn, Hals. Stirn, Nase, Wangenknochen, Kinn, Hals. Stirn, Nase, Wangenknochen, Kinn, Hals. Scheiße, Scheiße, Scheiße, Scheiße, Scheiße.

Mein T-Shirt ist inzwischen pitschnass. Ich spüre, wie die Haut an meinen Fingerspitzen aufspringt, weil der Ölfilm weggewaschen ist. Ich kann so vorsichtig sein, wie ich will, aber das wiederholte Waschen meiner Blutergüsse an den Augen und meiner Wangennarbe wird mit jedem Mal schmerzhafter. Beim achten Durchgang versuche ich, meine Hände dazu zu zwingen, sich am Waschbecken festzuhalten. Vergeblich.

Mir ist klar, wie verrückt das ist. Das Gefühl, ich hätte mein Gesicht nicht »richtig« gewaschen, ergibt keinen Sinn. Aber wie gesagt, es zu wissen, macht es nicht besser. Es macht es sogar noch sehr viel schlimmer. Wie soll ich es dir erklären? Wenn du es nicht kennst, wirst du es vielleicht nicht verstehen können, aber als ich mein Gesicht ein weiteres Mal wasche, hasse ich mich so sehr, dass ich mir am liebsten ein Messer ins Herz stoßen würde.

Als Jared nach einer Weile die Badezimmertür öffnet

und sieht, was vor sich geht, bin ich schon am Heulen. Vor Wut. Vor Scham. Vor Hass auf mich selbst und diese bescheuerte Sache, mit der ich *einfach nicht aufhören kann*. Und obwohl ich das alles weiß, mache ich weiter.

Ein Blick genügt und Jared verschwindet. Sekunden später kehrt er mit einem trockenen Shirt zurück, das ich irgendwann in den vergangenen Jahren hier liegen gelassen habe.

Ich nehme es, und diese einfache Handlung reicht aus, um die Endlosschleife zu unterbrechen.

Ich klappe vornüber, stoße ein langes, wütendes »Fuuuuuuuuuuck« aus und weine weiter. Jared legt seine Hand auf meinen Rücken und wartet, bis ich so weit bin, dass ich mich aufrichten kann.

»Eine Therapie ist nichts, wofür man sich schämen müsste, Mike«, sagt er, als ich das Shirt wechsle. »Und Medikamente auch nicht. Du musst das nicht aushalten.«

Meine Gesichtshaut ist jetzt so trocken, dass sie sticht. Jared kramt eine Feuchtigkeitscreme für Männer hervor und reicht sie mir. »Kannst du das für mich machen?«, bitte ich ihn. »Ich habe Angst, dass ich wieder stecken bleibe.«

Er fragt nicht nach, sondern fängt an, die Creme auf mein Gesicht zu tupfen. »Ist es, weil du heute Abend mit Henna weggehst? Du hast Angst, dass sich etwas ändert. Das könnte der Grund sein.«

»Vielleicht.« Ich zucke zusammen, weil die Creme ein bisschen brennt. »Vielleicht bist du der Grund.«

Er hält inne. »Ich?«

Ich versuche zu lächeln. »Wer wird mich vor so etwas retten, wenn ich auf dem College bin?«

»Das kriegst du schon hin, Mikey. Du bist stärker, als du denkst. Außerdem bin ich ja noch da.«

»Das allein ist es nicht. Wo hast du in der letzten Zeit gesteckt, Jared? Was machst du an den Samstagabenden? Was hast du heute Abend vor, von dem niemand etwas wissen darf?«

Er schmiert noch mehr Creme in mein Gesicht. Und ja, natürlich weiß ich, dass die meisten Leute es seltsam finden, wenn zwei miteinander befreundete Kerle sich oft berühren. Aber wenn man sich seine eigene Familie aussucht, dann entscheidet man auch darüber, wie man sich untereinander verhält. Und bei uns ist das halt so. Ich hoffe, du kannst dir deine Familie aussuchen, und ich hoffe, sie bedeutet dir genauso viel wie mir.

»Ich habe verschiedene Dinge am Laufen, Mike«, sagt er.

»Welche Dinge? Ich kann dir dabei helfen.«

Er lächelt. »Dabei nicht. Trotzdem danke.«

»Du könntest mit mir darüber reden. Du kannst mit mir über alles reden.«

»Ich weiß.« Er hört auf, mich einzucremen. »Deine Haut wird glänzen, aber du kennst Henna schon so lange. Ich bezweifle, dass sie dich überhaupt noch richtig ansieht.«

»Jared –«

»Ich werde dir sagen, was wichtig ist, Mike.« Er lässt sich viel Zeit, den Deckel wieder auf die Tube der Feuchtigkeitscreme zu schrauben. »Wichtig ist, dass ich weiß, wie sehr du dir wegen allem Sorgen machst. Ich weiß auch, dass ein großer Teil dieser Sorgen darin besteht, dass du – egal, welche Freunde du hast, und egal, wie lange du sie kennst – immer glaubst, du seist derjenige, der am wenigsten gebraucht wird. Auf den alle verzichten können.«

Ich kann nur schlucken. Plötzlich fühle ich mich nackt.

»Das gilt auch, wenn wir nur unter uns sind«, sagt er. »Du hast Angst, du könntest mich mehr als Freund brauchen als ich dich.«

»Jared, bitte –«

»Das wusste ich schon, als wir noch klein waren, Mike. Du bist nämlich nicht der Einzige, der sich Sorgen macht.« Er versetzt mir spielerisch einen Stoß und lässt dann seine Faust flach auf meiner Brust liegen. »Ohne dich hätte ich es nicht geschafft. Ich habe meinen Dad, und ich habe dich, und ich brauche euch beide. Mehr, als ihr ahnt.«

»Danke, Mann.«

»Ich werde dir alles erzählen, sobald ich kann«, fährt er fort. »Versprochen. Ich *will* es ja. Aber darüber zu reden, sogar mit dir, würde etwas verändern, und das kann ich noch nicht riskieren.«

»Okay.«

»Und wenn du Henna heute Abend nicht richtig auf

den Mund küsst, werde ich dafür sorgen, dass du bei den Prüfungen immer noch zwei blaue Augen hast.«

Er grinst, und obwohl ich mir weiter Sorgen um ihn mache – ich wäre nicht ich selbst, wenn ich es nicht täte –, fühlt sich das Glück, das ich bei seinen Worten verspüre, wie ein echter Faustschlag gegen die Brust an.

»Ist es okay, wenn ich dich küsse?«, fragt Henna, kaum dass wir eine halbe Meile von ihrem Haus entfernt sind.

Ich halte mitten auf der Straße an.

»Was?« ist alles, was ich hervorbringe.

»Lassen wir dem Forschergeist freien Lauf«, sagt sie. »Wir beide haben uns doch schon lange gefragt, wie es wäre, oder nicht?«

»Haben wir? *Hast du?*«

»Du bist ein süßer Typ, den ich seit hundert Jahren kenne. Natürlich habe ich es mir schon vorgestellt.«

Aus der bewaldeten Dunkelheit hinter uns taucht ein Auto auf. Die Scheinwerfer beleuchten unsere Hinterköpfe. Eine Sekunde später ertönt ein Hupen. Ohne den Blick von Henna zu nehmen, schalte ich die Warnblinkanlage an. Das Auto hupt wieder, dann überholt es uns.

»Hast du nicht auch das Gefühl, dass die Welt aus den Angeln ist?«, fragt Henna.

»Ja«, sage ich, denn genau so ist es. »Du findest mich also süß?«

»Die Zukunft liegt direkt vor uns. Sie ist nicht so weit weg, wie die Zukunft es normalerweise ist. Sie ist schon hier. Es kann jeden Augenblick so weit sein.« Henna reibt sich die Schulter. »Ich habe mich heute für die Afrikareise impfen lassen. Mein Arm wurde gerade erst operiert, aber wir fahren trotzdem. Dad sagt, als Arzt kann er mich versorgen, und Gott wird über uns wachen, solange wir seinen Willen erfüllen, also halten wir an unserem Plan fest. Wir gehen fort, daran lässt sich nichts ändern.«

»Du könntest bei uns wohnen«, sage ich, und im selben Moment denke ich: *Nein, wohl eher nicht.* Ihrem Blick nach zu urteilen, weiß sie das auch. »Oder bei Jared. Zumindest den Sommer über …«

»Nein.« Sie schüttelt den Kopf. »Es wird so sein, wie ich es gesagt habe. Und ich kann nichts dagegen tun. Es ist so unabänderlich wie meine Abschlussprüfungen. Wie die Tatsache, dass ich auf ein anderes College gehen werde als alle meine Freunde. Wie meine Gefühle für Nathan, über die ich genauso überrascht bin wie alle anderen. Tut mir leid, es bringt nichts, zu lügen. Was für einen Sinn hat es überhaupt, zu lügen? Wir können uns hinter unserer Angst verschanzen und uns nicht trauen, Dinge zu tun, aber die Zukunft kommt trotzdem und frisst uns auf, und dann werden wir bereuen, dass wir all die Dinge nicht getan haben, die wir gerne getan hätten. Weißt du, was ich meine?«

»Nicht so richtig.«

Sie lächelt. »Das ist die Wahrheit, siehst du? Ist das nicht fantastisch?«

Wieder fährt ein Auto an uns vorbei, diesmal in die andere Richtung. Es fährt ziemlich langsam, und wir warten, bis es weg ist. Man könnte meinen, es wäre nur gekommen, um uns heimlich zu belauschen.

»Warum willst du mich küssen?«, frage ich sie.

»Weil ich herausfinden möchte, ob ich es will. Weil ich wissen möchte, wie es sich anfühlt.« Sie zuckt mit den Schultern. »Ich war mal in dich verliebt. Damals, als Mel wieder in die Schule zurückgekehrt ist. Ich habe gesehen, wie gut du für sie gesorgt hast, Mike. Wie sehr du auf sie aufgepasst hast.« Ihre Augen werden ein bisschen feucht. »Ich weiß nicht, ob Teemu sich in der Situation auch so um mich gekümmert hätte.« Sie schluckt die Tränen weg. »Ich möchte es gern glauben, aber ich werde es nie herausfinden. Und das gefällt mir nicht.«

Ich starre sie fassungslos an. »Du warst in mich verliebt?«

»Ja«, sagt sie schlicht. »Aber damals war ich mit Tony zusammen und in ihn war ich auch verliebt. Sehr sogar. Ich bin es immer noch. Wir hätten die allerhübschesten schwarzen finnisch-koreanischen Babys bekommen, die man sich nur vorstellen kann.«

»Warum hast du mit ihm Schluss gemacht?«

Jetzt schaut sie weg. »Er wollte, dass wir diesen Sommer heiraten.«

»Was?«

»Ich habe ernsthaft darüber nachgedacht. Um nicht nach Afrika reisen zu müssen. Aber dann ist mir klar geworden, dass es der einzige Grund war, warum ich seinen Vorschlag in Erwägung zog. Man kann nicht jemanden heiraten, nur um von den Eltern wegzukommen.«

»Es gibt Leute, die das machen.«

»Ich anscheinend nicht. Mir ist klar geworden, dass ich mir eine Ehe mit Tony nicht vorstellen kann. Zumindest nicht zu diesem Zeitpunkt. Nicht, bevor ich losgezogen bin und ein eigenes Leben mit eigenen Entscheidungen gehabt habe und weiß, was ich eigentlich will.«

»Und jetzt versuchst du herauszufinden, ob du *mich* willst?«

Sie sieht mich wieder an. »Wir hätten zusammen sterben können. Aber wir sind nicht tot. Während wir auf den Krankenwagen gewartet haben, musste ich immerzu daran denken, wie froh ich bin, dass du bei mir bist. Denn mit dir zusammen muss ich keine Angst haben.«

»Mir ging es genauso.«

»Ich weiß. Das wusste ich schon immer.« Sie schnallt sich ab. »Ich weiß allerdings *nicht,* ob es gut ist, wenn wir uns küssen. Aber ich will nicht weggehen, ohne es herausgefunden zu haben. Ich will nicht mit deinen Gefühlen spielen, und ich habe Angst, dass es dich verletzt, aber Angst ist kein Grund –«

Aber da küsse ich sie schon.

Sie ist …

Keine Ahnung, aber du hast sicher schon einmal jemanden geküsst, oder nicht? Also weißt du, wie das rein physisch abläuft. Und wir kriegen das auch ganz gut hin.

Aber obwohl ihre Nähe und ihr Geruch und der Geschmack ihrer Lippen mich einfach umhauen und obwohl ich jede Stelle in meinem Nacken spüre, an der sie mich mit ihrer unverletzten Hand berührt, und ihr Gips sich in meine Brust gräbt und, ja, obwohl ich einen Steifen habe und mich anders hinsetzen muss, bevor wir uns weiterküssen, weil meine Jeans so eng ist – obwohl das alles so ist, spielt sich das Wichtige im Kopf ab, oder nicht?

Denn ich denke immerzu: *Ich küsse sie, ich küsse sie, ich küsse sie, ich küsse Henna, wir küssen uns, es ist Henna, und wir küssen uns.*

Das ist vielleicht dumm, vielleicht auch nicht, denn vielleicht geht es allen so. *Ich küsse sie.*

Das ist es, was ich denke.

Plötzlich klopft jemand so laut ans Fenster, dass wir auseinanderfahren.

Hinter uns steht ein Auto mit ausgeschalteten Scheinwerfern. Es gibt eigentlich keinen vernünftigen Grund dafür, aber ich bin mir ziemlich sicher, dass es dasselbe Auto ist, das vor Kurzem hinter uns war und eine Minute zuvor langsam an uns vorbeigefahren ist. Rote und blaue Blinklichter leuchten ein-, zweimal auf, dann ist es wieder dunkel.

Es ist ein Polizeiauto.

»Scheiße«, höre ich Henna murmeln.

»Wir haben nichts Falsches getan«, sage ich entschlossen.

Als es erneut klopft, machen wir beide fast einen Satz, was natürlich albern ist. Wir haben nicht übermäßig Angst vor Polizisten, aber es sind zwei Leute umgebracht worden, und ein Zombiehirsch ist über meinen Kopf hinweggesprungen. Ich behaupte also nicht zu viel, wenn ich sage, dass unsere Nerven blank liegen.

Ich lasse die Scheibe runter. Der Polizist steht so nah am Wagen, dass ich anfangs sein Gesicht nicht erkennen kann. Ich sehe nur eine Taschenlampe von der Größe eines Knüppels, mit der er an die Scheibe geschlagen hat. Das Ding ist etwa fünf Zentimeter von meinem Kopf entfernt.

»Hi«, sage ich leicht belämmert.

»Hi?« Er beugt sich langsam herunter, um den Kopf durchs Fenster zu strecken. »Spricht man so einen Gesetzeshüter an?«

Mit Schrecken erkenne ich ihn wieder. Es ist der Cop, der in die Schule gekommen ist und uns überhaupt nicht ernst genommen hat, als wir ihm erklärten, dass wir mit eigenen Augen gesehen hätten, wie ein kleines Mädchen Indie Kid Finn über das Feld gejagt hat. Er trägt einen Schal, der eindeutig nicht zu seiner Uniform gehört, und obwohl es draußen stockdunkel ist, hat er eine Sonnenbrille auf.

Das gibt Ärger, denke ich, und damit meine ich nicht nur den *Von-einem-Cop-angehalten-werden-Ärger.*

»Ich warte auf eine Antwort.« Seine Worte sind klar und deutlich, und diesmal ist er so ganz anders als die leicht angetrunkene Version seiner selbst, die wir im Büro des stellvertretenden Schulleiters erlebt haben.

»Tut mir leid, Officer. Ich weiß, wir dürften eigentlich nicht –«

»Nein«, unterbricht er mich. »Dürft ihr nicht.«

Er leuchtet mit der Taschenlampe in mein Gesicht. Ich zucke zurück und höre ihn lachen. Er leuchtet Henna an, die nicht wegschaut. Sie hat Angst, das merke ich, sie fürchtet sich genauso wie ich, aber sie ist auch trotzig. Der Unfall hat ihre Welt tatsächlich aus den Angeln gehoben. Gut möglich, dass wir großen Ärger bekommen, aber falls das so ist, wird sie sich ihm stellen.

Sie hat nie schöner ausgesehen als jetzt. Ich habe so große Angst um sie, dass ich mich fast übergeben muss.

»Ihr Kids«, spuckt der Polizist uns an. »Mit eurer Aufmüpfigkeit und eurem Sex –«

»Unserem *was?*«, fragt Henna.

»Ihr fühlt euch unverstanden, weil ihr jung seid. Ihr denkt, nur ihr seht die Welt so, wie sie ist.« Er schlägt die Taschenlampe gegen die Autotür, ziemlich heftig sogar. »Ihr habt nicht die geringste Ahnung.« Wieder haut er gegen die Tür, diesmal so fest, dass es eine Beule gibt. »Nicht die geringste Ahnung.« Aus dem Handgelenk heraus schlägt er gegen den Seitenspiegel und zertrümmert ihn.

»Hey!«, will ich protestieren, aber er blendet mich erneut mit seiner Taschenlampe.

»Es ist gefährlich, nachts hier draußen zu sein«, sagt er spöttisch.

Verstohlen versuche ich, mit einer Hand an den Steuerknüppel zu greifen, ohne dabei den Cop aus den Augen zu lassen. Vielleicht kann ich den Gang einlegen, damit wir abhauen können.

»Nur zu«, sagt der Cop. »Versuch's mal.«

»Mikey«, höre ich Henna flüstern. Sie sieht in den Rückspiegel.

Um uns herum sind überall Polizisten. Ich sehe keine Polizeiautos, bis auf das eine, aber da draußen stehen mindestens zwanzig Cops mit den Händen an den Halftern. Sie haben einen weiten Kreis um unser Auto gebildet.

Alle tragen Sonnenbrillen.

Meine Hand verharrt am Schaltknüppel. Henna und ich blicken, ohne den Kopf zu bewegen, nach unten auf die Gangschaltung. Aus dem Augenwinkel sehe ich, dass Henna unmerklich nickt. Ich will gerade den Gang einlegen …

Da höre ich die Stimme. Sie ist eine Mischung aus Flüstern und dem Kreischen einer Kreissäge. Sie scheint von überall her zu kommen, sie ist meilenweit weg und zugleich in unseren Köpfen.

»Schaut genauer hin«, wiederholt sie immer wieder rau. Henna und ich winden uns bei dem schrecklichen Geräusch. *»Schaut genauer hin, schaut genauer hin …«* Es ist wie berstendes Glas auf der Haut, du hörst es, spürst es, ehe es wieder verklingt und ein Gefühl hinterlässt, als hätte dich jemand auf die falsche Art angefasst.

Der Cop knipst die Taschenlampe aus. Ich höre Henna atmen und taste in der Dunkelheit nach ihr. Auch sie hört meinen Atem, denn ihre Hand greift nach meiner.

Der Cop nimmt die Sonnenbrille ab.

In der tiefen Dunkelheit glühen seine Augen. Sie leuchten blau. Blau wie die Augen des Hirschs.

Auch die anderen Polizisten nehmen ihre Sonnenbrillen ab. In der Stille der Nacht sind Henna und ich von einem Kreis aus blauen Augen umringt, die uns beobachten.

»Los«, flüstert Henna. »Fahr los.«

Ich lege den Gang ein, aber der Cop ist unfassbar schnell. Er packt meinen Arm so fest, dass es wehtut.

Und hält mir die Waffe ins Gesicht.

Eine unendliche Minute lang sehe ich nichts außer den Lauf der Waffe.

»Ihr seid nicht diejenigen, die wir suchen«, sagt der Polizist stirnrunzelnd. Er scheint enttäuscht zu sein. Er lässt die Waffe sinken, setzt die Sonnenbrille wieder auf und geht. Nach und nach verschwinden die blauen Lichterpaare in der Dunkelheit.

Ich warte keine Sekunde länger, sondern trete aufs Gaspedal. Mit qualmenden Reifen brettere ich in die Nacht hinaus.

»Mike«, flüstert Henna.

»Ich weiß«, sage ich.

»Mike«, wiederholt sie. Sie fragt nichts, sagt nur meinen Namen. Ich habe keine Ahnung, wohin ich fahre,

ich rase, so schnell ich kann, will einfach nur weg, weit weg.

»Ich war noch nie so froh darüber, kein Indie Kid zu sein«, höre ich Henna sagen.

Sie fängt an zu weinen, und eine Zeit lang tun wir nichts anderes, als zu fahren und zu weinen.

Vor allem weil wir glücklich sind, noch am Leben zu sein.

Das zehnte Kapitel, *in welchem die Indie Kids Joffrey und Earth spurlos von zu Hause verschwinden, bis ihre Leichen meilenweit entfernt aufgefunden werden; Satchel versteckt sich mit den anderen Indie Kids Finn, Dylan, Finn, Finn, Lincoln, Archie, Wisconsin, Finn, Aquamarine und Finn in einem verlassenen Drive-in; nachts sieht Satchel ein blaues Licht und begegnet dem Jungen aus dem Medaillon, dem hübschesten, den sie je gesehen hat; er warnt, dies sei kein sicherer Ort für sie und die anderen, und fordert sie auf wegzurennen; dann sagt er, dass sie auf ihre ganz spezielle Weise wunderschön sei, und da weiß sie, dass sie ihm vertrauen kann; die Indie Kids kehren daraufhin wieder nach Hause zurück.*

Nach dem Vorfall mit dem Polizisten wird alles immer düsterer.

Zwei weitere Indie Kids sind tot. Ich kannte beide nicht, habe sie nur gelegentlich in der Schulaula gesehen, und dennoch.

»Das ist schlimmer, als wenn sie in voller Schönheit an Krebs sterben würden«, sagt Henna und hat recht damit.

Laut Polizei handelt es sich bei dem einen um Selbstmord und bei dem anderen um einen Autounfall.

Zumindest behaupten das die Cops.

Und warum sollten wir unseren Polizisten nicht glauben?

Henna und ich haben es Mel und Jared erzählt und, na schön, auch Nathan, aber keiner hat es seinen Eltern gesagt. Warum auch? Mein Dad ist bei allem, was wichtig ist, von vorneherein raus (ich bin nicht mal sicher, ob ich ihn diese Woche überhaupt schon gesehen habe, es gibt bestenfalls Beweise – herumliegende Klamotten und Schnarchgeräusche –, dass er irgendwo im Haus ist). Mom hat voll auf Vorwahlkampfmodus geschaltet, es ist also nicht gerade der geeignete Zeitpunkt, ihr zu verkünden, dass die örtliche Polizei übergeschnappt ist und ihren Sohn bedroht hat. (Ich habe behauptet, ich hätte den Seitenspiegel an einem Briefkasten kaputt gefahren. Mom hat lediglich geseufzt und mir das Versicherungsformular gegeben). Hennas Eltern würden sie schnurstracks in ein Kloster stecken und sogar Mr Shurin würde sich schrecklich Sorgen machen und garantiert falsch darauf reagieren.

Uns bleibt nichts anderes übrig, als zusammenzuhalten, es durchzustehen und lange genug zu leben, um den Abschluss zu machen. Das Übliche eben.

Die übrigen Indie Kids sind eine Zeit lang nicht zur Schule gekommen. Niemand weiß, wohin sie gegangen sind. Niemand weiß, was sie dort gesehen haben. Niemand weiß, warum sie alle am Freitag wieder aufgetaucht sind.

Sie verraten uns nicht, was vorgeht, egal wie oft wir sie fragen.

»Was haben sie gesagt?«, fragt Jared Mel beim Mittagessen.

»Dass wir es nicht verstehen würden«, antwortet Mel. Man könnte meinen, sie müsste die ganze Welt aus einem geliebten Job rausschmeißen, so düster schaut sie drein. »Aber einer von ihnen hat mir sein Gedicht gezeigt. Es handelt davon, wie abgrundtief allein wir alle sind. Dabei sind sie doch die verschworenste Gemeinschaft, die man sich vorstellen kann.«

Indie Kids benutzen bekanntlich kein Internet – ist dir das schon aufgefallen? Es ist total verrückt, aber sie tun es einfach nicht, ja sie scheinen nicht einmal auf die Idee zu kommen. Sie verhalten sich, als wären wir noch im Jahr 1985, als gäbe es nur Zettelkataloge. Daher diskutieren sie auch nie online. Und ihre Haltung drückt überdeutlich aus, dass uns das alles nichts angeht. Wie der Blick in die Geschichte zeigt, blieben Nicht-Indie-Kids in der Regel von Vampiren und Seelenfressern verschont, also liegen sie mit ihrer Ansicht vielleicht gar nicht so falsch.

Aber da ist noch der Hirsch, der den Unfall verursacht

hat. Der Zombiehirsch, der aus Hennas Auto gesprungen ist. Und was ist mit den gruseligen Cops? Erwachsene erklären uns gern, dass das Weltgeschehen uns nicht zu kümmern braucht. Warum eigentlich nicht, verdammt noch mal?

»Du siehst dir überhaupt nicht ähnlich«, sagt Mel, als sie die Abzüge für meine Abschlussfotos sieht. »Nicht im Geringsten.«

Auf die digitale Version habe ich von vorneherein verzichtet, ich wusste, dass die Fotos grässlich sein würden. Die Abzüge sind für die Karten bestimmt, die anlässlich des Schulabschlusses verschickt werden, Karten mit unnützem Seidenpapier und doppeltem Umschlag, die man an Verwandte schickt, in der Hoffnung, dass sie einem Geld zukommen lassen. Aber vielleicht kann ich das sowieso vergessen.

»Du könntest dein Cousin zweiten Grades sein, aber auch nur vielleicht«, sagt Henna und lehnt sich gegen die Verkaufstheke des Drugstores. Wir haben einen Abstecher zu Mel gemacht, um nach ihr zu sehen, obwohl es Samstagnachmittag und helllichter Tag ist.

»Wir haben keine Cousins«, sage ich. »Dad ist ein Einzelkind und Onkel Rick ist kinderlos.«

Henna blinzelt. »Ich habe ungefähr vierzig.«

»Entschuldigung«, sagt ein spindeldürrer, zotteliger Mann hinter uns.

»Für Methadon müssen Sie an den Apothekenschalter«, sagt Mel, ohne auch nur von den Fotos hochzublicken.

»Sind Sie nicht die Apothekerin?«, fragt der Mann.

Alle Augen richten sich auf ihn, die Aufmerksamkeit schüchtert ihn ein. Er schlingt die Arme um das Heavy-Metal-T-Shirt, das von seinem Schlüsselbein schlackert, und schlurft nach hinten zum Apothekenschalter.

»Armer Teufel«, sagt Mel und wendet sich wieder den Fotos zu. »Du siehst aus, als hätte dich ein Auftragskünstler im Zeugenstand porträtiert.«

Henna schnappt nach Luft. »Stimmt, genauso siehst du aus.«

Ich rutsche näher an sie heran und gebe vor, mir die Fotos genauer ansehen zu wollen. Mein Arm berührt ihren Arm. Das ist Kindergartenkram, aber sie weicht nicht zurück. Es ist über eine Woche her, seit uns die Polizisten angehalten haben, seither haben wir uns weder geküsst noch darüber geredet. Wir haben viel Zeit miteinander verbracht, aber immer nur in Gesellschaft unserer Freunde. Trotzdem, die Sache mit den Cops war so bedrohlich und bizarr und unerklärlich, dass ein Kuss vor diesem Hintergrund beinahe kindisch wirkt. Wenigstens zurzeit.

»Zum Glück sieht man die Narbe nicht«, sage ich.

Jareds heilende Hände haben dazu beigetragen, dass meine Fäden bereits gezogen werden konnten, aber ohne dicke Make-up-Schicht sieht man immer noch die von einem Huf verursachte Verletzung. Sie wird verheilen, das weiß ich, aber die Narbe bleibt.

»Das wird schon wieder«, versucht Mel mich zu trösten. »Wenn sie nicht mehr so rot ist, sieht sie bestimmt richtig gut aus.«

»Auf den zweiten Blick fällt keinem die Narbe auf«, sagt Henna. »Zumindest keinem, auf den es ankommt.«

»Ja«, sage ich ausdruckslos. »Leute, die sich über mein Gesicht lustig machen, werden kaum zu meinen Freunden zählen.«

Henna fährt mit den Fingern sanft über die Narbe, angefangen von der Spitze unter meinem Wangenknochen über den breiteren Teil auf der Wangenseite bis zum kleinen Schnörkel am Kinn. »Du bist immer noch du«, sagt sie. »Und alle werden immer nur *dich* sehen.«

Sie lässt ihre Finger eine Sekunde lang auf der Narbe ruhen. Ich kann es kaum erwarten, sie wieder zu küssen.

»Ähm«, sagt der zerzauste Mann, der wieder zu uns an die Haupttheke gekommen ist, während hinten die Medikamente hergerichtet werden. »Könnte ich eine Packung Marlboro haben?«

Mel nimmt eine Packung aus einem Regal voller Schachteln, auf denen vom Krebs entstellte Gesichter und Tumorlungen abgebildet sind, und tippt den Preis ein. Der Mann ist immer noch eingeschüchtert von uns. Er fummelt mit seinem Geld herum und ein Fünfdollarschein fällt zu Boden. Ich will ihn aufheben, aber Henna ist näher dran. Sie reicht ihm den Geldschein.

»Ich kenne dich«, flüstert der Mann, ohne sie richtig anzuschauen. Er schiebt den Fünfer und einen Zehner zu meiner Schwester.

»Tatsächlich?«, fragt Henna.

Der Mann sieht sie kurz an, dann blickt er verlegen weg. »Teemu«, sagt er.

Henna sackt zusammen, als würden ihre Klamotten plötzlich hundert Pfund zusätzlich wiegen. »Erik?«, fragt sie. »Erik Peddersen?«

Der hagere Mann nickt.

»Oh Gott«, sagt Henna, aber sie ist überrascht, nicht zornig. Der hagere Mann wird trotzdem rot.

»Da geht was verdammt Seltsames vor«, murmelt er, ohne ihr in die Augen zu sehen.

»Ich glaube nicht, dass es Vampire sind«, sagt Henna.

»Nein«, erwidert Erik entschieden. »Sonst hätten sie mich schon längst geholt.«

Es folgt ein stiller, leerer Augenblick, bei dem keiner auch nur blinzelt und Erik sich zunehmend unwohl fühlt. »Nummer 9«, beendet eine Lautsprecherstimme das Schweigen. Es ist Pratip, der Apotheker. Erik schlurft davon, ohne sich noch einmal umzudrehen. Wir schauen ihm nach.

»Ein Freund deines Bruders?«, fragt Mel behutsam.

»Ein Mitglied seiner Band«, antwortet Henna. »Ich habe ihn seit damals nicht mehr gesehen. Er scheint eine harte Zeit hinter sich zu haben.«

Sie presst ihren gesunden Arm an sich und scheint förmlich zu schrumpfen. Ich lege den Arm um sie und sie schmiegt sich an mich. Ich hasse mich selbst dafür, wie sehr mir das gefällt.

»Uns wird es nicht so ergehen«, sagt Mel und meint damit Erik. »Egal, was passiert, uns wird es nicht so ergehen.«

Es klingt, als wollte sie von uns ein Versprechen einfordern.

»Deine Schwester ist wie ein süßer kleiner Roboter«, sagt Tina, unsere Chefin. »Ich würde sie am liebsten auffressen.«

Meredith sitzt allein in einer Nische im *Grillers*. Jared hat ihren Tisch vollgestellt – zumindest den Teil, der nicht unter Hausaufgaben und Schulsachen verschwindet. Die Unmengen von überbackenem Toast und Blaubeerlimonade, die sich vor ihr türmen, scheinen die Erfolge aller Jazz-Stepp-Stunden, die sie je hatte, zunichtemachen zu wollen.

»Ich will ein Kind«, verkündet Tina, die Meredith vom Kellnerinnenwagen aus neidisch beobachtet.

»Lass dir von Ronald eins machen«, sagt Jared und schnappt sich eine Fritte von einem Teller.

»Er ist *unfruchtbar.*« Tinas Flüstern ist lauter als ihre normale Stimme.

»Dann adoptier doch eins«, schlägt Jared vor. »Adoption ist eine moralisch gute Tat.«

Tina verzieht das Gesicht. »Ja klar, weil Ronald auch genau der Typ ist, der guten Eindruck auf einen Sozialarbeiter macht.« Seufzend sieht sie sich im Restaurant um. »Was für ein mieser Abend. Alle sind schlecht gelaunt.«

Sie hat recht. Ich hatte heute mehr Beschwerden als in den vergangenen sechs Monaten zusammen. Ein Gast hat sogar sein *Wasser* zurückgehen lassen.

»Eine seltsame Stimmung liegt in der Luft, findet ihr nicht auch?«, sagt Tina. »Alle diese jungen Leute von der Highschool, die sich umgebracht haben.« Jared und ich sehen uns an, aber wir verzichten darauf, es richtigzustellen. »Man spürt es geradezu, wenn man nachts nach Hause fährt. Gott weiß, was sich da draußen in den Wäldern herumtreibt.«

Als die Vampire kamen, muss Tina so um die zwanzig gewesen sein, ein bisschen zu alt, um unmittelbar betroffen zu sein. Trotzdem fragt man sich manchmal, was die Leute wissen und nicht sagen. Oder was sie vorgeben, nicht zu wissen. Oder absichtlich vergessen haben.

Meredith späht aus ihrer Nische hervor, um meine Aufmerksamkeit zu erregen. Sie hat sich absichtlich in Jareds Hälfte gesetzt, er ist großzügiger mit der Blaubeerlimonade. Ich gehe zu ihr an den Tisch.

»Was gibt's?«

Sie zeigt mir ihr Tablet und wischt durch einige Webseiten. »Auf den großen Nachrichtenseiten findet sich kein Wort darüber, selbst wenn man gezielt danach sucht.«

»Dann such erst gar nicht. Überlass es mir und Mel –«

»Aber wenn man die richtigen Seiten aufruft …«, fährt sie fort, ohne auf meinen Einwand zu achten, und öffnet geschützte Diskussions-Threads in Foren, bei denen es um merkwürdige Dinge wie japanische Spielsachen und Underground-Videospiele geht. Sie hält mir das Tablet hin, bei dem jetzt mehrere Fenster geöffnet sind.

Ich sollte sie eigentlich zurechtweisen, bin aber von den Internetseiten abgelenkt. Es gibt jede Menge Hinweise auf *blaue Augen* und *tote Indie Kids* und *Unsterbliche*. Besonders viel über *Unsterbliche*.

»Das meiste davon ist reine Spekulation«, sagt Meredith. »Unter Unsterblichen könnte vieles zu verstehen sein, aber die Leute denken in erster Linie an mehrdimensionale Phänomene. Oder Elfen. Oder auch Engel. Keiner kann gesicherte Aussagen machen, denn die Indie Kids reden nur untereinander.« Sie legt ihr Kinn auf ihre Hände. »An vielen Orten passiert etwas. Auf die eine oder andere Weise.«

»Genau wie bei den Vampiren«, murmle ich, mehr zu mir selbst. Als ich ihr sorgenvolles kleines Gesicht sehe, sage ich rasch: »Du brauchst keine Angst zu haben. Sie interessieren sich nicht für kleine Mücken wie dich.«

»Was, wenn das *Bolts of Fire*-Konzert abgesagt wird?«, fragt Meredith. Sie hört sich an wie eine Zehnjährige, die trotz der schlimmen Todesfälle nur an sich denkt. Aber so ist Meredith nicht. Sie will wissen, ob alles gut werden wird. Wahrscheinlich wird es das auch, aber wann hat »wahrscheinlich« schon je irgendjemandem geholfen?

»Mann, sind die Leute heute schlecht drauf«, seufzt

Jared und kommt mit seinen Kaffeetassen zu uns an den Tisch. »Möchtest du etwas, Merde Breath?«

»Noch etwas Käsetoast, vielleicht?«, fragt sie mit piepsiger Stimme.

Jared lächelt. »Kommt sofort. Mel und Henna sind übrigens gerade eingetroffen.« Er sieht mich an. »Nathan ist auch dabei.«

Ich nehme ihm die Kaffeetassen ab und verschwinde in meine Hälfte des Restaurants. Tina hat Mel und Henna an der Tür abgefangen und gibt bereits eine Ronald-Leidensgeschichte zum Besten: »... und er hat Zehennägel wie ein Fabeltier ...«

»Hey«, sage ich. »Hey«, erwidern sie. Es ist eine Art verbales Abhaken. Hey, hier bin ich, bist du auch hier, ja, wir sind hier bei dir, und alle fühlen sich gut, weil »hey«.

Ich deute mit dem Kopf Richtung Meredith. »Sie macht sich Sorgen und stellt Nachforschungen an.«

Mel seufzt. »Das überrascht mich nicht, obwohl ich ihr gesagt habe, dass sie es lassen soll.« Sie eilt in die Nische zu unserer kleinen Schwester.

»Personalrabat auf alles, was ihr wollt«, verkündet Tina. »Dann ist wenigstens *irgendjemand* glücklich.«

»Danke, Tina«, sage ich. Sie lächelt, bleibt stehen und beobachtet mich und Henna. Dann beobachtet sie uns noch etwas mehr. Und noch mehr. Schließlich sagt sie: »Oh!«, und eilt davon, um den Gästen Käsetoast anzudrehen.

»Alles okay?«, frage ich Henna, als Tina weg ist.

»Ja, und wie fühlst du dich?«

»Gut. Merkwürdig. Gut.«

Sie lächelt. »Geht mir genauso.«

Ich schlucke. »Hör zu, Henna –«

»Ich weiß. Wir haben einiges zu bereden.« Sie betrachtet ihren Gips mit den vielen Unterschriften. Die größte davon ist die von Jared. Die kleinste ist meine, aber sie ist die einzige, die Henna auf ihrer Handfläche haben wollte. »Ich habe nachgedacht«, sagt sie. »Weißt du noch, was ich gesagt habe, bevor wir mit dem Hirsch zusammengekracht sind?«

Oh Scheiße. »Nicht so genau.«

Sie weiß, dass ich lüge, übergeht es aber. »Du hast gesagt, dass du mich liebst. Und ich habe gesagt, dass ich das bezweifle.«

»Das kannst du gar nicht wissen.«

»Du aber auch nicht, Mikey.« Sie trommelt mit den Fingern auf ihrem Gips. »Allerdings möchte ich dich wieder küssen.«

»Zu Forschungszwecken?«, frage ich schmunzelnd.

»Drei deiner Tische haben nach der Rechnung gefragt«, sagt Tina im Vorbeigehen. »Die Leute scheinen ziemlich angefressen zu sein.«

Henna hat den Augenblick genutzt und sich zu Mel und Meredith abgesetzt, die so tun, als würden sie in aller Ausführlichkeit eine Bestellung bei Jared aufgeben. »Ich dachte, du wärst in Begleitung von Nathan hier«, rufe ich ihr hinterher.

»Er ist noch draußen«, sagt sie schulterzuckend.

Ich frage mich, ob sie auch *ihn* zu Forschungszwecken geküsst hat.

Dann serviere ich meinen drei Tischen die Rechnung. Nur an einem der drei lassen die Gäste Trinkgeld da. Ich führe ein unzufriedenes älteres Paar an einen Tisch, das schon nach dem Seniorenrabatt fragt, bevor es überhaupt Platz genommen hat, und danach einen Feuerwehrmann, der Stammgast ist. Er kommt jeden Samstag hierher, bestellt jedes Mal das Gleiche und verlangt nichts, außer dass immer genug Nachschub an All-you-can-eat-Shrimps da ist. Während ich die Bestellungen eintippe, blicke ich hinüber zu Merediths Nische.

Nathan hat sich immer noch nicht blicken lassen.

Ich checke kurz, ob Tina in der Nähe ist, ehe ich nach draußen gehe. Ich wische mir die Hände an einem Handtuch ab und spüre den Drang aufsteigen, sie zu waschen und zu waschen und zu waschen. Von Nathan ist weit und breit nichts zu sehen, nur Ölpfützen und Strauchkiefern, die dem Verkehr trotzen, und ein großer, offener Himmel, von dem ein heller Vollmond auf uns herabscheint. Ich steure die Müllecke an, zwei große Tonnen in einem gemauerten Verschlag, die Jared und ich sonntagabends nach draußen rollen müssen. Sie stinken höllisch, selbst wenn wir eimerweise Bleiche reinkippen.

Aber auch bei den Tonnen ist niemand. Ich gehe weiter, immer noch die Hände reibend – in der Nähe der

Müllecke würde das jeder normale Mensch tun –, und frage mich, woher meine Neugier kommt und was ich eigentlich damit bezwecke. Ich kann Nathan ja nicht einmal leiden.

Trotzdem möchte ich nicht unbedingt, dass er abgemurkst wird.

Ich fange an, mir echte Sorgen zu machen – ich bin auf dem besten Weg, die Haut auf meinen Fingerkuppen wegzuscheuern –, als ich um die Ecke biege und ihn sehe. Er steht vor dem Notausgang des Restaurants, hat sich an die Backsteinwand gelehnt und raucht eine Zigarette. Er sieht nicht so aus, als hätte er es besonders eilig.

Ich bleibe im Schatten stehen. Okay, ich reibe mir immer noch die Hände, aber ich will keine große Sache daraus machen.

Nathan hat ein merkwürdig altes Gesicht, wenn er sich unbeobachtet fühlt. So als wäre er ein völlig anderer Mensch. Der traurigste Mensch, den ich je gesehen habe – und das heißt etwas. Und es stimmt ja auch, er hat seine Schwester verloren und zieht andauernd um, und er war früher einmal ein Indie Kid …

Er war einmal ein Indie Kid. *Das kleine Maskottchen,* hat er gesagt.

Vielleicht liegt es daran, dass ich ihn nicht mag, und sei es auch nur aus alberner Eifersucht heraus, aber das Erste, was ich denke, ist nicht: *Vielleicht könnte er herausfinden, was bei unseren Indie Kids vor sich geht.*

Sondern: *Was weiß er und verheimlicht er uns?*

Immerhin hat er selbst einen Witz darüber gemacht, oder nicht? Kaum war er aufgetaucht, sind die Indie Kids reihenweise weggestorben. Jemand, der clever ist, würde das selbst zur Sprache bringen. Er würde so tun, als fürchte er, man könnte ihm die Schuld zuschieben, insbesondere wenn er tatsächlich schuld ist.

Jemand, der unschuldig ist, würde womöglich dasselbe tun.

Nathan tritt die Zigarette aus. Dann hebt er den Zigarettenstummel auf und sieht sich nach einem Abfalleimer um, was zugegebenermaßen nicht gerade das ist, was ein Killer tun würde.

Trotzdem.

Nachdem er den Stummel neben einem Auto in einen Abfalleimer geworfen hat, stellt er sich ans Fenster und schaut ins Restaurant. Sonst macht er nichts, er winkt niemandem und versucht auch nicht, die Aufmerksamkeit auf sich zu ziehen. Dabei hat er fast Jareds ganze Restauranthälfte im Blick, vor allem die Nische, wo Meredith, Mel und Henna sitzen.

Er sieht wieder so traurig aus. Oder vielleicht immer noch. Er wendet sich ab und blickt in die Nacht hinaus, beobachtet die vorbeifahrenden Autos, die Sterne, den Mond, der immer noch scheint.

Worauf wartest du, ehemaliges Indie Kid?

Mit einem Seufzer verschwindet er um die Ecke Richtung Eingang. Drinnen kommt er an den angepissten Rentnern und dem genervten Feuerwehrmann vorbei, die sich fragen, wo zum Teufel ihre Bedienung abgeblieben ist.

Die Hände reibend eile ich hinterher und frage mich, was ich da gerade beobachtet habe. Ob ich überhaupt *irgendetwas* beobachtet habe. Wahrscheinlich nicht.

Was hatte er hier draußen zu suchen? Und was wissen wir tatsächlich von ihm?

Das elfte Kapitel, *in welchem Satchel um ihre Freunde trauert, aber auch beherzt weitere Nachforschungen anstellt und mithilfe des Zettelkastens über das Medaillon recherchiert; eines Nachts taucht der geheimnisvolle Junge in ihrem Schlafzimmer auf und seine ersten Worte lauten: »Es tut mir leid«; er teilt ihr mit, dass er der Prinz am Hof der Unsterblichen ist; sein Vater, der König, hat einen Zugang zu Satchels Welt entdeckt, und er will diese erobern, weil es dort genug Nahrung gibt, an der sich die Unsterblichen laben können; weitere Portale sollen geöffnet werden, aber der Prinz hat sich aus der Ferne in Satchel verliebt und kann nicht tatenlos zusehen, wie ihre Welt unterjocht wird; »Ich bin gekommen, um zu helfen«, sagt er; die beiden küssen sich.*

»Und so ist es mir eine große Freude und ein außerordentliches Vergnügen«, sagt Mom auf dem Podium und lächelt in die hellen Lichter der Kameras, »meine Kandidatur zur Repräsentantin des achten Kongressdistrikts des wunderbaren Staates Washington zu verkünden.«

Von ihren Unterstützern und den Parteioffiziellen, die sich um sie geschart haben, kommt Applaus. Sie strahlt uns an, aber ihr Lächeln reicht nicht über die Lippen hinaus, außerdem fällt mir auf, dass mein Dad der Einzige in der Familie ist, der applaudiert. Ich versetze Mel einen Knuff, woraufhin sie, ich und Meredith anfangen zu klatschen, um wie die perfekte Familie auszusehen, die wir nicht sind. Ich habe sogar einen Anzug an.

Zufrieden dreht Mom sich um und blickt in die Kameras. Genau genommen sind es gar nicht so viele. Eine von ihnen liefert Aufnahmen für die Presseagenturen, so die das überhaupt wollen, eine andere Kamera kommt vom unabhängigen örtlichen Fernsehsender, der hauptsächlich Wiederholungen bringt, und eine dritte dient der Partei für die Internetkampagne. Es sind auch ein paar Print- und Webjournalisten da, aber alles in allem ist das öffentliche Interesse nicht so groß wie das der anderen Politiker und der Familie.

»Staatssenatorin Mitchell?«, fragt ein Lokaljournalist, als der Applaus verebbt ist.

»Senatorin reicht völlig, Ed«, sagt Mom mit einem gewinnenden Lächeln.

»Möchten Sie ein Wort zu Tom Shurin sagen, der vermutlich ihr Gegenkandidat sein wird?«, fährt Ed, der Journalist, fort.

»Nur so viel: Ich freue mich auf einen engagierten und

fairen Wahlkampf, bei dem die Themen im Mittelpunkt stehen, die ich in meiner Rede vorgestellt habe«, sagt Mom und lächelt wie eine Präsidentin. Selbst wenn man Politiker nicht mag – so wie ich –, muss man zugeben, dass sie ihre Sache gut macht. Ich kann mich an keinen einzigen Punkt ihrer Rede erinnern, hängen geblieben ist nur der vage Eindruck, dass sie ihr allesamt ein Herzensanliegen sind. Was, wie sie mir einmal anvertraut hat, genau das gewünschte Ergebnis ist. Wenn man sich zu sehr festlegt, verstehen die Leute einen absichtlich falsch, damit sie sich über das aufregen können, worüber sie sich schon immer aufgeregt haben. Daher muss man die Zuhörer primär emotional ansprechen, damit sie weniger Fragen stellen.

Politiker wollen, dass ihr Wahlvolk ein bisschen dumm und ein bisschen ängstlich ist. Ich denke, zum größten Teil sind wir das auch.

»Was ist mit Ihrer Familie, Alice?«, fragt jemand giftig. Ich erkenne die Stimme sofort. Sie gehört der Frau, die einen verbitterten, aber unerfreulich einflussreichen Blog betreibt, wo sie Lokalpolitiker, die nicht in allen Punkten ihrer Meinung sind, für Trottel erklärt. »Wir wollen schließlich keine Wiederholung der Tragödien, die Ihre Bewerbung zur Vizegouverneurin torpediert haben.«

Ich hoffe, dass die Kameras nicht den unverhohlenen Hass in Mels Gesicht einfangen, aber Mom zeigt sich völlig ungerührt. »Ich habe eine normale amerikanische Familie, Cynthia, und so wie jede Familie versuchen auch wir, uns den Herausforderungen mit Anstand und Würde zu stellen. Ich liebe meine Kinder mehr als alles auf der Welt, und ich würde niemals kandidieren, wenn ich nicht ihre volle Unterstützung hätte.«

Ich frage mich, ob das stimmt.

»Aber«, fährt meine Mutter mit gefühlvoller Stimme fort, »falls die Presse sich dazu entschließen sollte, auf meine Kinder loszugehen, dann bekommt sie es mit mir zu tun.« Ihre Stimme ist hart, aber es ist die Politikerhärte, und wieder frage ich mich, ob es stimmt, was sie sagt. »Dann werde ich zeigen, wozu eine wilde Mama-Bärin fähig ist.«

Ihr Wahlkampfteam bricht in spontanen Applaus aus.

»Kommst du klar, Dad?«, fragt Mel unseren Vater, als die Pressekonferenz sich dem Ende nähert.

»Hmm?«, murmelt er und sieht Mel geistesabwesend an. Auch er trägt natürlich einen Anzug, und der Nase nach zu urteilen, ist er halbwegs nüchtern. Er trinkt etwas von dem bereitstehenden Kaffee, während Mom ein paar freundliche Interviews gibt. »Ach, du weißt schon«, sagt er. »Ein neues Jahr, ein neuer Wahlkampf.« Er klopft auf seine Taschen, scheint aber nicht wirklich etwas zu suchen. »Wir kriegen das schon hin.«

Mom gesellt sich in ihrem blauen Powerkleid und ihrer Powerperlenkette zu uns. »Danke«, sagt sie. Es klingt so ungewohnt aufrichtig, dass wir alle ein bisschen verlegen sind. »Das habt ihr toll gemacht.«

»Gern geschehen«, sagt Mel, wie immer ein wenig skeptisch. »Mama-Bärin, hm?«

Mom lächelt knapp. »Ich werde nicht zulassen, dass sie über dich herfallen, Melinda. Das verspreche ich dir.«

»Das liegt nicht in deiner Macht«, sagt Mel. »Aber trotzdem danke. Es ist ja nur ein kurzer Wahlkampf, sie werden sich kaum die Mühe machen.« Meine Mutter versteift sich bei den Worten »kurzer Wahlkampf« und Mel schließt rasch die Augen. »Das habe ich nicht so gemeint.«

»Ich weiß«, sagt Mom. »Wenn die heiße Phase beginnt, seid ihr zwei längst weg.«

Es ist das erste Mal, dass sie davon spricht. Sie klingt dabei fast ein wenig traurig.

»Wir kriegen das schon hin«, höre ich mich selbst sagen. »Wir kriegen das schon hin.«

Wir sind in mehreren Autos hierhergefahren. Mom ist mit ihrem Team direkt vom Kapitol gekommen, und Dad hatte die Anweisung, am Abend in einem einigermaßen sauberen Aufzug zu erscheinen. Das kann er, wenn man ihn dazu antreibt, und Mom weiß wirklich sehr, sehr gut, wie man das macht. Wer weiß schon, wie ihr geheimes Eheleben abläuft? Ich kann es mir nicht vorstellen, und ich will es auch nicht, aber ich habe das Gefühl, dass ich immer weniger weiß, je länger diese Ehe währt. Irgendwie scheint sie jedenfalls zu funktionieren.

Mel fährt Meredith und Dad nach Hause. Ich steige zu Mom ins Auto.

»Zum Glück sind es nur sechs Monate bis zur Wahl, das heißt, es ist ein kurzer Wahlkampf«, sagt Mom, während sie uns durch die Dunkelheit fährt. »Normalerweise würde die Kampagne für so einen wichtigen Posten mindestens ein Jahr dauern.« Sie wirft mir einen Blick von der Seite zu. »Das wäre viel schlimmer gewesen.«

»Du wärst trotzdem zur Wahl angetreten.«

»Ja. Ja, vermutlich schon. Du und deine Schwester nehmt mir das übel, das weiß ich.«

»Wir verurteilen dich nicht.«

Zu meiner Überraschung schnaubt sie laut. »Doch, das tut ihr. Ich habe *meine* Eltern auch verurteilt. Junge Menschen tun das einfach.«

Ihre Eltern leben in North Dakota. Ich habe sie in den siebzehn Jahren meines Lebens ungefähr viermal gesehen. Vielleicht hat Mom nie damit aufgehört, sie zu verurteilen.

»Ich mache das alles für euch, weißt du?«, sagt sie. »Ihr haltet mich für ehrgeizig und machtbesessen, aber Himmel noch mal, ich bin eben eine Politikerin, und wenn man eine Politikerin sein will, gehört das einfach dazu. Aber das allein ist es nicht.«

Ich weiß nicht, was ich sagen soll. Sie hat noch nie so mit mir geredet. Sie hat nie auch nur angedeutet, dass etwas anderes sie antreiben könnte als der reine patriotische Dienst am Volk. »Geht's dir gut?«, frage ich.

»Ich bin nicht mal überrascht, dass du das fragst. Wir haben verlernt, miteinander zu sprechen, stimmt's? Seltsam, wie sich die Dinge verändern und verändern, und eines Tages blickt man auf, und alles ist anders.«

»Ich dachte, du hältst nichts von Evolution.«

Sie lacht. Kaum zu glauben, aber sie lacht. »Tja, politisch gesehen tue ich das auch nicht.« Sie sieht mich wieder von der Seite an. »Ich frage mich, was du über mich denkst. Ganz im Ernst. Was für ein Mensch bin ich in deinen Augen?«

Ich halte mich bedeckt und hoffe inständig, dass es sich nur um eine rhetorische Frage handelt. Das tut es auch.

»Es geht mir wirklich gut«, sagt sie. »Aber vor mir liegt eine große Aufgabe, mein Sohn. Das ist nicht die Lokalpolitik mit all den kleinen Tyrannen und belanglosen Fehden. Das ist ein nationales Amt.«

»Mit großen Tyrannen und gefährlichen Fehden.«

»Ganz genau«, seufzt sie. »Eigentlich dachte ich, dass die Sache mit der Kandidatur für den Vizegouverneursposten gelaufen wäre und ich für immer auf lokaler Ebene bleiben würde. Dass ich allenfalls in der Schulbehörde oder irgendeiner staatlichen Kommission versauern würde. Innerhalb weniger Wochen hat sich das alles geändert. Jetzt wartet die große Show auf mich.«

»Falls du gewinnst.«

»Das werde ich.«

Ja, vermutlich wird sie das.

»Was macht man, wenn die eigenen Träume tatsächlich wahr werden?«, fragt sie. »Das kann dir niemand sagen. Es heißt immer nur, dass man seine Träume verfolgen soll, aber was, wenn sie sich tatsächlich erfüllen?«

»Genieß es einfach. Mach das Beste draus, und versuch, kein Arsch zu sein.«

»Wortwahl«, mahnt sie, aber sie ist nicht ärgerlich. »Ob ihr es glaubt oder nicht, ich tue das alles für euch. Ja, es sind zwar *meine* Träume, aber ich träume von einer Welt, die ich für euch ein Stück besser machen kann.«

»Wen genau meinst du mit *euch?* Mich und Mel und Meredith?«

»Eure Generation. Ich weiß, mit welchen Schwierigkeiten ihr euch herumschlagen müsst.«

»Tatsächlich?«

»Ich möchte euch dabei helfen.«

»Tatsächlich?«

»Sag das nicht immer. Ich war selbst einmal ein Teenager. Ich weiß, wie es läuft.«

»Ach, echt?«, wage ich mich vor.

Sie sieht mich stirnrunzelnd an. Dann wirft sie einen Blick in den Rückspiegel, um nach Mel im Auto hinter uns zu sehen. »Ich habe Sachen gesehen, die könnt ihr euch gar nicht vorstellen«, murmelt sie.

Ich horche auf. »Was für Sachen?«, frage ich misstrauisch.

Sie schüttelt nur den Kopf. »Die Welt ist kein sicherer Ort, Mike. So viel steht fest. Ich wünschte, es wäre anders, aber das ist es nicht. Ich sorge mich um dich und Mel. Und ich bin ganz krank vor Sorge wegen Meredith, und ich kann nur hoffen, dass sie auch in Zukunft glücklich und beschützt sein wird.«

»Du musst ihr erlauben, auf das *Bolts of Fire*-Konzert zu gehen.«

»Ich weiß. Sie hat es verdient. Sie wird euch beide sehr vermissen.«

Ich gehe nicht darauf ein, weil ich finde, dass sie das nichts angeht. Die Bäume ziehen im Dunkel der Nacht an uns vorbei. Ich blicke zum Fenster hinaus, halte Ausschau nach seltsamen blauen Lichtern, aber da sind keine.

»Was für Sachen hast du gesehen?«, frage ich sie noch einmal. »Als du ein Teenager warst.«

»Nichts«, erwidert sie viel zu schnell. »Hast du dich auf deine Abschlussprüfungen gut vorbereitet?«

»Ja. Was meinst du mit *nichts?*«

»Mike«, sagt sie mit warnendem Unterton. »Alle jungen Leute machen den Fehler, zu glauben, dass sie die Einzigen sind, die sich mit der Dunkelheit und dem Elend der Welt auskennen.«

»Genau das hat der Cop auch gesagt«, murmle ich.

»Welcher Cop?«, blafft sie mich an.

»Im Fernsehen«, sage ich, froh über meine Schlagfertigkeit. »Umgekehrt machen alle Erwachsenen den Fehler, zu glauben, dass die Dunkelheit und das Elend der Welt für junge Leute keine Rolle spielen, weil sie groß werden und diese Dinge hinter sich lassen. Aber was soll das heißen? Das Leben passiert *jetzt,* für uns genauso wie für euch.«

»Und was genau passiert gerade?«, fragt sie. Ihr Ton hat sich geändert, jetzt ist sie wachsam wie ein Erdmännchen.

»Mom –«

»Sag es mir. Geht es dir gut?«

»Ich meinte nicht –«

»Oh doch, das hast du«, sagt sie. »Junge Leute streiten sich mit ihren Eltern. Das ist ein Naturgesetz. Was aber nicht bedeutet, dass wir uns keine Gedanken mehr um euch machen. Dass wir aufhören, Eltern zu sein.«

»Dad hat damit aufgehört, schon vor langer Zeit.«

Darauf folgt eine sehr, sehr gefährliche Stille. Aber ich stelle fest, dass es mir nichts ausmacht.

»Dein Vater ...«, fängt sie an, beendet aber den Satz nicht.

»Er hat sich ausgeklinkt, nachdem er das Geld von Onkel Rick gestohlen hat«, sage ich. »Und er hat sich nie wieder eingeklinkt. Mel liebt ihn trotzdem. Wohin ist er abgedriftet?«

»Und warum kann ich ihn nicht zurückholen? Keine Ahnung. Ich wünschte, ich wüsste es. Immerhin war er heute Abend da.«

»Er war heute Abend zu ungefähr vierzig Prozent da, und das Traurige daran ist, dass das für uns schon ein Erfolg war.«

Sie sagt nichts, sondern starrt nur hinaus auf die dunkle Straße. Jetzt fühle ich mich schlecht, weil ich ihr die Stimmung an dem großen Tag der Ankündigung versaut habe, aber gleichzeitig frage ich mich immer noch, was sie als Teenager gesehen hat. Ist das zur Zeit der Untoten gewesen? War sie damals im entsprechenden Alter? Wieso ist mir noch nie in den Sinn gekommen, dass sie diese Ereignisse miterlebt hat?

»Du hast mir nicht gesagt, was bei dir los ist«, hakt sie nach. »Ich *muss* es wissen. Ich will es wissen. Nicht für den Wahlkampf. Sondern weil ich deine Mutter bin.«

Ich antworte nicht. Ich habe keine Lust.

Aber dann tue ich's doch.

»Ich glaube, ich muss wieder zum Psychiater«, sage ich. »Ich glaube, ich brauche wieder Medikamente.«

In der darauffolgenden winzigen Pause scheint sie die Informationen in ihrem Kopf in die richtige Schublade einzuordnen. »Die Zwangshandlungen?«, fragt sie.

»Jep.«

»Ist es so schlimm?«

»Es ist sehr, sehr schlimm.«

Ich beobachte, wie sie meine Antwort verdaut und dann nickt. »Okay.«

»Okay?«, frage ich überrascht.

»Natürlich«, sagt sie, nicht weniger überrascht. »Warum denn nicht?«

»Na ja, da ist zum einen der Wahlkampf –«

»Hast du mir nicht zugehört? Hast du den ganzen Unsinn mit der wilden Bären-Mama nicht kapiert?«

»Ich habe angenommen, dass deine Parteileute sich das für dich ausgedacht hätten, für den Fall, dass man dich über Mel ausfragt.«

»Ach so. Okay. Das stimmt auch. Aber –«

»Der Vizegouverneursposten wäre ein Riesenerfolg gewesen. Aber damals ist alles den Bach runtergegangen. Du kannst es uns nicht verdenken, dass wir alle ein bisschen das Spinnen anfangen.«

»Nein«, sagt sie nach einer Sekunde. »Nein, das kann ich nicht. Ist der Wahlkampf der Grund für deine … Schwierigkeiten?«

»Ich glaube nicht. Es hat schon vor Mankiewicz' Tod angefangen. Das ist nicht meine Art, dir zu sagen, dass du nicht kandidieren sollst. Ich glaube, es ist einfach … das Leben und der Abschluss und dass sich alles ändert.«

Und Zombiehirsche. Aber das sage ich nicht. *Und dass Leute an meiner Schule sterben. Und Henna und ihr Forschergeist.*

»Wir finden eine Lösung«, sagt sie. »Ich gebe dir mein Wort. Ich werde mit meinem Team reden und wir finden eine Lösung.«

»Wieso willst du deinem Team davon erzählen?«

»Sie müssen alles wissen, was ein Journalist ausgraben könnte. Nur so können sie uns beschützen.«

Wir sind fast schon zu Hause, deshalb sage ich nichts mehr. Ich frage zum Beispiel nicht, wie das bei anderen

Familien ist, wo die Kinder nicht wegen des Jobs der Eltern beschützt werden müssen. Seltsam. Wir waren ganz nah dran gewesen, ein richtiges Gespräch zu führen, aber dann haben wir es vermasselt. Es überrascht mich selbst, wie enttäuscht ich darüber bin.

Als ich zu Bett gehe, wartet eine Nachricht von Jared auf mich.

Siehst gar nicht mal so schlecht aus im Anzug, Mikey.

Ich schreibe zurück.

Du hast es also gesehen? War es sehr schlimm?

Jared: *Politiker sind immer schlimm.*

Ich: *Musst du bei deinem Dad auch dabei sein?*

Jared: *Er kriegt keine Pressekonferenz. Er verkündet es auf Twitter.*

Ich: *Oh. Tut mir leid.*

Jared: *Muss es nicht. Das macht ihn zum Undergod.*

Ich: *Hast du wirklich Undergod getippt?*

Jared: *Underdog.*

Ich: *Gibt es überhaupt noch Leute, die Twitter benutzen?*

Jared: *UNDERDOG.*

Bevor ich mein Handy weglege, schreibe ich schnell noch eine Nachricht an Mel.

Geht es dir gut?

Sie schreibt mir aus ihrem Schlafzimmer zurück.

Ich zähle die Tage

Ich: *Dad war okay.*

Keine Antwort von ihr.

Ich: *Ich mag Nenn-mich-Steve.*

Sie: *Ich auch.*

Ich lege mein Handy auf den Nachttisch und will mich schlafen legen, als es noch einmal summt.

Mel: *Was wird aus Meredith, wenn wir weggehen?*

Ich: *Sie kommt am besten von uns allen klar. Sie ist die Einzige, die keine Therapie brauchen wird.*

Mel: *Ich vertraue NIEMANDEM, der keine Therapie braucht.*

Ich: *Du vertraust überhaupt niemandem.*

Mel: *Ich vertraue dir.*

Das zwölfte Kapitel, *in welchem Satchel in wahrer und aufrichtiger Liebe zum Prinzen entbrennt, einer Liebe, wie sie sie in ihrem Leben noch nie empfunden hat; der zweite Indie-Junge Finn spürt die Entfremdung zwischen ihnen, was ihn sehr verletzt, aber Satchel versichert ihm: »Niemand kann deinem Herzen Frieden schenken, du musst selbst danach suchen«; zu ihrer Überraschung gibt ausgerechnet Dylan ihr Raum; was noch besser ist: Es gibt keine weiteren Toten; sie befolgen die Anweisungen des Prinzen, wo sie sich wann aufhalten sollen, und entgehen so der Gefahr; Satchel und der Prinz küssen sich erneut, aber er respektiert sie zu sehr, um mehr von ihr zu verlangen.*

Das Wort »Abschlussprüfungen« macht aus der Sache etwas Größeres, als es ist, zumindest für uns. Wir sind alle auf einer Prep-Schule, daher haben wir den Großteil der Arbeit schon früh hinter uns gebracht, um den Colleges zu beweisen, dass wir es wert sind, uns auf ewig für sie verschulden zu dürfen. Im Kurs *Geschichte der Ver-*

einigten Staaten zum Beispiel bestand die »Abschlussprüfung« aus dem Essay zum Bürgerkrieg, den wir alle rechtzeitig eingereicht haben. Wir hatten uns die Fragen aufgeteilt, damit Mel und ich nicht dasselbe Thema bearbeiten mussten. Bei allen anderen Hauptfächern sind immer mindestens zwei von uns zusammen in einem Kurs, weshalb unsere Mittagspausen zu Arbeitssitzungen verkommen. Ich für meinen Teil mache mir nur wegen Mathe und Englisch Sorgen.

»Was ist der Grenzwert für x, wenn sich die Funktion f (x) minus x-Quadrat geteilt durch x einem Viertel minus x annähert?«, lese ich vor.

»Jambischer Pentameter«, sagt Mel.

»Was kriegst du raus?«

»Minus zwei Drittel«, antwortet Henna.

Wir sehen Jared an. »Jep«, sagt er.

»Also kein jambischer Pentameter?«, sagt Mel.

»Du bist vielleicht nicht fünffüßig«, sagt Henna. »Aber bei deinen Schuhen kommt man schon ins Grübeln.«

»Weil die Absätze aussehen, als wären sie vier Fuß hoch?«, fragt Mel.

Nathan kommt zu uns an den Tisch. »Kann ich mich dazusetzen?«

Warum macht er das? Warum kommt er immer zu spät? Nie kommt er *mit* jemandem, immer trudelt er ein, wenn wir schon alle beisammen sind. Was bezweckt er damit?

»Ich habe meinen Essay dabei, den ich im vergangenen

Jahr zum Thema *Zen und die Kunst, ein Motorrad zu warten* geschrieben habe«, sagt er und reicht ihn mir. Ich und Mel sind die Einzigen im *Literaturaufbaukurs,* und dieses grässliche, grässliche Buch ist einer der Texte, die abgeprüft werden, also hilft er uns damit wirklich weiter.

»Danke«, sage ich leicht säuerlich.

»Bedank dich nicht zu früh, ich habe nur eine Zwei bekommen, und ich weiß immer noch nicht, um was zum Teufel es bei diesem Buch überhaupt geht.«

»Das weiß niemand«, sagt Mel. »Ich nehme an, das ist der springende Punkt.«

»Hast du es überhaupt fertig gelesen?«, frage ich sie.

Sie zögert. »Mehr oder weniger.«

»Hör mal –«, fängt Nathan an.

»Das ist … lang«, sage ich und blättere durch den Essay.

»In Tulsa haben wir es *Core College* genannt«, sagt er. »Das war wirklich kein Spaß, es war genauso hart, wie es sich anhört. Was ich fragen wollte –«

»Gib mal her.« Mel greift nach dem Essay.

»Stimmt das so?« Henna zeigt Jared eine Matheaufgabe. Er überfliegt sie kurz.

»Passt alles«, sagt er. »Ich weiß gar nicht, wieso du dir Sorgen machst, Henna. Du bist genauso gut wie ich.«

»Nicht mal Meredith ist so gut wie du«, sagt sie und starrt stirnrunzelnd auf ihr Aufgabenblatt.

»Leute?«, fängt Nathan wieder an.

»Verdammt«, murmelt Mel, die in seinem Essay liest.

»Das ist echt schlau. Richtig, *richtig* schlau. So viel schlauer als ich.«

»Das bezweifle ich«, sage ich.

»Was bedeutet dieses Wort überhaupt?« Sie deutet auf die Seite und hält das Blatt hoch.

»Ossifikation«, sagt Nathan.

»Welcher Siebzehnjährige verwendet so ein Wort?«, fragt Mel. Ein Anflug von Panik lässt ihre Stimme heller klingen. »Warum benutze ich nie ein Wort wie Ossifikation?«

»Genau genommen bin ich achtzehn.«

»Ich auch«, sagt Henna.

»Ich auch«, sagt Jared.

»Ich auch«, sagt Mel. »Trotzdem habe ich nicht den leisesten Schimmer von Ossifikation.«

Ich werde im Juni achtzehn. Jared ist nur zwei Monate älter als ich, aber ich hatte ganz vergessen, dass es da zwei Monate gibt, in denen ich ein ganzes Jahr jünger bin als alle anderen. Einschließlich Nathan, der uns die ganze Zeit schon eine Frage stellen will.

»Ich würde gerne die Brücke besprühen«, sagt er, und alle blicken ihn entgeistert an. »Wenn ihr mitmacht.«

Im Abschlussjahr ist es Tradition, die Eisenbahnbrücke in der Nähe der Schule zu besprühen. Jeden Morgen fahren die Schulbusse, Schüler und das Lehrpersonal auf dem Weg zum Schultor darunter hindurch. Die meisten Schmierereien sind langweilig, (»Gina, Joelle, Stefanie,

Friends 4Evah« – ja, ernsthaft, 4Evah), dämlich (»gebrochenen Herzens steh ich hier« – für den Rest des Gedichts war nicht genug Platz) oder vulgär-beleidigend (»Anderson lutscht Schwänze«; Anderson ist unser abgrundtief verhasster Lehrer in Werken und unser Basketballcoach und hat sich vermutlich noch nie besagter Tätigkeit hingegeben). Die Graffitis werden innerhalb von Tagen durch andere langweilige, dämliche oder obszöne Graffitis ersetzt, aber da es eine Tradition ist, tun es trotzdem alle, als wäre allein das schon Grund genug. Auch Sklaverei und Frauenausbeutung waren mal Tradition.

Außerdem ist es natürlich illegal, also muss man es nachts machen, üblicherweise dann, wenn es am dunkelsten ist. Wir hatten nie vor, uns daran zu beteiligen – wir gehören zu den Netten, die mit etwas so Dummem gar nicht erst ihre Zeit verschwenden; Jared hat sich nicht mal an der Schmiererei beteiligt, als die Footballmannschaft unseren Bezirksrivalen im letzten Spiel geschlagen hat (am Ende der Saison stand es 2:7 für uns: »Wohoo!, weiter so, Team«) –, aber jetzt, wo Cops mit blauen Augen und Hirsche mit blauen Augen auftauchten und Indie Kids starben, wahrscheinlich auch wegen blauer Augen, stand es nicht zur Debatte.

Bis Nathan es vorschlug.

»Du bist ja nicht mal von hier«, sagte ich bei unserem Pauk-Mittagessen. Aber es war schon zu spät, ich sah die Augen der anderen bereits funkeln.

»Genau«, sagte Nathan. »Ich bin von nirgendwo. Ich habe nichts. Keine Tradition. Keine Freunde außer euch. Und du«, richtete er sich an mich, »kannst mich nicht einmal leiden.«

Ich wartete einen Moment zu lange, um es noch abstreiten zu können.

Nathan zuckte die Schultern. »Ich will in meiner Highschoolzeit einmal etwas tun, was auch wirklich highschoolmäßig ist. Damit ich in fünfzig Jahren zurückblickend sagen kann: *Zumindest habe ich etwas Dummes getan, als Beweis, dass ich tatsächlich dort war.*

Das gab den Ausschlag. Henna stimmte sofort zu, Mel sagte, dass seine Geschichte sie traurig gemacht hätte, aber zu kneifen sie noch trauriger machen würde, und Jared sagte: »Warum nicht?«

»Was ist mit den Zombichirschen?«, frage ich jetzt zitternd. Dabei ist es gar nicht so kalt, dafür, dass wir mitten in der Nacht draußen sind. Wir sitzen in meinem Auto, das ich einen Block entfernt von der Brücke abgestellt habe. »Und den Cops mit den Killeraugen? Nicht zu vergessen den Toten?«

»Wir sind eine große Gruppe«, sagt Jared, der sich mit Nathan und Mel auf den Rücksitz gequetscht hat. Henna hat den Beifahrerplatz gekriegt, weil ihr Armbruch noch nicht geheilt ist und sie Henna ist. »Wir sind vorsichtig, dann passiert uns schon nichts.«

Nathan hält seinen Rucksack hoch. »Ich habe fünf

Dosen. Für jeden von uns eine Farbe. Wäre fast eingebuchtet worden.«

»Fast zählt nicht«, sage ich.

»Silber, Gold, Blau, Rot und Gelb.« Er sieht mich durch den Rückspiegel an. »Du kriegst Gelb.«

»Ziehen wir das jetzt durch oder nicht?«, fragt Mel gähnend.

»Ich bin dagegen«, sage ich.

»Das reicht, Mikey.« Henna ist so ungehalten, dass es mir einen Stich in den Magen versetzt. Sie steigt aus dem Auto. Die anderen hinten tun es auch und ich folge als Letzter. Mir ist klar, dass sie mich für eine Spaßbremse halten, als ich schmollend die gelbe Spraydose entgegennehme.

Die Brücke ist nicht sehr groß, sie überspannt nur zwei Gleise einer alten Strecke für den Holztransport. Auf beiden Seiten führen Dämme nach oben zur Brücke und manchmal besprühen die Leute auch die Betonkanten der Befestigung. Wir verzichten darauf, denn wir haben keine Zeit zu verlieren. Ich folge Henna zu dem rechten Damm, auf den sie und Mel hinaufklettern. Jared und Nathan steigen auf der anderen Seite hoch. Die Idee ist, sich auf der Brücke übers Geländer zu lehnen und von oben irgendeinen Schriftzug zu sprühen.

Wir schütteln die Spraydosen, von allen Seiten ist das metallische Klackern der Kugellager zu hören, die in den Dosen die Farbe durchmischen.

»Wir haben kein Weiß«, flüstere ich laut genug, damit

alle es hören. »Man braucht Weiß, um das zu übersprühen, was vorher da war.«

»Nicht, wenn du kreativ genug bist«, erwidert Nathan. Er ist schon am anderen Ende der Brücke angelangt und verwandelt mit seiner goldenen Spraydose das drittklassige Bild eines Roten Kardinals – unser jämmerliches Schulmaskottchen; ich habe diesen Vogel noch nie zu Gesicht bekommen, obwohl ich schon immer in diesem Bundesstaat gelebt habe – in eine, wie ich zugeben muss, ganz ordentliche Hummel. Ich sehe, wie Jared ihm anerkennend zunickt, und mein ohnehin schon gereizter Magen grummelt noch mehr.

Mel steht auf halbem Weg am Geländer. Sie lehnt sich vor und sprüht in dunkelblauen Bubble-Buchstaben »ein Jahr zu spät« über verschmierte pinkfarbene Bubble-Buchstaben, die schon im Regen verlaufen sind.

»Glaubst du das wirklich?«, frage ich sie.

»Oh«, sagt sie. »Ich hatte ja keine Ahnung, dass es darum geht, was wir im Innersten *glauben.*« Sie setzt den Deckel auf die Spraydose, holt ihr Handy hervor und schreibt an Nenn-mich-Steve, der gerade Nachtschicht hat.

Ich beuge mich über das Geländer, um zu sehen, was aus Nathans Werk geworden ist. Die Hummel fliegt jetzt von einem goldenen Arm weg, den sie gerade gestochen hat. »Lass deinen Stachel hinter dir«, schreibt Nathan darunter.

»Bienen sterben, wenn sie jemanden gestochen haben«, sage ich laut. Henna versetzt mir verärgert einen Stoß.

»Das ist eine Metapher«, erwidert Nathan.

»Auch metaphorische Bienen sterben.«

Jared ist gerade mit der silbernen Farbe am Werk. Er übersprüht ein Herz, das die zweifellos ewig währende Liebe zwischen Oliver und Shania versinnbildlicht. Er nimmt Nathans goldene Farbdose und sprüht einen Kreis und irgendein Muster auf den noch nassen silbernen Grund.

»Was wird das?«, fragt Nathan.

»Eine Art Erkennungszeichen von mir«, antwortet Jared.

Ich erkenne es nicht, aber hinter der Straßenlaterne ein Stück weiter unten am Weg hat sich eine Reihe Katzen versammelt. Ich frage mich, ob das Zeichen eine Art Segensspruch ist, der so lange anhält, wie er nicht übermalt wird. Die Tiere kommen nicht näher, vielleicht weil das Jared nicht recht wäre. Keiner hat Nathan erzählt, was an Jared so besonders ist. Es ist eine Art unausgesprochener Pakt, an den wir uns alle halten. Und überhaupt, wer würde uns schon glauben? Indie Kids sterben den Leuten direkt vor der Nase weg und keiner stellt auch nur Vermutungen über den wahren Grund an: *diese Unsterblichen,* über die Meredith etwas herausgefunden hat. Oder auch nicht. Es waren todsicher keine Unfälle oder Selbstmorde.

»Warum bist du so schlecht drauf?«, fragt mich Henna und schüttelt ihre rote Spraydose.

Immer noch etwas griesgrämig zucke ich die Achseln.

»Ich mag Nathan«, sagt sie.

»Klar. Ich weiß alles über seine Anziehungskraft, der du nicht widerstehen kannst.«

»Und ich mag *dich*, Mike, obwohl ich sagen muss, dass es mir heute Abend schwerfällt.«

»Irgendetwas stimmt nicht mit ihm. Wo kommt er her? Warum verspätet er sich dauernd? Wieso hat er nicht –«

»Eifersucht steht dir nicht.«

»Und dass du alles nur auf dich beziehst, steht *dir* nicht«, fauche ich.

Sie wendet sich wütend von mir ab und beugt sich mit der Spraydose in der Hand übers Geländer.

Aber sie sprüht nichts.

»Sieh mal«, sagt sie und tritt einen Schritt zurück.

In dem Winkel, in dem das Straßenlicht auf uns fällt, sind die Zeichen oben auf dem Brückengeländer schwer zu erkennen. Es sind Worte.

»Namen«, sagt Mel und sieht sie sich näher an.

»Finn«, liest Henna vor. »Kerouac, Joffrey, Earth.« Sie blickt Mel an. »Es sind die Schüler, die gestorben sind.«

»Aber warum gerade hier oben?«, überlegt Jared. »Wo niemand sie sehen kann?«

»Vielleicht waren es die Mörder«, sage ich immer noch eingeschnappt mit einem Seitenblick auf Nathan. »Vielleicht sind die Namen eine Art Trophäe. Vielleicht hätten wir uns heute Nacht keinen gefährlicheren Ort aussuchen können.«

»Jetzt *hör* aber mal auf«, schimpft Henna. Sie fährt mit den Fingern über die Namen am Geländer. Die Farbe ist Schwarz, ganz schlicht, und es sind nur Namen.

»Seht mal«, sagt Nathan und kniet sich hin. Zu unseren Füßen sind kleine Blumen, eigentlich nur ein paar zarte Wildblumen, es sind ganz verschiedene, und sie liegen jeweils unter den Namen der toten Indie Kids.

Henna berührt sie vorsichtig. »Ich wette, das ist ihre Art, sich an sie zu erinnern. So etwas wie eine Gedenkstätte.« Sie steht auf. »Eine, die keiner sieht und die trotzdem da ist.«

»Niemand hat die Namen übersprüht«, stellt Jared fest.

»Oder die Blumen zertreten«, sagt Mel. »Ich frage mich, ob alle außer uns darüber Bescheid wissen.«

»Ich habe keine Lust mehr, etwas zu sprühen.« Henna gibt Nathan die Farbdose zurück. »Es käme mir vor, als würde ich das Innere einer Kirche beschmieren.«

Ich habe immer noch meine gelbe Spraydose in der Hand. »Ich wollte von Anfang an nicht mitkommen, und jetzt verbietest du mir, etwas zu sprühen?«

Henna blickt mich böse an. Alle blicken böse. Ich auch, zum Teufel noch mal. Heute ist einer dieser Tage, an denen ich anscheinend immer etwas Falsches sage, also scheiß drauf.

»Von mir aus.« Ich werfe Nathan die Dose etwas härter zu als nötig. »Dann lasst uns heimgehen.«

»Oh Scheiße«, sagt Henna und sieht an mir vorbei.

Ich drehe mich um, wir alle starren in die gleiche Richtung.

Unten im düsteren Wald, wo die Bahngleise im Dunkeln verschwinden, kommen sehr viele blau glühende Augen auf uns zu.

Henna ist schon losgerannt, sie schlittert die Böschung hinunter und versucht, mit einem Arm das Gleichgewicht zu halten. Ich renne hinter ihr her und schaue nur kurz zurück, um sicherzugehen, dass Mel und Jared uns folgen. Nathan ist zurückgeblieben, er starrt immer noch auf die Augen in der Dunkelheit.

»Was ist das?«, fragt er.

»Lauf einfach, du Idiot!« Ich greife nach Henna, die ins Stolpern gekommen ist, zerre sie zu meinem Auto und schiebe sie auf den Beifahrersitz. Dann renne ich, so schnell ich kann, um das Auto herum und öffne die hinteren Türen für Mel und Jared. Mit einem Satz bin ich hinter dem Lenkrad und lasse den Motor an. Jared und Mel steigen ein.

Nathan ist der Einzige, der noch die Böschung herunterrutscht.

»Du kannst ihn nicht zurücklassen«, ruft Henna erschrocken, als ich den Gang einlege.

Für einen Augenblick, für eine winzige Sekunde, spiele ich mit dem Gedanken. Aber jetzt rennt er. Und er sieht genauso verängstigt aus wie wir alle.

Trotzdem.

»Wessen Idee war das Ganze denn?«, zische ich. »Wir wären gar nicht erst hergekommen, wenn *er* nicht gewesen wäre!«

»Mikey –«, fängt Jared an.

»Ich hau jetzt ab.« Ich nehme den Fuß von der Bremse, aber Nathan rennt direkt vors Auto. Er springt auf die Rückbank zu Jared, der seine Tür offen gelassen hat.

»Los! Los! Los!«, schreit Nathan. Ich trete aufs Gaspedal.

Wir rasen unter der Brücke hindurch an der Highschool vorbei. Hier draußen gibt es nicht viel, aber es ist der kürzeste Weg. Ich drücke aufs Tempo und wir schlittern zu schnell in eine Kurve. Alle schreien auf, als wir zur Seite wegrutschen, aber ich kann die Spur halten, und wir brettern an der Turnhalle vorbei.

»Ich glaube nicht, dass sie uns verfolgen«, sagt Nathan und blickt zum Rückfenster hinaus.

»Woher weißt *du* das so genau, Nathan?«, frage ich.

Er sieht mich verwirrt an. »Was?«

»Wieso hast du uns heute auf die Brücke gelockt? Wolltest du uns ihnen zum Fraß vorwerfen? Ist es das, was mit den Indie Kids passiert?«

»Mike –«, sagt Henna.

»Wer bist du?«, schreie ich ihn wütend in den Rückspiegel starrend an und fahre viel zu schnell die dunkle Straße entlang. »Wo zum Teufel kommst du her?«

»Das hab ich dir doch gesagt«, erwidert Nathan, immer noch ganz verwirrt. »Tulsa und Portland und –«

Ich trete so heftig auf die Bremse, dass alle laut aufschreien. »Raus aus meinem Wagen!«

»Mike!«, sagt Henna entschlossen.

»WAS?«, brülle ich sie an.

»Es war meine Idee.«

Im Auto ist es still. Nur der Motor vibriert, sonst ist nichts zu hören.

»Was?«, wiederhole ich.

»Das mit der Brücke war meine Idee«, sagt sie. »Nathan war deprimiert, deshalb habe ich ihm von der Tradition erzählt und vorgeschlagen, dass wir euch fragen könnten.«

»Sie hat sich schon gedacht, dass du Nein sagen würdest«, erklärt Nathan verletzt. »Ich habe ihr angeboten zu fragen, weil es weniger peinlich ist, wenn du *mich* abweist.«

»Genau so war es, Mikey«, sagt Henna. »Nathan hat uns nicht dorthin geführt. Ich war auch diejenige, die *heute Abend* gehen wollte, weißt du nicht mehr?« Sie versteift sich. »Oder glaubst du etwa, dass *ich* euch in die Falle locken wollte?«

Nein. Nein, das tue ich nicht. »Warum hast du nicht einfach gefragt? Für dich würde ich alles tun.« Ich bin so wütend, dass mir fast die Tränen kommen. »Alles.«

»Genau das ist der Grund. Ich wollte, dass es eine Sache unter Freunden wird. Bevor wir getrennte Wege gehen. Ich wollte nicht, dass ihr es nur mir zuliebe macht, weil mein Arm gebrochen ist oder wegen des

Autounfalls oder weil du, wie du selbst sagst, alles für mich tun würdest. Zurzeit ist es schwer genug, ein bisschen Normalität zu haben. Ein bisschen Leichtigkeit.«

Ich sehe sie an, dann Nathan, der klug genug ist, die Klappe zu halten. Auch Mel und Jared geben keinen Pieps von sich.

Und ich muss daran denken, was Jared bei sich zu Hause über mich gesagt hat. Es hat noch nie so gestimmt wie in diesem Moment. Denn jetzt bin ich mir sicher: *Ich bin derjenige, den keiner braucht.*

Ohne ein weiteres Wort lege ich den Gang ein und fahre los.

Ein paar Meilen weiter bricht Nathan das Schweigen. »Habe ich keine Entschuldigung verdient?«

Ich zeige ihm den Mittelfinger und fahre weiter.

Das dreizehnte Kapitel, *in welchem der Prinz mit einer List dazu gebracht wird, Satchel und den zweiten Indie-Jungen Finn dem König der Unsterblichen zu übergeben; er versucht, sie zu retten, müsste dazu aber Finn opfern; Satchel verweigert dies, aber es gelingt ihr, durch Listenreichtum und Mut die Pläne des Königs zu vereiteln; sie rettet Finn, und auf der Flucht erhascht sie einen Blick auf das Kreuz der Unsterblichkeit, aus dem die Unsterblichen ihre Macht schöpfen; es ist über und über mit Amuletten und Juwelen besetzt; nur ein einziger Platz ist noch frei, die Lücke hat genau die Form ihres Medaillons.*

»Also, was, glaubst du, haben wir da draußen gesehen?«, fragt Mel mich, während sie Grandmas Haare kämmt.

»Noch mehr Cops?«, überlege ich und zucke ratlos mit den Schultern. Ich sitze auf dem Stuhl neben Grandmas Bett. »Noch mehr Hirsche? Ich weiß es nicht.«

»Ich frage mich, ob wir das je herausfinden werden, und falls ja, ob wir es dann nicht bereuen.«

Grandma lehnt sich mit geschlossenen Augen gegen Mels Bürste wie Mary Magdalene, wenn man sie krault. Mel ist die Einzige, die das darf. Grandma spricht während der Prozedur kein Wort, auch nicht danach, und sie bedankt sich auch nie, aber sie hält die ganze Zeit still und genießt es wie eine zufriedene Katze.

»Immerhin ist keiner mehr gestorben«, sage ich. Mel macht *Psst!* und deutet mit dem Kopf auf Mrs Richardsons leeres Bett. Es ist doch jemand gestorben. Keine Ahnung, wie oder wann, aber es muss erst kürzlich gewesen sein, weil die Betten hier nie sehr lange leer bleiben. Mrs Choi liegt ganz ruhig in ihrem Bett am Fenster. Sie ist bestimmt sehr traurig wegen Mrs Richardson; als wir hereinkamen, hat sie uns kaum zugewinkt. »Vielleicht liegt es daran, dass wir keine Indie Kids sind«, raune ich mit gesenkter Stimme. »Vielleicht war es auch einfach nur Glück.«

»Glaubst du *ernsthaft,* dass Nathan etwas damit zu tun haben könnte?«, fragt Mel. »Ich nämlich nicht. Und ich denke, ich kann Leute ziemlich gut einschätzen.«

Ich seufze durch die Nase. »Nein, vermutlich nicht.«

»Wie viel davon ist Eifersucht?«

»Vermutlich alles.«

Mel macht einen letzten Bürstenstrich. »Soll ich deine Haare flechten, Grandma?«

Grandma sagt nichts, aber sie lässt den Kopf im Nacken und die Augen geschlossen. Mel fängt an zu flechten.

»Also«, beginnt sie so unschuldig, dass ich sofort weiß, was im Busch ist. »Du gehst wieder zu jemandem?«

»Mom hat es dir gesagt.«

»Nur weil sie wissen wollte, ob ich auch hinwill. Sie ist erstaunlich hilfsbereit gewesen.«

»Ich weiß. In letzter Zeit ist sie irgendwie anders.«

»Ich nehme an, sie kommt sich gerade selbst wie bei einer Abschlussprüfung vor, weshalb ihr auch endlich klar wird, dass der Großteil ihrer Kinder bald das Haus verlässt.«

»Ist es nicht verrückt, dass wir nicht mal so tun, als hätte Mr Shurin eine Chance?«

»Die hat er auch nicht.« Mel hat einen dicken Zopf geflochten, mit dem sie aber nicht zufrieden ist, weshalb sie wieder von vorne anfängt. »Gehst du wieder zu Dr. Luther?«

Dr. Luther ist die Psychiaterin, die ich früher schon einmal aufgesucht habe, vor einer halben Ewigkeit. Mel war ebenfalls bei ihr, und auch die wenigen Male, die wir gemeinsam zur Familientherapie gegangen sind, fanden bei Dr. Luther statt. Das wäre jetzt der Augenblick, an dem ich mich über die Frau lustig machen und sie als alberne Hippetante aus meiner Vergangenheit abtun sollte; eine einsame Frau, zart wie Wildkraut, die uns arme, versehrte Kids mit Rehkitzaugen angesehen hat.

Nur dass sie das genau nicht ist. Sie strahlt eine totale Kompetenz aus. Sie vermittelt den Eindruck, dass man sich bei ihr verstanden wissen kann und sie genau weiß, was sie tut. Hast du eine Ahnung, was für eine Erleichterung das ist?

»Ich denke schon«, sage ich. »Die Zeit ist knapp, dann muss ich wenigstens nicht alles von Anfang an erzählen.«

»Die Zeit ist knapp«, wiederholt Mel. »Das ist sie tatsächlich, oder?«

Ja, das ist sie. Das *Bolts of Fire*-Konzert findet bereits morgen statt. Der Abschlussball ist eine Woche später, danach kriegen wir die Zeugnisse. Die Zeit ist knapp.

Mel schlingt Grandmas Haare so kompliziert ineinander, wie ich es nie hinbekommen würde. »Kannst du mir das geben?« Mel nickt in Richtung einer Flasche altmodischer Frisiercreme, die meine Großmutter früher immer benutzt hat. Ich reiche sie ihr und sie drückt etwas davon in ihre Hand und massiert es in Grandmas Haar. Im Raum breitet sich ein angenehmer Kokosduft aus.

Plötzlich lacht Grandma auf, der Geruch hat etwas in ihr ausgelöst.

»Was ist so lustig, Grandma?«, fragt Mel schmunzelnd.

Grandma lächelt zuerst Mel, dann mich an. »Kannst du dich an die Inseln erinnern, Phillip?«

»Welche Inseln?«, frage ich.

Sie gibt keine Antwort, sondern schließt, immer noch lächelnd, die Augen. »War Grandma jemals auf irgendwelchen Inseln?«, frage ich Mel.

»Vielleicht auf Vancouver Island«, überlegt sie. »Aber ich kann mir nicht vorstellen, dass in Kanada Kokosnüsse wachsen.« Nachdem sie Grandmas Haare fertig frisiert hat, steht sie vom Bett auf und hilft Grandma vorsichtig zurück auf ihr Kissen. Grandma lässt die Augen zu und schläft sofort ein. So ist es immer, wenn Mel sie frisiert.

Die Hände in die Hüften gestützt und die Bürste in einer Hand, beobachtet Mel sie eine Weile. »Sie wird die Frisierstunde nicht vermissen, wenn ich nicht mehr da bin. Aber irgendwie macht es mich noch trauriger, dass ich es nicht mehr für sie tun kann.«

»Ich weiß«, sage ich und stehe auf, um zu gehen.

»Noch nicht«, hält mich Mel zurück. Ich setze mich wieder hin und sie lehnt sich an den Tisch neben Grandmas Bett. Für ein paar Minuten beobachten wir Grandma und Mrs Choi im Schlaf. Das leere Bett in der Mitte ist wie ein Loch, in das beide jeden Augenblick hineinfallen könnten.

Mel verbringt jetzt viel Zeit mit Nenn-mich-Steve. Bisher hat sie es vermeiden können, unserer Mutter von seiner Existenz zu erzählen. Sie fürchtet, er könnte sofort eine Rolle in Moms Plänen zugewiesen bekommen, als Problem, mit dem man sich beschäftigen muss, ein Punkt auf der Besprechungsliste für ihre Berater. Vermutlich liegt sie damit richtig. Moms Sieg scheint allerdings so sicher zu sein, dass sie bei den Presseleuten kaum Beachtung findet. Alle konzentrieren sich lieber auf einen hässlichen Wahlkampf für den Senat. Mom behauptet zwar, dass ihr nichts Besseres passieren könnte, aber ich weiß, dass sie ein bisschen enttäuscht ist, weil das größte Ereignis in ihrem Leben nicht auch für alle anderen das größte ist.

Mel nimmt ihre Tasche, kramt eine Plastikbox hervor und öffnet sie.

Ich runzle die Stirn. »Ist das dein Lunch?« Heute Mittag haben wir nicht zusammen gegessen. Mel war beim Zahnarzt, ein Kontrolltermin im Rahmen der Zahnschmelzbehandlung, der sie sich wegen ihrer kaputten Zähne unterziehen musste. Aber sie hat keine Narkose bekommen oder so, das heißt, sie hätte danach essen können, hätte essen *sollen*.

»Flipp nicht gleich aus«, sagt sie, aber ich bin längst aufgesprungen und am Ausflippen.

»Mel –«

»Mikey, bitte –«

»Fang nicht wieder damit an. Es reicht schon, wenn *ich* einen Rückfall habe. Ich könnte es nicht ertragen, dich zu verlieren, Mel, ich könnte es nicht.«

Sie legt ihre Hand auf meinen Mund und verdreht die Augen in Richtung Grandma, die immer noch schläft.

»Mel«, flüstere ich. Ich bin kurz davor, in Tränen auszubrechen. Ich weiß, was es heißt, sie zu verlieren, und sei es auch nur für drei oder vier Minuten. Danach hat man jede Minute eines jeden Tages Angst, dass es nur eine Frage der Zeit sein könnte, bevor es wieder passiert. Du kannst fröhlich sein. Du kannst Spaß haben. Trotzdem ist es da. Immer.

»Ich habe so meine Momente, Mikey«, sagt sie. »Du

hast sie auch, das weiß ich. Und meine sind nicht so schlimm wie deine. Aber bei allem, was zurzeit so vor sich geht –«

»Ist es wegen Steve?«, unterbreche ich sie, bereit, ihn mit bloßen Händen in Stücke zu reißen.

»Nein«, sagt sie bestimmt. »Das hat mit ihm gar nichts zu tun.« Sie seufzt. »Obwohl ich mir Gedanken darüber gemacht habe. Das wäre bei jedem anderen auch so. Wenn man jemanden wirklich mag, will man attraktiv genug für ihn sein, selbst wenn ihm das nicht wichtig ist.«

»Mel –«

»Es ist wie mit deiner Narbe.«

Damit bremst sie mich aus. Sie legt ihre Hand darauf, so wie Henna es getan hat, und fährt die Narbe mit ihren Fingern nach. Dann lässt sie die Hand sinken. »Ich habe meine *eigene* Narbe. Ich trage sie mit mir herum. Die meiste Zeit denke ich nicht einmal mehr daran.«

»Aber manchmal eben doch.«

»Nichts auf der Welt ist sicher, Mikey«, erwidert sie, und dann wiederholt sie das, was sie zuvor gesagt hat: »Die Zeit ist knapp.«

Wir blicken beide auf ihr Mittagessen. Es ist ein Wrap nach japanischer Art, mit Lachs, Sprossen und Reis. Daneben liegt eine Gabel. Mel nimmt sie heraus.

Und reicht sie mir.

Ich sage nichts, blicke nur auf die Gabel, dann auf sie, in ihre Augen, die mir eine Frage stellen.

»Alles wird gut«, sagt sie. »Ich schaffe das. Tu's für mich, nur dieses eine Mal. Wie in den alten Zeiten. Es erinnert mich daran, dass es möglich ist, sich sicher zu fühlen.«

Sie bemüht sich, ihre Stimme ruhig zu halten, aber ihre Arme und Schultern verraten mir, wie nervös sie ist. Sie hat ihren Lunch nicht gegessen, also ist es vielleicht ernster, als sie zugeben will, aber nicht ganz so ernst wie in meinen schlimmsten Befürchtungen. Weder das eine noch das andere tröstet mich.

»Ich würde es dir sagen, wenn es ernst wäre«, versichert sie. »Ich würde es weder Dad noch Mom noch Meredith sagen. Nur dir. Versprochen.«

»Versprochen?«

Ihr Lächeln ist so aufrichtig, dass mein Herz richtiggehend wehtut. »Ich verspreche es, Mike. Ich will nicht sterben. Ich will leben. Ich will lange genug leben, um ein *richtiges* Leben zu haben.« An der Art, wie sie die Schultern zuckt, merke ich, dass sie jetzt entspannter ist. »Es ist nur ein kurzes Strohfeuer. Und ich brauche jemanden, der mir das vor Augen führt.«

Ich glaube ihr. Weil ich weiß, was ein Strohfeuer ist. Und wie jemand aussieht, bei dem mehr als nur ein Strohfeuer brennt. Nämlich so wie ich.

Ich spieße etwas Lachs und Reis auf die Gabel und hebe sie hoch.

Dann füttere ich sie. Mrs Choi und unsere Großmutter schlafen, alles ist still, das mittlere Bett zwischen den beiden ist leer, leer, leer, und ich füttere meine Schwester. Wir teilen unsere Verrücktheit, unsere Neurosen, unser kleines bisschen Wahnsinn, den uns unsere Familie mitgegeben hat. Wir teilen es. Es gibt uns das Gefühl von Liebe.

»Ich bin immer noch sauer«, sagt Henna.

»Willst du das *wirklich* machen?«, frage ich.

»Hast du nicht gehört? Ich bin immer noch sauer.«

»Dann solltest du sauer auf dich sein, denn wenn du mir gesagt hättest, dass du die Brücke bemalen willst –«

»Und *ja*, ich bin sicher.«

Sie ist echt noch sauer auf mich. Und ich auf sie. Aber sie hat angerufen und mich gefragt, ob ich sie heute Abend hierherfahre. Nicht Mel oder Jared oder Nathan, sondern mich. Und ich habe Ja gesagt.

»Henna Silven…« Der Tattookünstler versucht gar nicht erst, ihren Namen auf dem Formular vorzulesen, und sieht sie nur an.

»Silvennoinen«, sagt Henna. »Das ist finnisch.«

»Mein Beileid«, antwortet der Tattookünstler. »Mein Nachname ist thailändisch. Er hat sieben Silben. Bist du bereit?«

»Jep«, sagt Henna und steht auf.

Sie ist achtzehn, sie braucht keine Erlaubnis – allerdings musste sie sich beim Reinkommen an der Rezeption des Tattoostudios ausweisen. Ich bin erst siebzehn, aber das ist okay, denn ich will ja kein Tattoo. Auf gar keinen Fall.

»Hast du dir das wirklich überlegt?«, frage ich ungefähr zum hundertsten Mal seit unserer Fahrt hierher. »Du hast früher nie davon gesprochen.«

»Ich bin früher auch noch nie fast gestorben«, erwidert sie trocken. Sie wollte mir nicht sagen, was sie sich stechen lassen will. Oder woher sie dieses Studio kennt. Oder warum wir ausgerechnet auf einen ganz bestimmten Typen warten, der gerade einer Frau einen Kolibri oben auf die Brust tätowiert. Während wir im Wartebereich gesessen haben, hat sie einen Katalog mit verschiedenen Schriftarten durchgesehen, also werden es wohl Buchstaben sein. Sie hat mir auch deshalb nicht verraten, welches Wort es sein wird, weil sie so damit beschäftigt war, sauer auf mich zu sein.

»Bleib hier«, sagt sie und hindert mich daran, ihr zu folgen. Ich warte, während sie zu dem Stuhl des Tattootypen geht – er heißt Martin, was ein ziemlich altmodischer Name für einen coolen thailändischen Kerl aus einem Tattoostudio ist –, und sie unterhalten sich leise darüber, was sie will und wo sie es will. Es soll auf ihre Taille, über den Bauchnabel, und zwar auf der Seite, auf der ihr Arm nicht eingegipst ist. Sie hält dem Tattootypen ein Blatt Papier hin, das sie mir nicht gezeigt hat. Er nickt, zeichnet kurz etwas, und ich höre, wie Henna sagt: »Genau so.«

Sie winkt mich auf die andere Seite, damit ich mich so hinsetze, dass ich das Tattoo erst sehe, wenn es fertig ist. Dann fährt sie fort, mir zu erzählen, wie wütend sie auf mich ist.

»Du bist so gemein zu ihm«, sagt sie, während Martin seine Vorbereitungen trifft und die Stelle auf der Haut sauber macht und einschmiert. Henna ist so auf mich konzentriert, dass man meinen könnte, sie würde jeden Tag ein Tattoo bekommen.

»Deine Eltern werden durchdrehen«, sage ich, ebenfalls nicht zum ersten Mal.

»Sie werden es nicht mitbekommen. Ich tue das für mich und nicht für sie.«

»Glaubst du wirklich, dass sie in Afrika nicht dahinterkommen? Willst du dort nie schwimmen gehen oder dich sonnen oder –«

»Du weißt wirklich nicht das Geringste über Missionare.«

Martin, der Tattookünstler, hält seine Nadel hoch, bereit anzufangen. »Du gehst nach Afrika?«

»Zentralafrikanische Republik«, sagt Henna.

»Ist da nicht gerade Krieg?«

»Ja«, sage ich. »Ihre durchgeknallten Eltern nehmen sie trotzdem mit dorthin.«

»Ich bin vor zwei Jahren durch Tansania, Malawi und Sambia gereist«, sagt Martin. »Das war die erstaunlichste Erfahrung meines Lebens.«

»Haben sie auf dich geschossen?«, frage ich.

»Nicht wirklich.« Martin schaltet die elektrische Nadel ein. »Also, niemand wird behaupten wollen, dass es nicht wehtut, aber es ist ein Schmerz, der sich aushalten lässt, das verspreche ich.«

»Danke«, sagt Henna. Ihre Augen verraten mir, dass sie immer noch ärgerlich ist, aber sie streckt ihre nicht eingegipste Hand zu mir herüber, damit ich sie halten kann. Ich nehme sie. Sie stöhnt leicht, als Martin die Nadel ansetzt, zuckt aber nicht zurück. Er tätowiert nur kurz ein paar Punkte, dann fragt er: »Und, wie ist das? Es wird nicht schlimmer, aber auch nicht besser.«

»Verglichen mit den Schmerzen in meinem Arm ist das hier wie leichtes Kopfweh«, antwortet ihm Henna.

»Gut«, sagt Martin und setzt seine Arbeit fort.

»Wenn deine Eltern es rausfinden, werden sie mich und Mel dafür verantwortlich machen, dass du vom rechten Weg abgekommen bist«, sage ich zu ihr.

»Vom rechten Weg?«, wiederholt Henna und zuckt kurz zusammen. »Manchmal redest du wie eine Oma, Mike.«

»Ich rede wie ein Politiker. In einer ihrer Reden spricht Mom andauernd davon, dass die gegnerische Partei *vom rechten Weg abgekommen sei.*«

»Vielleicht ist es höchste Zeit, dass ich vom Weg abkomme.« Nachdenklich runzelt Henna die Stirn. »Vielleicht bin ich schon viel zu lang auf diesem verdammten Weg geblieben.«

»Wortwahl«, brummt Martin und tätowiert weiter. Wir starren ihn an. Er ist von Kopf bis Fuß tätowiert und einige seiner Tattoos sind nicht gerade jugendfrei. Als er unsere Blicke bemerkt, zuckt er mit den Schultern. »Das ist mein persönliches Lieblingsärgernis. Alle reden so. Warum also so sein wie alle?«

Er sticht wieder mit der Nadel. Henna verkrampft sich, ich glaube, sie hält sogar den Atem an. Martin blickt hoch und sagt: »Nummer eins haben wir.« Er füllt seine Nadel mit Tätowiertinte auf und macht weiter.

»Wie viele Nummern werden es denn?«, frage ich Henna.

»Das braucht dich nicht zu interessieren«, sagt Henna mit zusammengebissenen Zähnen. Eine einzelne Träne rollt über ihre Wange. Ich wische sie mit meiner freien Hand weg. »Danke«, sagt sie.

Danach sprechen wir nicht mehr viel. Die Prozedur dauert etwas über eine Stunde, aber ich merke, dass Martin die ganze Zeit mehr oder weniger an derselben Stelle arbeitet, also wird das Tattoo wohl nicht so groß werden. Ein Tattoo passt so gar nicht zu Henna, weshalb sie es ja unbedingt haben will, aber mit einem großen hässlichen Tattoo wäre Henna nicht mehr die, die sie ist. Es wird ein gutes Tattoo in der richtigen Größe sein.

Nur ein einziges Mal blickt sie nach unten. »Ich habe nicht damit gerechnet, dass es blutet.«

»Damit rechnet nie jemand«, erwidert Martin.

Als er fertig ist, tupft er sanft das Blut weg und bedeckt die Haut mit einem quadratischen Stück Klebefolie. »Einen Monat lang darfst du nicht schwimmen gehen«, sagt er. »Und sieh zu, dass du es möglichst lange nicht der Sonne aussetzt.«

»Hast du einen Spiegel da?«, fragt Henna.

Martin steht auf und kommt mit einem großen Spiegel

zurück, in dem sie ihre Seite mit dem nagelneuen Tattoo betrachten kann.

Unter der Klebefolie ist die Haut an den Stellen, an denen Martin herumgestochert hat, gerötet. Blut quillt hervor, aber nicht so viel, wie ich erwartet hätte. Das Tattoo ist klar und deutlich im Spiegel zu sehen. Es ist nur ein einziges Wort, in ganz besonders schönen Buchstaben. Kein Wunder, dass sie speziell nach Martin verlangt hat.

Henna ergreift wieder meine Hand. Dann weint sie erneut und ich wische ihr wieder die Tränen ab. »Ich glaube nicht, dass deine Eltern etwas dagegen hätten, wenn du *das* mit *vom Weg abkommen* gemeint hast«, sage ich.

»Ich möchte aber nicht, dass sie es wissen«, sagt sie. »Es gehört mir. Mir ganz allein.«

In Spiegelschrift lese ich Hennas Tattoo. Ein Wort, einfach und schlicht: *Teemu*.

Aus irgendeinem Grund wache ich mitten in der Nacht auf. Vielleicht hat mich mein eigenes Schnarchen aufgeschreckt oder ein Traum, an den ich mich nicht erinnern kann.

Ich sage das, weil es ganz sicher nicht das Auto war, das mich aufgeweckt hat. Ich höre es erst, als ich mich schon umgedreht und es mir wieder bequem gemacht habe. Fremde Autos verirren sich sehr selten ans Ende dieses sehr, sehr einsamen Feldwegs. Aber gelegentlich kommt es vor.

Kurz vor unserem Haus ist eine Abzweigung und manchmal fahren die Leute daran vorbei.

Aber dann wird mir klar, dass das Auto in die andere Richtung fährt.

Es kommt also direkt vom Feld.

Ohne Licht anzumachen, stehe ich auf und spähe durch die Vorhänge. Ein Auto biegt aus der Zufahrt zum Feld, es fährt langsam, denn der Weg ist unbefestigt und holprig. Die Scheinwerfer des Fahrzeugs sind ausgeschaltet, man sieht nur die kleinen gelben Reflektoren, die aus unerfindlichen Gründen an manchen Autos angebracht sind.

Ich weiß nicht, wie oft ich schon betont habe, dass es bei uns draußen sehr dunkel ist. Wir haben Straßenlaternen, aber die Abstände dazwischen sind groß, die nächste ist ziemlich weit weg und wirft nur ein fahles Licht auf den Wagen, der vom Feld kommend an unserer Auffahrt vorbeifährt.

Aber es reicht, um den Fahrer zu sehen.

Es ist Nathan. Er hat sein Auto mitten in der Nacht auf dem Feld geparkt und fährt nun mit ausgeschalteten Lichtern davon, in der Hoffnung, dass niemand ihn sieht.

Das vierzehnte Kapitel, *in welchem Satchel die Absichten des Prinzen ihr gegenüber in Zweifel zieht; er weint und gesteht ihr seine ewige Liebe, die er seit Jahrtausenden aufgespart hat und nun endlich über Satchel ergießen kann; sie küssen sich, und es könnte zu mehr führen, da hören sie die Explosion in der Stadtmitte.*

»Du wolltest nicht mitkommen«, sagt Meredith zu Mom. »Du hast gesagt, dass manche Leute es ausnutzen, wenn Politiker sich unter die Leute mischen, und dass du dir dabei vorkommst, als würden Eichhörnchen über deine nackte Haut krabbeln.«

»Ich hoffe, du sagst so etwas nicht in der Öffentlichkeit, mein Schatz«, erwidert Mom. »Das mag zwar stimmen, aber Mommy kandidiert gerade für den Kongress. Wenn ich mich in dem Distrikt, für den ich hoffentlich bald zuständig bin, auf einem Wohltätigkeitskonzert von *Bolts of Fire* sehen lasse …«

»Du wolltest nicht mitkommen«, wiederholt Meredith, die offenbar so überrumpelt ist, dass ihr kein weiteres Argument einfällt.

»Damals wollte ich es nicht, aber *jetzt* möchte ich es sehr gerne.«

Mel und ich haben uns bereits umgezogen und warten hinter Meredith. Das Konzert beginnt in einer Stunde, noch vor der Dämmerung, damit alle kleinen Kiddies rechtzeitig ins Bett kommen. Meredith hat ihre komplette Fan-Uniform angelegt: T-Shirt, geflochtene Armbänder, Gürtel, Schuhspangen und Fransenhosen, wie Sapphire sie im *Bold Sapphire*-Video trägt, dazu einen Cowboyhut, auf dessen Krempe die glatt rasierten, hellhäutigen Gesichter der Band zu sehen sind.

»Aber du –«

»Meredith«, sagt Mom warnend. Dann blickt sie mich und Mel an. »Ich begleite sie. Wozu dieser Aufstand?«

»Es kommt ein wenig zu sehr aus heiterem Himmel«, sagt Mel stirnrunzelnd. »Man könnte fast auf den Gedanken verfallen, dass deine Wahlkampfleute davon gehört haben und jetzt wollen, dass du hingehst.«

Moms Miene wird abweisend. »Ihr *mögt* diese Band nicht mal. Ihr seid ungefähr acht Jahre zu alt für das Zielpublikum.«

»Und du bist vierzig Jahre zu alt«, erwidert Mel.

»Ende der Diskussion«, sagt Mom barsch zu Meredith. »Ich bin deine Mom. Ich gehe mit dir dorthin.«

»Aber ich habe drei Karten«, jammert Meredith.

»Umso besser. Wer soll mitkommen, dein Bruder oder deine Schwester, was ist dir lieber?«

Meredith sieht uns beide an, dann Mom, dann wieder

uns beide, dann blickt sie auf den Boden und murmelt etwas vor sich hin.

»Wie bitte?«, fragt Mom.

»Sie sollen beide mitkommen«, sagt Meredith und hebt ihr tapferes kleines Gesicht. Ihr Kinn bebt. Sie ist so verdammt schlau, da vergisst man manchmal, dass sie noch ein Kind ist.

»Tja, du wirst dich wohl entscheiden müssen.«

»Ich will beide«, sagt Meredith stur. »Sie haben beide gesagt, dass sie mit mir hingehen. Ich habe die Tickets für uns drei gekauft. Wenn du mitgewollt hättest, hätte ich vier besorgen können, aber du wolltest ja nicht. Du hast gesagt, du willst nicht mit, das habe ich genau gehört.«

Moms Augen blitzen. »Es besteht immer noch die Möglichkeit, dass keiner hingeht.«

»Hast du nicht gesagt, dein Wahlkampf würde keine Auswirkungen auf unser Leben haben?«, frage ich sie.

»Wann soll ich das gesagt haben?«

»Und wie war das noch gleich mit der wilden Mama-Bärin?«, fragt Mel. »Bist du das nur deinen eigenen Kindern gegenüber? Hast du das damit gemeint?«

Mom wirft die Hände hoch. »Ich verstehe *wirklich* nicht, wo das Problem liegt –«

»Sie gehen *weg.*« Meredith schreit jetzt fast. Sie weint und hat ihre kleinen Arme vor der Brust verschränkt.

»Hey.« Ich hebe sie hoch, ehe Mom es tun kann. Sie ist groß und wird immer größer, nicht mehr lange, dann ist sie ein Teenie und wird nicht mehr wiederzuerkennen sein, aber ich kann sie immer noch hochheben, auch wenn meine angeschlagenen Rippen dabei wehtun. Sie weint an meiner Schulter. Die Krempe ihres Cowboyhuts schneidet in mein Ohr.

Die Hände in die Hüfte gestützt, blickt Mom zur Decke. Sie wippt so ungeduldig mit dem Fuß, dass Mary Magdalene angerannt kommt und nach ihren Schnürsenkeln schnappt.

»Schluss damit«, zischt Mom. Sie sieht uns an. »Also gut, meinetwegen.«

Sie geht in die Küche hinüber. Ich spüre, wie sich Merediths Arme entspannen. »Gut«, höre ich sie mit belegter Stimme sagen. »Können wir jetzt gehen, bevor sie ihre Meinung ändert?«

»Wir sind jünger als alle Eltern hier«, sagt Mel und blickt sich um. »Und älter als alle Fans.«

Die Bühne unseres armseligen, kleinen Jahrmarktplatzes ist eine Art Freiluftamphitheater, direkt neben einer großen Wellblechbaracke, in der während des Jahrmarkts die Nutztierwettbewerbe stattfinden. Der größte Star, der hier je aufgetreten ist, war ein hiesiges Mädchen, das bei einem Gesangswettbewerb im Fernsehen den dritten Platz belegt hat. Morgen Abend spielen *Bolts of Fire* in der Kuppelarena der nächsten großen Stadt vor einem ungefähr acht Millionen Mal größeren Publikum.

Wir sind in der neunten Reihe von hinten, aber die

Bühne ist so klein und tief, dass die Plätze gar nicht mal so schlecht sind. Im Publikum sind weniger Eltern, als ich erwartet hätte, was vielleicht daran liegt, dass sie sich vor Konzertbeginn in der Kaffeebar getroffen haben und sich nun dort gegenseitig bemitleiden. Es sind fast ausschließlich kleine Mädchen da. Mehr, als du je auf einem Haufen gesehen hast. Viel mehr, als in einem kleinen Jahrmarkttheater Platz haben. Raum und Zeit scheinen sich vereinigt zu haben, nur damit alle kleinen Mädchen, die jemals gelebt haben, sich hier tummeln können.

»Siehst du eine deiner Freundinnen?«, frage ich Meredith.

»Bonnie kommt nicht«, antwortet sie. Bonnie ist das andere Mädchen in ihrer Klasse, das wie Meredith all die irrwitzigen Extrakurse belegt. Sie sind zusammen in Jazz-Stepp-Tanz und Deutsch. Bonnies Mom ist der fieseste Mensch, den ich kenne.

»Und sonst noch jemand?«

Meredith antwortet nicht, sondern schaut sich im Theater um. Ich frage mich langsam, ob Meredith außer Bonnie *überhaupt* noch eine Freundin hat. Mein Gott, arme Meredith.

»Ihr müsst nicht mitsingen«, erklärt sie uns. »Aber ich werde es ganz bestimmt. Macht euch nur nicht darüber lustig.«

»Das werden wir nicht, Merde Breath«, verspricht Mel.

»Nenn mich nicht so.«

»Wo ist das krebskranke Mädchen?«, frage ich und halte nach einem VIP-Platz direkt vor der Bühne Ausschau.

»Sie heißt Carly«, erklärt Meredith ernst. »Wir sind mit unseren Gedanken und Gebeten bei ihr.«

»Wie ich gehört habe, werden die Eintrittskarten für 3000 Dollar im Internet vertickt«, sage ich.

»KEIN ECHTER FAN WÜRDE SO ETWAS TUN«, kreischt Meredith los. »Sie sind nur für die Mitglieder des Fanklubs reserviert. Man muss *nachweisen*, dass man hier wohnt, und am Einlass muss man sogar den Ausweis zeigen.«

Damit hat sie recht. Es ist fast so, als würde man für einen Auslandsflug mit dem Präsidenten an Bord einchecken wollen. Und das, nachdem man zuvor eine halbe Stunde lang an Reihen über Reihen über Reihen von Fernsehübertragungswagen und Journalisten vorbeimusste. Im Vorbeilaufen hörte man immer wieder Reporter von dem »kleinen Örtchen mitten im Nirgendwo« reden. Okay, ich sage das auch immer, aber bei mir ist das etwas ganz anderes.

»Will jemand eine Limo oder so?«, fragt Mel.

»Nein!«, lehnt Meredith entsetzt ab. »In fünf Minuten geht's los.«

»Oh, bitte«, seufzt Mel. »Konzerte fangen nie pünktlich –«

»Meine Damen und Herren!«, verkünden die Lautsprecher. *»Bitte nehmen Sie Ihre Plätze ein, das Konzert von* Bolts of Fire *beginnt in FÜNF Minuten!«*

Auf Höhe meines Brustkorbs schallen ohrenbetäubende Schreie durch das Freilufttheater. Kleine Mädchen hüpfen auf und ab, umarmen sich, drehen völlig durch oder sind sonst wie hysterisch, während ihre Eltern mit, yep, Kaffeebechern von den Seiteneingängen herbeiströmen, denn auch für die erwachsenen Gefangenen von *Bolts of Fire* ist Alkohol verboten.

»Das war's schon?«, fragt Mel, die schreien muss, um das Jauchzen und Kreischen, das unter anderem von Meredith kommt, zu übertönen. »Eine Fünf-Minuten-Ansage? Keine Vorgruppe? Keine Musik, keine Lightshow, um die Zuschauer anzuheizen?«

»Wenn die Zuschauer noch aufgeheizter wären«, brülle ich zurück, »dann bräuchten wir hier Sanitäter.«

Aus der Lärmlawine kristallisiert sich eine Gruppe von Stimmen heraus, die *Bold Sapphire* singt, und mehr und mehr Mädchen stimmen ein, darunter auch Meredith. *I broke Bold Sapphire's heart on the day she turned eighteen, I never meant to do it and I hope she still loves me*. Innerhalb von Sekunden verwandelt sich die Arena in eine einzige, laute, falsch singende, aber unglaublich begeisterte Stimme, die aus tausend Kehlen den größten Hit der Band schmettert.

Was, wie ich zugebe, irgendwie ansteckend ist.

»*Singst* du etwa mit?«, fragt mich Mel erstaunt.

»Nein«, antworte ich etwas zu schnell.

Die Scheinwerfer werden heruntergedimmt, was lächerlich ist, denn es ist helllichter Tag, aber egal, achtzehnhundert überwältigte kleine Mädchen brechen gleichzeitig in Tränen aus. Ich habe Angst, dass mein Trommelfell platzt. Meredith hingegen schwebt wie auf Wolken. Sie hat den Platz zwischen mir und Mel und ist so aufgeregt, dass sie nicht weiß, ob sie unsere Hände halten oder klatschen oder einfach dastehen und hyperventilieren soll. Sie versucht alles drei auf einmal und ist in diesem Moment plötzlich wie alle anderen Mädchen hier.

Mit Tränen in den Augen sieht sie zu mir hoch. »Ich bin so glücklich.«

»Sie sind doch noch gar nicht da.«

Sie weint noch etwas mehr.

Die Schreie werden lauter, als jemand die Bühne betritt, gleich darauf verstummen sie respektvoll, denn vor uns ist ein kleines Mädchen, das vermutlich von seiner Mutter und einer Krankenschwester in einem großen Krankenhausrollstuhl hereingeschoben wird. Das Mädchen hat eine Sauerstoff-Flasche dabei und sieht ziemlich schlecht aus. Die Nicht-Krankenschwester-womöglich-Mutter geht zum Mikrofon in der Mitte der Bühne.

»Hallo, alle miteinander«, sagt sie. »Ich bin Carlys Mom.«

Die Antwort darauf ist ein ohrenbetäubendes Kreischen.

»Danke«, ruft die Mutter. »Carly möchte euch gerne etwas sagen.«

Die Zuschauer werden still. Alle sind gespannt wie ein Flitzebogen auf das, was Carly zu sagen hat. Ich höre ein

Mädchen hinter mir wehmütig sagen: »Ich wünschte, *ich* hätte Krebs.«

Carlys Mom trägt das Mikrofon zu Carly. Mehrere Sekunden lang ist nur ihr pfeifender Atem zu hören, bevor sie zu sprechen anfängt.

»Oh nein«, raunt Mel lautlos und sieht mich traurig an.

»Und hier …«, sagt Carly. Keuch, keuch. »Sind …« Keuch, keuch. *»Bolts –«*

Weiter kommt sie nicht, denn die Zuschauer schreien so laut auf, als würden ihre Familien vor ihren Augen ermordet.

Bolts of Fire betritt die Bühne.

Sie sind zu fünft, und sie haben Namen, die ich womöglich sogar aus meinem Gedächtnis hervorkramen könnte, aber was spielt das schon für eine Rolle? Der Lärm ist so ohrenbetäubend, dass mein Handy vibriert, obwohl es gar nicht klingelt. Mel hat die Finger in die Ohren gesteckt, in der Reihe vor uns deutet ein Vater mitfühlend auf seine Ohrstöpsel.

Die Jungs von der Band – alle mit topmodischen Bartstoppeln und topmodischen Seitenscheiteln, weshalb sie merkwürdigerweise aussehen, als wären sie sowohl dreißig als auch fünfzehn Jahre alt – baden etwa eine Minute lang im Applaus, dann fordern sie das Publikum auf, sich zu beruhigen. Das dauert eine Weile und selbst dann gelingt es nur mäßig. Der Dunkelhaarige, der fast immer singt, ergreift das Wort.

»Vielen Dank euch allen!«, sagt er.

Erneut schädelspaltendes Geschrei.

»Seid ihr bereit für ein bisschen Spaß, ihr Leute aus …« Dann nennt er nicht einmal unsere kleine Stadt, sondern die größere Stadt, die etwa eine Stunde entfernt ist. Das Publikum johlt trotzdem. Mel wirft mir einen irritierten Blick zu und sagt etwas, aber ich verstehe kein Wort.

»Wir sind heute«, sagt der Blonde, der nicht oft singt, aber hübscher ist als alle anderen, »für einen ganz speziellen Fan von *Bolts of Fire* hergekommen.«

Der Lärm schwillt an, als sie Carly einen ihrer Cowboyhüte aufsetzen.

»Als Erstes«, sagt derjenige, dessen Stimme man auf den Aufnahmen immer anhört, dass sie am Computer bearbeitet wird, damit er die Töne trifft, »spielen wir Carlys Lieblingssong.«

»Vielleicht kennt ihr ihn«, sagt der Leadsänger.

Er singt: »Oooh«, und dehnt es in die Länge, bis die anderen nach und nach einstimmen. Ich blicke zu Meredith. Sie ist kurz davor, in ekstatisches Schluchzen zu verfallen und ihr Shirt zu zerreißen. Ich lege einen Arm um sie, und sie lehnt sich an mich, klammert sich an mich, als würde ich sie bei einer Beerdigung trösten.

Die Band schart sich, a cappella singend, gemeinsam um die arme Carly in ihrem Rollstuhl: *»I broke Bold Sapphire's heart on the day she turned eighteen …«*

Das Geschrei ist so laut, dass es eine Sekunde dauert, bis wir merken, dass eine Bombe hochgegangen ist.

Anfangs denken alle noch, dass jemand hinter den Kulissen zur Unzeit ein Feuerwerk gezündet hat, doch dann fliegen Teile der Bühne und brennende Vorhänge ins Publikum. *Bolts of Fire* sind zu Boden gegangen und Carlys Mutter und die Krankenschwester haben sich schützend über Carly geworfen.

Als Trümmer auf uns herabfallen – glücklicherweise handelt es sich in der Hauptsache um Styropor und anderes billiges Material –, verändert sich das laute Geschrei der Zuschauer, man spürt es förmlich, das wachsende Entsetzen, das wie eine Flutwelle aufsteigt, die einen verschlingt, noch ehe man den ersten Schwimmzug machen kann.

Wir befinden uns in allergrößter Gefahr.

Ich nehme Meredith hoch und schleudere ihren Hut zu Boden. Sie hat so große Angst, dass sie kein Wort darüber verliert. Ich habe so große Angst, dass ich meine Rippen nicht spüre. Mel kommt zu uns und schlingt die Arme um mich und Meredith.

»Was war das?«, schreit Mel.

»Wir müssen raus hier!«, schreie ich zurück.

»Sie kommen!«, kreischt Meredith. Wir blicken nach vorne zu den ersten Reihen.

Panische Eltern mit panischen kleinen Mädchen walzen sich über die Sitze hinweg Richtung Ausgang.

Sie kommen direkt auf uns zu.

Für Überlegungen bleibt keine Zeit. Meredith fest umklammernd, drehe ich mich um und renne los. Reihe um

Reihe steige ich die Ränge des Freilufttheaters hinauf. Zum Glück leeren sich die oberen Plätze in Windeseile. Mel ist direkt hinter uns, sie schützt Meredith vor herabfallenden Trümmern. Im Vorbeirennen nehme ich blutende Gesichter wahr, und während ich weiterklettere, überlege ich, ob es wohl Schwerverletzte gibt, aber zu mehr ist keine Zeit.

Es kommt zu einem Stau, als eine völlig aufgelöste Mutter versucht, ihre drei Mädchen vor sich herzuscheuchen. Ohne ihren Schritt zu verlangsamen, nimmt Mel eines der Mädchen hoch. Mit fast übermenschlicher Kraft packt die Mutter die beiden anderen, und gemeinsam steigen wir über die Sitze, weil man so immer noch schneller vorankommt als in den verstopften Gängen. Wir haben unwahrscheinliches Glück, dass die großen Ausgänge sich alle hinten befinden. Von dort führen breite Treppen nach unten auf das grüne Gelände des Jahrmarkts. Mel, die Frau und ich haben Mühe, uns in dem Gedränge aufrecht zu halten, und als wir oben ankommen, stolpern wir auf der anderen Seite sofort wieder die Treppe hinab.

»Da hinüber!« Mel steuert auf einen Bereich des Jahrmarkts zu, wo noch Bäume stehen mit einer Lichtung in der Mitte für Picknicks und Grillpartys. Während die meisten Zuschauer an den verwirrten Nachrichtenleuten vorbei Richtung Parkplatz strömen, laufen wir mit einigen anderen auf die Seite und drängen uns Schutz suchend unter den Bäumen. Mel setzt das kleine Mädchen ab, die

Mutter schließt ihre drei Kinder in die Arme und sagt: »Danke, danke, danke, danke«, zu Mel.

Ich setze Meredith ab. Sie muss sich sofort übergeben. Mein Adrenalinspiegel ist so hoch, dass meine Hände unkontrolliert zittern, aber ich reiße mich zusammen und streiche ihr über den Rücken. »Ist schon okay, Meredith. Wir sind draußen und jetzt gehen wir nach Hause.«

»Mikey«, sagt Mel. »Sieh doch nur.«

An der Stelle, wo sich die Explosion ereignet hat, schwebt eine blaue Lichtsäule über dem Freilufttheater und verblasst langsam vor der untergehenden Sonne.

»Das war keine Bombe«, sagt Mel. »Das waren sie. Wer auch immer zum Teufel *sie* sind.«

Auch in der Vergangenheit hat es bei den Vorgängen um die Indie Kids immer Kollateralschäden gegeben. Aber es ist schwer, von »Kollateralschäden« zu sprechen, wenn es dabei um mich und Mel und, verdammt noch mal, *Meredith* und zweitausend andere kleine Mädchen geht.

Was auch immer hier abläuft, es ist schlimmer geworden. Viel, viel schlimmer.

»Bist du nicht Alice Mitchells Tochter?«, hören wir jemanden fragen.

Cynthia, die verbitterte kleine Bloggerin, die meine Mutter ständig attackiert und die auf der Pressekonferenz Mels Vergangenheit zur Sprache gebracht hat, steht bei uns auf der Lichtung. Sie hat ein Tablet in der Hand und filmt uns. »Du bist es, nicht wahr? Die Magersüchtige?«

Eine andere Kameracrew von einem wichtigeren Sender aus der großen Stadt hat sie entdeckt und eilt zu uns herüber, um jemanden zu interviewen, der ihnen sagt, was passiert ist.

»Wo ist deine Mutter?«, fragt Cynthia meine Schwester hämisch. »Warum ist sie nicht hier, um ihre Kinder zu schützen?«

Mel zögert nur kurz. Dann macht sie einen Schritt auf Cynthia zu, reißt ihr das Tablet aus der Hand und schlägt ihr mitten ins Gesicht.

Das fünfzehnte Kapitel, *in welchem der Prinz Satchel erklärt, dass das Kreuz der Unsterblichkeit, mit dem man zwischen den Welten reisen kann, ohne die Amulette seine Wirkung verliert; das Medaillon, das sie trägt, ist das fehlende Teil; es beschützt sie zwar, aber wenn es auf dem Kreuz fehlt, reißen Löcher zwischen der Welt der Unsterblichen und ihrer eigenen auf; die Lebenskraft – »du kannst es dir als eine Art blaues Licht vorstellen, aber es würde dich verbrennen, Satchel, es würde sich durch dich hindurchbrennen« – entströmt und richtet Schaden an, wie den Unfall im Freilufttheater, bei dem Satchels Freundin Madison ums Leben gekommen ist; »Soll ich es zurückgeben?«, fragt Satchel, denn sie will das Leben Unschuldiger retten; sobald sie jedoch das Medaillon zurückgibt, ist der Marsch der Unsterblichen in ihre Welt nicht mehr aufzuhalten; sie steckt in einem unlösbaren Dilemma.*

Laut Polizei ist eine Gasleitung explodiert.

Eine Gasleitung.

Das einzige Todesopfer ist ein Indie-Mädchen namens Madison, das mit mir und Jared in Mathe war. Ich habe ein paarmal nach dem Unterricht mit ihr gesprochen. Sie war eindeutig kein Dummkopf, trotzdem soll sie angeblich vor dem Freilufttheater geraucht haben, nachdem sie ihre Schwester zum Konzert gebracht hatte, und dabei soll sie eine lecke Gasleitung in Brand gesetzt haben.

Bockmist.

Erstens, warum verläuft in einem klitzekleinen Freilufttheater mitten auf einem Feld direkt hinter der Bühne eine Gasleitung?

Zweitens hatte Madison immer ein Asthmaspray bei sich, sie hat also nie im Leben geraucht.

Drittens Bock und Mist.

Es hat viele Verletzte gegeben, darunter auch Bandmitglieder von *Bolts of Fire* – weshalb der Rest der ganzen Welt unsere kleine Stadt jetzt hasst – sowie Carlys Mum und die Krankenschwester. Zum Glück gab es keine Schwerverletzten. Vier der fünf Bandmitglieder haben am nächsten Abend »tapfer« ihren Auftritt in der großen Stadt absolviert, nur der Blonde musste sich neue Vorderzähne einsetzen lassen. Carly hatte Glück und blieb unverletzt. Falls man das Glück nennen kann, wenn man an Krebs im Endstadium leidet und das Konzert, das man sich gewünscht hat, in die Luft gejagt wird.

Meredith, die unter Schock stand, wurde noch vor Ort von Nenn-mich-Steve versorgt, den Mel sofort angerufen hat. Er kam mit einem Krankenwagen, kümmerte sich um Meredith, küsste Mel fest auf den Mund, dann rannte er los, um zu helfen.

Ich mag ihn.

Mom ist in Tränen ausgebrochen. Wirklich, das muss man ihr lassen, sie weinte aus Sorge um uns alle und nicht nur wegen Meredith. »Wie jemand nur so etwas fertigbringt«, stieß sie in Anwesenheit einer Horde von Journalisten hervor, als alle noch dachten, es handele sich um eine Bombe. »An einem Ort, wo *meine* Kinder sich befinden …«

Aber sie umarmte uns. Ich dachte schon, es würde gar nicht mehr aufhören. »Seid ihr *wirklich* nicht verletzt? Ganz *sicher* nicht?«

»Wir haben uns nur ein bisschen erschrocken«, sagte Mel. »Um ehrlich zu sein, mehr als nur ein bisschen.«

Daraufhin umarmte Mom uns erneut. Sie schrie uns nicht einmal an, weil wir sie nicht zum Konzert mitgenommen und ihr damit die Chance genommen haben, sich selbst in die Luft jagen zu lassen.

Etliche Nachrichtencrews bekamen Filmmaterial in die Hände, auf dem zu sehen war, wie Mel Cynthia attackierte. Für Moms Wahlkampf war das sogar hilfreich. »Ich habe es für einen terroristischen Anschlag gehalten«, sagte Mel in die Kameras und verzog dabei keine Miene – etwas, woran ich mich bis zum Ende meiner Tage mit Vergnügen erinnern werde. »Plötzlich tauchte jemand auf, der mich als die Tochter einer Politikerin identifizierte. Ich musste davon ausgehen, ein potenzielles Anschlagsziel zu sein, daher habe ich alles darangesetzt, meinen Bruder und meine Schwester zu schützen.«

Man verzichtete auf eine Anzeige, Mel wurde nicht einmal für das Tablet belangt, das sie, vielleicht unnötigerweise, zerstört hatte, indem sie mit dem Fuß daraufstampfte. Cynthia hat alles in ihrem Blog verarbeitet. Ich glaube nicht, dass es irgendjemanden interessiert.

»Ich wette, das war ziemlich grässlich, was, Merde Breath?«, sagt Jared und erdrückt sie fast, als er sie hochhebt, sodass ihre kleinen bloßen Füße einen Meter über dem Boden schweben.

»Hm-hmm«, murmelt Meredith in seinen Hals. »Und nenn mich nicht so.«

Er setzt sie ab, legt die Hände auf ihre Schultern und sieht ihr in die Augen. Sie schauen einander etwa eine Minute lang an, dann lächelt sie. »Deine Hände sind schon ganz heiß«, sagt sie. »Es geht mir gut.«

Er erwidert ihr Lächeln. »Bist du sicher?«

Sie nickt. »Aber zeig mir trotzdem, wie es leuchtet.«

Er sieht sich um, ob meine Eltern uns nicht beobachten – was reine Show ist, denn wie wir alle wissen, sind sie beide außer Haus, sonst wäre er gar nicht da –, dann zieht er seine Hände langsam weg. Zwischen seinen Handflächen und ihren Armen ist ein helles Licht zu sehen. Kichernd umklammert Meredith seine riesigen Beine in einer letzten Umarmung. In den vergangenen zwei Nächten seit der Explosion hat sie in Mels Bett geschlafen. Ich kann es ihr nicht verdenken, und ich vermute, Mel hat nichts dagegen, wenn sie noch etwas länger bleibt. Keiner von uns ist seither zur Schule gegangen, aber der heutige Tag war einer zu viel. Es macht keinen Spaß zu schwänzen, wenn die Schulzeit nicht mehr lange dauert.

»Hast du irgendetwas für sie tun können?«, frage ich Jared, als Meredith in die Küche geht, um sich einen Snack zu machen, uns aber keine Sekunde aus den Augen lässt.

»Ich weiß nicht«, antwortet er. »Ich habe ihr Gutes gewünscht und sie meine Hoffnung spüren lassen, dass sie nicht verletzt ist.« Er lockert die Finger. »Vielleicht ist etwas davon bei ihr angekommen.«

»Nehmen deine Kräfte zu?«, frage ich ihn. »Ist das … überhaupt möglich?«

Er verzieht nur das Gesicht und lässt sich aufs Sofa fallen. Mary Magdalene sitzt auf der Lehne und beobachtet ihn. Sie schnurrt und tretelt mit den Pfoten. »Pass gut auf Meredith auf, ja?«, flüstert Jared ihr zu. Er stupst sie sanft an die Nase, woraufhin die Katze sofort von der Couch springt und Meredith durch die Küche folgt.

»Gasleitung, was?«, sagt er zu mir.

»Hör bloß auf«, antworte ich und setze mich neben ihn. »Die Frage ist nur, was unternehmen wir dagegen?«

»Was *können* wir unternehmen? Wir haben nicht die geringste Ahnung, was hier abläuft.«

»Komm schon, Jared. Die Götter werden doch wohl irgendetwas wissen –«

»Mikey, so *funktioniert* das nicht. Meinst du nicht, ich hätte es schon längst herausgefunden, wenn ich könnte?«

»*Was* herausgefunden?«, fragt Meredith. Sie rutscht mit einem Teller Käse und Cracker neben Jared auf die Couch und Mary Magdalene lässt sich auf ihren Füßen nieder.

»Herausgefunden, was wirklich vor sich geht, Häppchen.« Jared lügt sie genauso wenig an wie wir.

Meredith nickt ernst. »Im Internet findet man so gut wie nichts. Nur Gerüchte und Theorien von verschwundenen Indie Kids, aber hauptsächlich sind es Leute, die andere Leute niedermachen, weil sie glauben, dass die Vampire wieder da sind, oder weil sie *nicht* glauben, dass die Vampire wieder da sind. Jeder meint, es besser zu wissen. Jeder.« Sie isst einen Cracker. »Ich denke, ich werde das ganze Zeug von *Bolts of Fire* weggeben.«

»Kann ich verstehen«, sagt Jared.

»Geht es dir wirklich gut?«, fragt er mich später, als wir zur Arbeit fahren, nachdem Mel, die den Tag mit Nenn-mich-Steve verbracht hat, wieder nach Hause gekommen ist. Ich hätte mich krankmelden können, aber von all dem Herumsitzen bin ich zappelig geworden. Irgendwie scheine ich darauf zu warten, dass etwas passiert. Das ist wohl das Schlimmste am Jungsein. Viele Entscheidungen hat man einfach nicht in der Hand, sie werden von anderen getroffen. Und manchmal sind deren Entscheidungen *schlecht*. Manchmal sind es Leute, die keine Ahnung haben, welche Konsequenzen ihre Entscheidungen nach sich ziehen. Mistkerle.

»Mir geht's gut«, sage ich.

»Das stimmt nicht.«

»Heute Morgen habe ich eine Stunde lang Zähne geputzt, weil ich jedes Mal dachte, ich hätte es nicht richtig gemacht. Irgendwann hat Mel es gemerkt und mich rausgeholt.«

»Wusste ich's doch.«

»Jared, wir müssen etwas *unternehmen*. Wir müssen die Indie Kids dazu bringen, uns zu verraten, was sie wissen. Oder *Nathan* –«

»Mein Gott, Mike, kannst du ihn nicht endlich in Ruhe lassen? Ich habe dir doch gesagt, dass er mit mir und Henna im Kino war.«

»Er könnte trotzdem darin verwickelt sein. Ich traue ihm nicht. Warum war er damals auf dem Feld? Was hatte er im Dunkeln in der Nähe meines Hauses zu suchen?«

»Seine Mom ist so ungefähr der traurigste Mensch auf der Welt. Ich habe ihm erzählt, dass wir öfter auf dem Feld rumhängen, vielleicht wollte er nur mal weg von zu Hause. Du steigerst dich da so rein, dass es fast schon zwanghaft ist.«

»Natürlich ist es das! Du kennst mich doch! Jared, meine Schwestern hätten sterben können. Direkt vor meinen Augen.«

»Und du«, sagt Jared etwas sanfter. »Du hättest auch sterben können.«

Ich werfe ihm einen Blick von der Seite zu, dann starre ich durch die Windschutzscheibe seines winzigen Autos nach draußen. »Danke, Mann.«

»Was wissen wir eigentlich?«, überlegt er laut. »Wir wissen, dass es eine Tote gab.«

»Sie war ein Indie Kid.«

»Ja, ein Indie Kid, und zwar eines von den netten. Sie war schlau und gut in Mathe. Sie hat das nicht verdient. Niemand von ihnen hat das.«

»Es sei denn, sie stecken mit drin.«

»Selbst dann«, sagt Jared ernst. »Komm schon, hast du sie in letzter Zeit mal angesehen? Sie haben mehr Angst als alle anderen. Und das mit gutem Grund.«

Ich antworte nicht. Wahrscheinlich hat er recht.

»Eines habe ich herausgefunden, als ich mit meiner Großmutter gesprochen habe –«

»Du hast mit deiner Großmutter gesprochen? Ich dachte, sie ist in ihren eigenen Gefilden und unerreichbar für dich.«

»Es war nicht leicht, um ehrlich zu sein, hat es mich den letzten Nerv gekostet, aber immerhin habe ich erfahren, dass damals auch so ein Riesending passiert ist – sie hat es miterlebt, weißt du? – und dass es der Anfang vom Ende war.«

Ich warte darauf, dass er weiterspricht. »Was meinst du mit Ende?«

Er zuckt die Schultern. »Ich spreche von der Lösung, wie auch immer sie aussieht. Wie auch immer die Indie Kids zu dieser Lösung kommen.«

»*Falls* sie das überhaupt schaffen.«

»Das haben sie bisher immer.«

»Was nicht bedeutet, dass es diesmal auch so ist. Was nicht bedeutet, dass niemand dabei verletzt wird. Was nicht bedeutet, dass keiner *stirbt*.«

Jared parkt vor dem *Grillers*. »Vielleicht kommen wir nie hinter das Geheimnis, Mike. Womöglich kriegen wir das Ende nicht einmal mit.«

»Aber, Jared –«

»Hör zu«, sagt er plötzlich wütend. »Vor uns liegt der Abschlussball, die Zeugnisübergabe und der Sommer. Danach ist alles anders. Willst du die ganze Zeit in Angst leben?«

»Schon möglich.«

»Mach das bitte nicht.« Er ist immer noch total aufgebracht. »Nicht jeder muss der Erwählte sein. Nicht jeder muss die Welt retten. Den meisten bleibt nichts anderes übrig, als ihr Leben zu leben, so gut sie eben können, Dinge zu tun, die ihnen wichtig sind, tolle Freunde zu haben, ein besseres Leben anzustreben und die Menschen um sie herum aufrichtig zu lieben. In dem Wissen, dass die Welt keinen Sinn ergibt, trotzdem immer wieder aufs Neue zu versuchen, glücklich zu sein.«

An seinen Handflächen blitzt Licht auf, als er das

Lenkrad fester umfasst. »Was verschweigst du mir?«, frage ich. »Was ist los?«

Er seufzt nur und das Licht verblasst. »Ich weiß nicht, was los ist. Ich weiß nicht, was es mit den Cops oder den Lichtsäulen auf sich hat oder in was die Indies da hineingeraten sind, ich weiß nur so viel: Erstens sollen sie sich ja nicht unterstehen, die Highschool in die Luft zu jagen, bevor wir unseren Abschluss in der Tasche haben, und zweitens«, er hält seine Handflächen hoch, an denen mattes Licht aufflackert, »wenn wieder jemand, der mir wichtig ist, in Gefahr gerät, bricht die Hölle los. Im wahrsten Sinne des Wortes.«

Und schon fühle ich mich ein kleines bisschen besser.

Unsere Schicht ist der reine Wahnsinn. Tina ist die ganze Zeit im Einsatz und bedient mit, obwohl es eigentlich ein ruhiger Abend sein sollte, wie immer unter der Woche. Es scheint, als wüsste die Stadt genau, dass etwas passieren wird, weshalb keiner zu Hause alleine bleiben will. Mel und Henna kommen mit Meredith, die sich diesmal in meinen Teil des Restaurants setzt. Ich versorge sie mit so viel Käsetoast, dass selbst ein toastliebender Pottwal davon satt werden könnte.

»Was macht dein Tattoo?«, frage ich Henna, die mich als Antwort umarmt.

»Es juckt«, flüstert sie in mein Ohr, dann lehnt sie sich zurück und sieht mich an.

»Was ist?«, frage ich.

»Nur du. Der die Menschen rettet.«

»Du bist also nicht mehr sauer auf mich?«

»Wen kümmert das noch?«, fragt sie.

Ich kann nicht anders, ich muss die Frage stellen: »Ist Nathan heute Abend gar nicht dabei?«

Henna runzelt die Stirn und quetscht sich neben Meredith, die bereits Käsetoastbutter im Gesicht hat. Es ist so viel los, dass ich nicht länger mit ihnen reden kann. Ich bringe Cheeseburger für Henna und Meredith und einen Geflügelsalat für Mel, die sich wie ausgehungert darüber hermacht. Ich schaue ihr etwas zu lange zu. Sie zieht eine Grimasse.

Sie sind immer noch da, als eine halbe Stunde später zum zweiten Mal in dieser Woche etwas völlig Unerwartetes passiert. Diesmal ist es keine Bombe, obwohl dazu nicht viel fehlt.

Mein Dad taucht auf.

»Dad?« Überrascht bleibe ich vor der Tür stehen, wo Tina gerade mit den Speisekarten herumfuchtelt und den Leuten Plätze zuweist. Es hat sich eine Schlange gebildet, weil mehrere Gäste darauf warten, eingelassen zu werden wie sonst nur am Sonntagmorgen, nachdem alle Kirchen ihre Gottesdienste beendet haben. Dad steht ganz vorne in der Reihe, er sieht sich etwas benommen um, aber soweit ich das beurteilen kann, riecht er nicht nach Alkohol.

»Viel los heute Abend, was?«, sagt er.

»Was machst du hier?«

Er fummelt an seinem Kragen herum und sieht mich immer nur kurz an. »Ich treffe mich mit deiner Mutter. Ist sie schon da?«

»Du willst dich *hier* mit ihr treffen? Im Restaurant?«

Diesmal scheint ihm meine Überraschung nicht zu entgehen, denn er zögert verwirrt. »Ich glaube schon«, sagt er. Es klingt fast wie eine Frage.

»Ähm«, sage ich, weil mir sonst nichts einfällt.

Schließlich reißt Tina der Geduldsfaden. »Bist du beschäftigt?«, fragt sie mich mit großen Augen und schriller Stimme. »Ich nämlich schon.«

Ich reiße mich aus meinen Gedanken. »Dad, hör zu. Mel und Meredith sitzen da drüben bei Henna.« Ich zeige in die Richtung. Drei erstaunte, versteinerte Gesichter starren uns aus der Nische an. »Warum gehst du nicht … und, ähm, setzt dich zu ihnen?«

Dad nickt, macht aber keine Anstalten hinüberzugehen. »Kann ich dich kurz sprechen?«, fragt er.

Ohne sie auch nur anzuschauen, reiche ich meine Kaffeebecher an die jetzt wirklich sehr wütende Tina weiter und folge meinem Dad hinaus auf den Parkplatz. Die Dämmerung bricht gerade erst herein. Eine Woche vor dem Konzert hat der Regen nachgelassen, und man ahnt, dass der Sommer bald kommen wird. Falls wir ihn noch erleben.

Dad verzieht gedankenverloren das Gesicht und zupft wieder an seinem Kragen. »Warum nimmst du die Krawatte nicht ab?«, frage ich ihn.

»Hm?«, murmelt er, rührt jedoch die Krawatte nicht an. Er blickt zu dem fast halb vollen Mond, der schon am Himmel steht. »Als ich in deinem Alter war, waren wir davon überzeugt, dass wir jetzt bereits da oben wohnen würden.«

Ich warte. Er redet nicht weiter. »Ich bin ziemlich beschäftigt, Dad. Was willst du?«

Er kratzt sich am Ohr. Zuerst denke ich, dass er Mühe hat, sich auf den Beinen zu halten, aber dann wird mir klar, dass er nur von einem Bein aufs andere tritt und nicht still stehen kann. Ich beuge mich vor und rieche an ihm. Er grinst leicht. »Falsch«, sagt er. »Ich bin nüchtern.«

»Tja«, erwidere ich. »Das ist gut.«

»Hör zu«, fängt er an, aber auch diesmal beendet er den Satz nicht.

»Dad, ernsthaft, ich –«

»Ich werde eine Entziehungskur machen.«

Er hält inne, weil eine Familie das Restaurant verlässt. Tina lehnt sich hinter ihnen aus der Tür und sieht mich wutentbrannt an. »Nur noch eine Minute«, versuche ich ihr mit dem ausgestreckten Zeigefinger zu verstehen zu geben, woraufhin sie nach drinnen verschwindet.

»Das ist, ähm … das ist *toll*, Dad. Ich …«.

»Natürlich erst nach der Wahl. Aber ich habe es mir fest vorgenommen.«

Ich ziehe die Augenbrauen hoch. »Meinst du nicht, dass du wichtiger bist als –«

»Es war nicht ihre Idee. Obwohl sie mir damit schon seit Jahren in den Ohren liegt, weißt du?«

»Woher soll ich das wissen, Dad? Aber selbst wenn, finde ich, dass sie –«

»Ich will ihr nicht den großen Augenblick verderben.« Er zappelt herum, wirft mir einen Blick von der Seite zu und schaut schnell wieder weg. Ich beuge mich noch etwas näher zu ihm.

»Dad? *Dad*. Sieh mich an.«

Er zögert, dann blickt er mir in die Augen. Selbst in der Dämmerung sehe ich, dass seine Pupillen tellergroß sind. »Was hast du genommen, Dad? Valium? Irgendein Medikament?«

»Mir geht's gut«, sagt er und richtet sich auf. »Ich muss bis zur Wahl durchhalten, dann gehe ich auf Entzug, und danach werden wir wieder eine Familie sein.«

»Zwischen mir und euch werden zwei Bundesstaaten liegen.«

Er sackt wieder etwas zusammen. »Ja. Ja, das weiß ich doch.«

»Was willst du hier, Dad? Triffst du dich wirklich mit Mom, oder hast du mich nur rausgelotst – obwohl drinnen so viel los ist wie sonst das ganze Jahr über nicht –, um mir zu sagen, dass du in sechs Monaten eine Entziehungskur machen willst?«

Er runzelt wieder die Stirn und starrt zum Mond hinauf. »Da oben sollten Städte entstehen. Wo es keine Armut gibt und keinen Krieg. Das war der Plan.«

»Okay, ich muss wieder rein. Ich sage Mel, dass sie dich nach Hause fahren soll –«

»Ich brauche Geld«, platzt er heraus.

Jetzt hat er mich kalt erwischt. »Wie bitte?«

Er seufzt. »Das Wahlkampfteam war der Meinung, dass man mir lieber keinen uneingeschränkten Zugriff auf die Konten gewähren sollte.« Er zuckt die Schulter, als könnte er es den Leuten nicht verdenken. »Ich bin knapp bei Kasse. Und deine Mutter möchte ich nicht fragen.«

Ich weiß nicht, was ich sagen soll. Was kann man darauf auch antworten? Ich bin noch nicht einmal wütend auf ihn. Nur so traurig, dass ich es kaum fertigbringe, ihn anzuschauen.

Ich krame das gesamte Trinkgeld des Abends hervor und reiche ihm die Geldscheine.

»Danke –«

»Warte im Auto«, unterbreche ich ihn. Ich schaffe es immer noch nicht, ihn anzuschauen. »Fahr auf *keinen Fall* selbst.«

Ich drehe ihm den Rücken zu und gehe weg.

Während mein Dad zum Parkplatz schlurft, kehre ich zum Restaurant zurück. Als ich die Hand nach dem Türgriff ausstrecke, sehe ich aus dem Augenwinkel etwas rot glimmen. Ich blicke in die Richtung. Hinter den Büschen, im Schatten …

… steht Nathan und raucht.

»Tut mir leid«, sagt er rasch. »Ich habe euch reden sehen und wollte Hallo sagen, aber dann …«

Er spricht nicht weiter, aber ich weiß auch so, was er sagen will. Er wollte Hallo sagen, aber dann hat er Dads peinliches Drama mitgekriegt und konnte weder vor noch zurück, weil er uns nicht auf sich aufmerksam machen wollte.

»Wie viel hast du gehört?«, frage ich ihn hitzig.

»Mike, ich –«

»Ich fasse es nicht, dass du rauchst«, sage ich. »Das ist widerlich. Es stinkt. Du riechst aus dem Mund wie ein Hund. Außerdem ist es ein langsamer Tod.«

»Es war nur Zufall, Mike, ich schwör's.«

Meine Brust brennt, als würde sie in einem heißen Schraubstock stecken. »Ich muss jetzt weiterarbeiten.«

Den Rest des Abends würdige ich ihn keines Blickes mehr, obwohl er sich zu Henna gesetzt hat, nachdem Mel mit Meredith und Dad nach Hause gefahren ist. Am Kellnerinnenwagen nutzt Tina jede Gelegenheit, um mich anzuschreien, aber ich höre gar nicht zu. Ich bin viel zu sehr damit beschäftigt, immer wieder Ketchupflaschen zu zählen und mir zu wünschen, ich wäre tot, *mir zu wünschen, ich wäre tot, mir zu wünschen, ich wäre tot, mir zu wünschen, ich wäre tot.*

Das sechzehnte Kapitel, *in welchem Satchel in ihrem Zimmer weint und sich die Schuld am Tod ihrer Freunde gibt, obwohl alle ihr versichern, dass sie nichts dafürkann; Dylan klopft an ihr Fenster; er tröstet sie und küsst sie schließlich; sie entzieht sich ihm und erklärt, dass sie sein Verlangen nach ihr verstehen könne, sie ihm aber dennoch das Herz brechen müsse; sie werden von einem Klopfen an der Haustür überrascht; Satchels Mutter ruft nach oben, dass Finn Nummer zwei gekommen sei; Dylan wirkt ungewöhnlich ernst, als er fragt: »Wie sollen wir wissen, ob wir ihm vertrauen können?«*

»Hey, Dr. Luther.«

»Schön, dich wiederzusehen, Michael.«

»Tatsächlich? Aber heißt das nicht, dass Sie beim letzten Mal versagt haben?«

»Wie ich sehe, dreht sich bei dir immer noch alles ums Versagen.«

»Schon gut, schon gut. *Warum muss es bei allem immer nur ums Verlieren oder Gewinnen gehen?«*

»Weißt *du* es denn?«

»Das dachte ich mal.«

»Gleich vorneweg, deine Mutter hat mit mir gesprochen.«

»Als Patientin?«

»Nein, und es besteht kein Grund, so überrascht zu sein. Sie hat mit mir als deine Mutter geredet. Als deine *besorgte* Mutter. Sie hat mir gesagt, dass du in letzter Zeit … zu kämpfen hattest. Es ist nur fair, dich das wissen zu lassen. Selbstverständlich werde ich ihr nichts von dem erzählen, was wir hier besprechen. Das bleibt unter uns.«

»Hat sie Ihnen gesagt, dass sie wieder kandidiert?«

»Das hat sie. Wie geht es dir damit?«

»Es ist merkwürdig.«

»Wieso?«

»Es ist, als hätte ich diesmal nicht das Geringste damit zu tun. Als würden unsere Leben bereits in getrennten Bahnen verlaufen, als würde das Ganze nur sie betreffen, aber nicht uns. Außerdem hat sie es diesmal ziemlich gut im Griff.«

»Sehr großzügig von dir, das zu sagen.«

»Es stimmt. Abgesehen vom Konzert ist Mel nicht mit reingezogen worden. Haben Sie Mel gesehen?«

»Ja, das habe ich.«

»Das war fantastisch. *Sie* war fantastisch. Beim letzten Mal hätte sie so etwas gar nicht fertiggebracht.«

»In deiner Schwester hat schon immer sehr viel Stärke

gesteckt. Aber wir sind heute nicht da, um über *sie* zu reden, oder?«

»Nein, ich schätze nicht.«

»Sag mir, was passiert ist, Michael. Sag mir, warum du zu mir gekommen bist.«

»Ich dachte, meine Mom hätte Ihnen das bereits erzählt.«

»Ich möchte es aber von dir hören.«

»Ich … stecke ständig fest. In Endlosschleifen. Wieder einmal. Zum Beispiel kann ich das Haus erst verlassen, wenn ich die Tür auf eine ganz bestimmte Art abgeschlossen habe, aber ich weiß nicht genau wie und ob es überhaupt verschiedene Arten gibt, eine Tür abzuschließen. Ganz oft passiert es auch, wenn ich mich wasche und es nicht in der richtigen Reihenfolge hinbekomme. Oder wenn ich anfange, Dinge anzufassen und zu zählen, und einfach nicht … aufhören kann.«

»Was, denkst du, würde passieren, wenn du aufhörst?«

»Ich weiß nicht. Irgendetwas Schreckliches. Irgendetwas, mit dem ich nicht klarkomme. Vielleicht, dass alles in die Brüche geht.«

»Alles?«

»Ich weiß nicht.«

»Hat es etwas mit den gehäuften Todesfällen an deiner Schule zu tun?«

»Was wissen Sie darüber?«

»Das ist nichts Unbekanntes. So etwas hat es schon

früher gegeben. Es gehört leider zu den bedauerlicheren soziologischen Phänomenen.«

»Wissen Sie etwas über die Ursachen?«

»Ursachen? Wenn ich es richtig verstanden habe, handelt es sich um Unfälle und Selbstmorde. Denkst du, es liegt eine gemeinsame Ursache zugrunde?«

»Nein. Nein, ich schätze nicht.«

»Es sei denn, du spielst damit auf Vampire und Seelenfresser an. Schau nicht so überrascht. Als ich in deinem Alter war, gab es Armeen von Untoten. Es war ziemlich scheußlich und Furcht einflößend, aber das Ganze war ein begrenztes Problem, wurde unter Verschluss gehalten, betraf nur eine relativ kleine Gruppe, und die Erwachsenenwelt hat sich dem gegenüber völlig blind gezeigt.«

»Ich weiß nicht, was ich sagen soll.«

»Hat es diesmal etwas mit dir zu tun?«

»Ich bin kein Indie Kid.«

»Nein.«

»Aber wir waren auf dem Konzert. Und Henna und ich hatten diesen Unfall mit dem Hirsch. Und da ist … noch so einiges andere.«

»Von dem du denkst, dass ich es nicht glauben würde? Trotz allem, was ich dir gerade gesagt habe?«

»Kann sein.«

»Es kommt nicht darauf an, ob ich es glaube oder nicht. Solange du es glaubst, ist es wichtig genug, um darüber zu reden.«

»Jared meint, dass nicht jeder ein Erwählter sein kann. Genau genommen ist so gut wie niemand einer.«

»Ist Jared immer noch dein bester Freund?«

»Sie haben ein gutes Gedächtnis.«

»Ich mache gute Notizen.«

»Ja, mein bester Freund. Er kümmert sich um mich. Er holt mich manchmal sogar aus diesen Schleifen heraus. Eigentlich ist er mehr als mein bester Freund.«

»Du liebst ihn.«

»Ja, aber nicht so, wie Sie denken, glaub ich zumindest. Er ist schwul, aber das ist was anderes. Für mich ist er wie eine Familie, sogar noch besser, weil ich ihn mir ausgesucht habe.«

»Ich verstehe. Er ist wichtig für dein Gefühl von Sicherheit in der Welt.«

»Na ja, irgendwie schon. Ich habe keine Ahnung, was ich machen soll, wenn sich alles verändert.«

»Meinst du den Abschluss?«

»Ja. Und das College. Es geht nicht nur um Jared. Mel zieht ans andere Ende des Landes und wir lassen Meredith alleine zu Hause zurück …«

»Das sind ganz normale Ängste. Es wäre ungewöhnlich, wenn du sie *nicht* hättest.«

»Ja, aber …«

»… aber?«

»Ich bin mir nicht sicher, ob ich es schaffe.«

»Was genau? Michael?«

»Sie sind die Einzige, die mich Michael nennt.«

»Was genau willst du schaffen?«

»… ähm.«

»Alles ist okay.«

»Ist es nicht.«

»Was ich damit sagen will: Du bist hier sicher. Wenn du weinen musst, dann tu es.«

»Nichts ist okay.«

»Und warum nicht?«

»… sie brauchen mich nicht.«

»Nicht so, wie du sie brauchst?«

»Nein. Jared denkt, dass ich mich immer für denjenigen halte, der am wenigsten gebraucht wird, aber er hat auch gesagt, dass das nicht stimmt.«

»Du hast ihm nicht geglaubt?«

»Wenn man es erst von jemand anderem gesagt bekommen muss, kann es nicht stimmen. Ist man dann nicht nur der Typ, der einen Knacks hat und andauernd Bestätigung braucht?«

»Brauchen wir nicht alle Bestätigung? Haben wir nicht alle einen Knacks?«

»Sie verstehen das nicht.«

»Dann hilf mir, es zu verstehen.«

»Sehen Sie, es ist so … die anderen haben alle ihr Leben. Jared hat den ganzen Familienkram, Mel ist mit einem Arzt zusammen, und Henna geht nach *Afrika*. Und was habe ich? Ich habe nur die anderen, sonst nichts.«

»Und das gibt dir das Gefühl, du würdest nichts zählen?«

»Ja. Dann stecke ich wieder in einer dieser Schleifen, sitze in der Falle und *spüre*, dass ich in der Falle bin, obwohl ich nur *irgendetwas anderes* machen müsste, um wieder rauszukommen. Irgendetwas. Von Mal zu Mal fällt es mir schwerer aus der Schleife herauszufinden. Was, wenn ich weggehe und ein neues Leben anfange und wieder stecken bleibe und mich nicht selbst befreien kann?«

»Okay, was wäre, wenn das passiert?«

»…«

»Michael?«

»Ich kann es nicht aussprechen. Es ist peinlich.«

»Mich bringt nichts so schnell in Verlegenheit.«

»…«

»Sag es mir, Michael. Was passiert, wenn du in einer Schleife steckst und nicht mehr rausfindest?«

»Dann bringe ich mich um.«

»Das ist eine sehr endgültige Entscheidung.«

»Besser, als ständig in Angst zu leben. Besser, als immer Angst zu haben.«

»Sind das die beiden einzigen Alternativen? Angst zu haben oder tot zu sein?«

»Ich habe zumindest das Gefühl, dass sie es sind. Und ich weiß nicht, wie ich das schaffen soll.«

»Was?«

»Alles.«

»Ist das nicht das eigentliche Problem? Der Grund für deine Angst? Warum willst du immer für alles eine Lösung finden? Warum begnügst du dich nicht damit, erst einmal den Tag zu bewältigen?«

»Nicht einmal das schaffe ich.«

»Doch, und das hast du auch schon bewiesen. Dir steht eine der größten Herausforderungen bevor, die einem das Leben stellen kann: Du verlässt die Schule und ziehst weg. Außerdem hast du einen Autounfall überlebt, der auch anders hätte ausgehen können, und *trotzdem* noch deiner verletzten Freundin geholfen. Und obwohl das Konzert für dich eine traumatische Erfahrung gewesen sein muss, hast du deine kleine Schwester gerettet.«

»Hat Mom Ihnen das gesagt?«

»Sie hält sehr viel von dir, Michael. Und sie macht sich Sorgen um dich.«

»Dann sollte sie mit mir reden. Bitte verteidigen Sie sie nicht auch noch.«

»Also gut. Ich stelle nur fest, dass du schon sehr viel bewältigt hast. Du hast den Eindruck, dass du mit nichts fertigwirst, dass du dem Druck nicht standhalten kannst, trotzdem bist du hierhergekommen. Du bist hier in diesem Raum. Du schlägst dich mit all diesen Problemen herum, dennoch hast du es fertiggebracht, deiner Mutter – ausgerechnet deiner *Mutter,* die du, wie ich weiß, nicht unbedingt als naheliegende Verbündete ansiehst – zu sagen, dass du Hilfe brauchst. Für mich klingt das nach jemandem, der sehr wohl nach Lösungen sucht, was meinst du?«

»... vielleicht.«

»Ich möchte dir eine Frage stellen. Was, wenn *tatsächlich* alles in die Brüche geht? Was dann?«

»Ich verstehe nicht, was Sie meinen.«

»Wenn du dich anders verhalten würdest, wenn du die Schleife unterbrechen würdest, ohne dass du es *richtig* zu Ende bringst, was würde dann passieren? Würdest du es überleben?«

»Ich *weiß* es nicht. Das ist ja das Problem.«

»Lass mich die Frage anders stellen: Ist nicht schon einmal alles in die Brüche gegangen und du hast trotzdem überlebt?«

»Wie bitte?«

»Melinda wäre fast gestorben.«

»Sie *ist* gestorben.«

»So oder so, wenn das kein In-die-Brüche-Gehen ist, was dann?«

»Ich möchte nicht, dass das jemals wieder passiert.«

»Du hast doch selbst gesagt, dass es ihr gut geht.«

»Aber Meredith ist –«

»Jetzt bist du also auch für Meredith verantwortlich? Bei dem Konzert ist alles in die Brüche gegangen und trotzdem hast du überlebt. Wenn ich Melinda fragen würde, ob du derjenige bist, der am wenigsten gebraucht wird, wird ihre Antwort zweifellos anders ausfallen als deine. Das gilt auch für Meredith, und ich würde Geld darauf verwetten, dass dein Freund Jared es ebenfalls anders sieht.«

»Sie wollen nur nett sein.«

»Alle, ohne Ausnahme? Und das immerzu?«

»Weil ich kaputt bin.«

»Stimmt das? Ist das wirklich so? Du hast selbst gesagt, dass auch die anderen ihre Probleme haben. Zum Beispiel weiß ich genau, mit welchen Schwierigkeiten deine Schwester zu kämpfen hat.«

»Ja, aber … ihr geht es jetzt besser.«

»Geht es ihr so richtig gut?«

»Na ja … nicht wirklich.«

»Aber du glaubst, dich mit ihr vergleichen zu können?«

»Machen Sie mir jetzt Vorwürfe?«

»Tut mir leid. Das wollte ich nicht. Ich versuche nur, dir klarzumachen, dass du die Dinge auch anders sehen könntest. Auf eine Weise, die dir nicht so viel Angst einjagt. Sodass du dir nicht wünschst, du wärst tot.«

»…«

»Weinst du oft, wenn du allein bist?«

»So gut wie nie.«

»Dann solltest du das vielleicht öfter tun, Michael. Es ist okay. Hier sind Taschentücher, falls du sie brauchst.«

»… es ist, als würde ich am Grund eines Brunnens sitzen. Als würde ich in diesem tiefen, tiefen Loch hocken und nach oben schauen, wo nur ein winziger Lichtpunkt zu sehen ist, und um überhaupt gehört zu werden, müsste ich mir die Lunge aus dem Leib schreien, aber selbst wenn ich das täte, würde ich nur etwas Falsches sagen, oder sie würden mir nicht zuhören, und falls doch, würden sie sich nur über mich lustig machen.«

»Weil es völlig ausgeschlossen ist, dass du ihnen etwas bedeutest?«

»Es ist nur so schwer, das zu glauben … Sie sagen es mir. Sie *zeigen* es mir. Aber ich fühle es nicht.«

»Und woran liegt das deiner Meinung nach?«

»Die Angst kommt mir in die Quere. Und dann bleibe ich in einer Schleife stecken.«

»Wenn es dir gelänge, alles auf die *richtige Weise* zu machen –«

»Genau. Wenn ich es richtig machen könnte, wäre alles okay. Ich würde … keine Ahnung … alle retten. Die Welt würde nicht in die Brüche gehen. Aber es wird immer schwieriger, alles richtig zu machen.«

»Das glaube ich dir gern. Bei all den Dingen, mit denen du gerade klarkommen musst.«

»All den Dingen, mit denen ich auch in Zukunft klarkommen muss.«

»Da will ich nicht widersprechen.«

»Kann ich Ihnen etwas sagen, Dr. Luther?«

»Ja.«

»Und Sie werden mich nicht auslachen?«

»Das werde ich nicht.«

»Ich hasse mich. Es kommt mir idiotisch vor, das zu sagen, es klingt so nach Blabla, Teenieangst, schnief, schnief, aber es ist die Wahrheit. Ich hasse mich. Und zwar fast immer. Ich will es niemandem sagen, weil ich keinen damit belasten will, aber ich habe das Gefühl, immer weiter von allen wegzugleiten. Es ist, als würde der

Brunnen immer tiefer werden. Als könnte mir jede Minute, jede Sekunde die Kraft zum Klettern ausgehen. Als wäre es nicht mehr die Anstrengung wert, überhaupt noch einen Versuch zu wagen.«

»Ich will nicht darauf herumreiten, aber ich möchte es dir noch mal behutsam in Erinnerung rufen, denn es ist die Wahrheit: Du bist hier. Und das heißt, dass du dich sehr wohl bemühst.«

»Können Sie mir helfen?«

»Ja. Fürs Erste möchte ich dir gerne ein Medikament verschreiben. Warum machst du so ein langes Gesicht?«

»Ein Medikament.«

»Ja. Hältst du dich dann für einen Versager?«

»Und wie. Es heißt, dass ich so kaputt bin, dass man es nur mit Medikamenten wieder auf die Reihe kriegt.«

»Für Krebspatienten ist es kein Versagen, wenn sie für ihre Behandlung Medikamente nehmen müssen. Für Diabetiker ist es kein Versagen, wenn sie Insulin brauchen.«

»Das ist etwas ganz anderes, und das wissen Sie auch.«

»Nein, das weiß ich nicht. Was ist der Unterschied?«

»In meinem Fall bedeuten Medikamente, dass ich übergeschnappt bin, das ist der Unterschied.«

»Michael, ist Krebs deiner Meinung nach so etwas wie ein moralisches Versagen?«

»Welche Art von Krebs meinen Sie?«

»Sei nicht albern. Du weißt, was ich meine. Glaubst du, dass eine Frau, die an Eierstockkrebs erkrankt, dafür in irgendeiner Weise verantwortlich ist?«

»Nein.«

»Glaubst du, dass ein Kind, das mit gespaltenem Rückgrat oder zerebraler Kinderlähmung oder Muskelschwund geboren wird, selbst daran schuld ist?«

»Nein, aber –«

»Warum um alles in der Welt gibst du dir dann die Schuld an deiner Angststörung?«

»… weil … was wollen Sie von mir hören?«

»Ich will wissen, warum du an deiner Angststörung schuld bist?«

»Weil es ein Gefühl ist und kein Tumor.«

»Bist du dir da sicher?«

»Wollen Sie damit etwa andeuten, dass ich einen *Tumor* habe?«

»Nein, nein, nein, nein, nein, nein. So habe ich das nicht gemeint. Wenn du auf deine Schwester stolz bist, dann ist das ein Gefühl. Auch die Angst, die dich beim Konzert angetrieben hat, war ein Gefühl. Scham oder Verlegenheit sind Gefühle. Es ist unerheblich, ob ein Gefühl berechtigt ist oder nicht, du empfindest es einfach.«

»Angst ist also so etwas wie ein Tumor der Gefühle?«

»Gefühle bringen dich nicht um, nicht einmal die qualvollsten. Angst hingegen ist ein Gefühl, das zu groß geworden ist. Ein Gefühl, das zu etwas Bösartigem und Gefährlichem entartet ist. Du trägst selbst die Verantwortung dafür, was sich daraus entwickelt, wie du es *behandelst*. Aber du bist nicht verantwortlich dafür, dass es *da* ist, Michael. Du brauchst dir nicht die *Schuld* daran zu geben. Nicht mehr oder weniger, als das bei einem Tumor der Fall wäre.«

»Ihnen ist schon klar, dass ich mich jetzt in die Vorstellung, einen Tumor zu haben, reinsteigern werde?«

»Tut mir leid. Das war vielleicht ein schlechtes Beispiel. Wenn du dich schon in etwas hineinsteigern willst, dann am besten in den Gedanken, dass deine Zwangsstörung eine Krankheit ist, die man behandeln kann. Dass es kein Versagen deinerseits ist und dass du nicht etwas getan oder unterlassen hast. Dass es sich dabei auch nicht um einen inneren Wert eines Menschen handelt, der dir womöglich fehlt. Die Medikamente dienen dazu, deine Ängste zu behandeln. Sie sollen die Ängste nicht verschwinden lassen, sondern sie auf ein erträgliches Maß reduzieren, vielleicht auf das gleiche Niveau wie bei anderen Menschen, damit – und das ist der Schlüssel zum Ganzen – wir darüber reden können. Damit du mit den Ängsten leben kannst. Du wirst noch viel daran arbeiten müssen, aber die Medikamente sorgen dafür, dass du am Leben bleibst und es in den Griff bekommst.«

»…«

»Michael?«

»…«

»Kannst du nicht versuchen, es als Erfolg zu sehen?«

»Ich wollte nie wieder auf Medikamente angewiesen sein.«

»Du hast mir heute, *gerade eben,* gesagt, dass du lieber tot sein würdest, als länger deinen Zwängen ausgesetzt zu sein. Ich nehme das ernst. Ich denke nicht, dass dein Leid vorgetäuscht ist. Ich denke nicht, dass deine Gefühle, dem ein Ende bereiten zu wollen, vorgetäuscht sind. Ich denke nicht, dass dein Selbsthass vorgetäuscht ist. Also warum denkst *du* das?«

»Tu ich doch gar nicht.«

»Ach nein? Glaubst du nicht insgeheim, dass du aus einer Mücke einen Elefanten machst? Dass du, wenn du nicht so ein Schwächling wärst, glücklich und frei wie alle anderen sein könntest?«

»So was in der Art.«

»Du bist zu mir gekommen, weil ich dir helfen soll, oder?«

»Ja.«

»Dann werde ich dir jetzt Folgendes sagen. Erstens, du redest dir deine Ängste nicht nur ein, sie sind ein echtes und qualvolles Problem. Zweitens, du bist für diese Ängste nicht moralisch verantwortlich. Sie sind nicht da, weil du etwas getan oder nicht getan hast. Drittens, Medikamente unterstützen die Behandlung, sodass, viertens, wir beide darüber reden können, wie du dein Leben erträglicher, ja sogar lebenswerter machen kannst.«

»Werde ich sie immer nehmen müssen?«

»Nicht, wenn du das nicht willst. Die Entscheidung liegt ganz allein bei dir.«

»Ich hasse mich, Dr. Luther.«

»Aber nicht so sehr, dass du nicht gekommen wärst und um Hilfe gebeten hättest.«

Das siebzehnte Kapitel, *in welchem Satchel nicht weiß, wem sie trauen kann, weshalb sie ihrem Polizeionkel folgt, um auf eigene Faust die Quelle der blauen Energie zu finden; der Onkel betritt den Keller der Highschool, während oben der Abschlussball in vollem Gange ist – an dem Satchel nicht das geringste Interesse hat, allenfalls aus Ironie; während die Musik spielt und alle tanzen, hindert sie ihren Onkel daran, einen Graben aufzureißen, der die gesamte Turnhalle mit allen Menschen darin verschlingen würde; dabei stößt sie seinen lose auf dem Körper sitzenden Kopf herunter und das blaue Licht entschwindet aus seinem Körper; sie weint vor lauter Tatkraft und Mut, doch dann trifft der Prinz ein und erklärt ihr entsetzt, dass ihr Tun es dem Hof der Unsterblichen ermöglicht hat, ihre Welt endgültig einzunehmen.*

»Du siehst fantastisch aus«, sage ich zu Henna, als ich sie am Abend des Balls an der Tür abhole.

»Danke«, sagt sie schüchtern. »Irgendwie weiß ich

selbst, dass ich fantastisch aussehe. Klingt verrückt, oder?«

Ihr Kleid ist, wie ich weiß, vanille- und burgunderfarben, aber das beschreibt es nicht einmal annähernd. Die meisten Ballkleider sind entweder total aufgebauscht, um nicht zu sagen wolkig, oder derart kurz und knapp, dass man sich fragt, ob die Mädchen sich nicht zu Tode frieren.

Aber Henna ist anders.

Ihr Kleid verzichtet auf jeden Schnickschnack, genauso wie sie. Sie versucht nicht krampfhaft, modisch zu sein, aber sie ist auch nicht krampfhaft altmodisch. Sie sieht erwachsen aus, das beschreibt es am besten. Sie ist wirklich wunderschön, wunderschön ernst und wunderschön erwachsen. Sogar der Gips an ihrem Arm sieht aus, als hätte sie ihn nur deshalb, weil sie ein Flüchtlingskind unter einem Auto hervorgezogen hat.

»Du siehst … fantastisch aus«, sage ich noch einmal. »Ganz ehrlich.«

»Du siehst auch nicht übel aus.«

Ich stecke nur in einem Smoking.

Aber, okay, vielleicht steht mir ein Smoking.

»Sehr elegant«, sagt ihr Vater, der mit seiner Frau hinter Henna auftaucht.

»Hallo, Mike«, begrüßt mich Hennas Mutter. Sie hält ihr Handy hoch. »Wie wär's mit einem Foto?«

»Einverstanden«, sage ich. Henna kommt an meine Seite, während ihre Mom uns fotografiert. Jeder würde glauben, dass wir als Pärchen auf den Ball gehen. Auch ihre Mom und ihr Dad denken das. Sie denken allerdings auch, dass Henna nur mit Mel in der Hütte übernachtet, als eine Art Wir-sind-fast-fertig-mit-der-Schule-Belohnung. Eigentlich müssten sie doch wissen, dass ihre Tochter keine Langweilerin ist. Ihnen muss doch klar sein, dass wir anderen ebenfalls zur Hütte fahren werden. Aber vielleicht sind sie dieses eine Mal gewillt, darüber hinwegzusehen. Vielleicht ist so etwas in Finnland völlig normal, sogar für die Frommen.

»Viel Spaß«, sagt ihre Mom und küsst Henna auf die Wange. Auch der Vater gibt ihr einen Kuss. Bei ihnen geht es immer so förmlich zu wie in einem Königshaus. So feierlich, dass man sich im Vergleich dazu ein bisschen lächerlich vorkommt. Ihre Eltern stehen nebeneinander, Hennas Dad hat seinen Arm um die Schultern ihrer Mom gelegt, und beide sehen zu, wie Henna mich am Ellbogen nimmt und mit mir zur wartenden Limousine geht.

»Oh mein Gott«, sagt Henna beim Anblick des Fahrzeugs.

»Ich weiß.«

Die Limousine ist nicht ganz das, was wir angefordert haben. Das, was wir uns vorgestellt hatten, war bereits »anderweitig gebucht«, für andere Abschlussbälle oder vielleicht sogar für den an unserer eigenen Schule. Es ist nämlich eindeutig nicht die klassische schwarze Limousine – die noch verfügbar war, als wir sie reserviert und eine nicht erstattbare Anzahlung geleistet haben – vor unserem Haus aufgetaucht, um mich und Mel abzuholen. Ich habe den anderen eine Handynachricht geschrieben, um sie vorzuwarnen, aber das reichte nicht, um sie auf diesen Anblick vorzubereiten.

Es ist ein Hummer. Ein *gelber* Hummer.

»Er ist schrecklich«, sagt Henna bewundernd. »So schrecklich, dass er schon wieder schön ist.«

»Ich habe es dir ja gesagt.«

Mel lehnt sich aus der offenen Tür. »Wenigstens fühlt man sich sicher in dieser Karre«, sagt sie.

Das stimmt. So muss man sich in einem Panzer fühlen. Als Nächstes holen wir Jared ab (ein entsetzter Mr Shurin: »Wie viel Benzin verbraucht dieses Monstrum?«) und dann, weil alle darauf bestehen, Nathan. (»Hier drin ist Rauchen verboten«, sage ich, bevor er sich auch nur hingesetzt hat.)

Nenn-mich-Steve wollte sich nicht von der Limo abholen lassen. (»Es ist ohnehin schon merkwürdig genug, dass ich, sieben Jahre nachdem ich die Schule verlassen habe, auf einen Abschlussball gehe«, hatte er zu Mel gesagt. »Und das zu Recht«, hatte Mel erwidert, »aber du kommst trotzdem mit.«) Er erwartet uns bereits an der Schule und öffnet die Tür, um Mel als Erste aussteigen zu lassen. Er heftet ihr ein Ansteckstäußchen an – da die beiden heute Abend das einzige offizielle Pärchen sind, ist er auch der Einzige, der an so etwas gedacht hat.

»Dieses Fahrzeug ist ein Verbrechen«, stellt er fest.

»Gegen die Natur?«, fragt Mel.

»Gegen den guten Geschmack«, sagt er. »Gegen jeden Stil. Gegen alle Vernunft. Gegen den ganzen Planeten …«

Arm in Arm schlendern sie Richtung Turnhalle, immer noch schmunzelnd und immer noch über den wunderbar schrecklichen Hummer plaudernd, um den sich bereits eine kleine Schar von ankommenden Pärchen gebildet hat.

Jared, der in seinem etwas zu knappen Smoking besonders riesig wirkt, sagt: »Sehen wir nicht alle fantastisch aus?«

»Ja«, sagt Henna. »Ja, das tun wir.«

Das Motto des Balls ist: »Für immer jung.«

Ja, ich weiß.

Wir können es uns nicht leisten, den Ball in einem Hotel in der großen Stadt abzuhalten, wie es die meisten anderen Schulen machen, deshalb müssen wir mit unserer eigenen Turnhalle vorliebnehmen. Normalerweise findet zuvor ein formelles Abendessen mit dem Partner statt. Da das *Grillers* das netteste Restaurant ist, das unsere kleine Stadt zu bieten hat, haben wir beschlossen, diesen Punkt zu überspringen. Mr Shurin hat uns versichert, dass er die Essensvorräte in der Hütte am See aufgestockt hat. Falls sie nicht bereits von Ottern, Murmeltieren oder Bären aufgefressen worden sind, werden wir also gut versorgt sein.

»Tanzen«, befiehlt Henna und packt mich wieder am Ellbogen.

»Ich zuerst?«, frage ich und folge ihr auf die Tanzfläche. Es ist ein langsamer Tanz, deshalb umfasse ich sie an der Hüfte, und sie legt ihre nicht eingegipste Hand auf meine Schulter.

»Ich werde auch mit Nathan tanzen«, antwortet sie. »Ich werde tanzen, mit wem ich will.«

»Was ist mit dem Verlangen in deinem Bauch, das dich überkommt, sobald du ihn siehst?«

»Wenn du nicht ständig über ihn herziehen würdest, wären du und ich vielleicht längst zusammen.«

»Zu Forschungszwecken?«

Sie schmiegt sich an mich und legt ihren Kopf an meine Brust. Ich spüre, wie sie seufzt. »Ich frage mich, ob die Erkenntnis, dass man sich bei nichts sicher sein kann, einen zum Erwachsenen macht.«

»Viele Erwachsene scheinen sich bei allem total sicher zu sein.«

»Dann sind sie vielleicht noch nicht erwachsen.«

»Sag das meiner Mutter.«

»Sag das meiner.«

Wir tanzen. Es ist schön.

»Stell dir nur mal vor«, sagt Jared und reicht mir eine Tasse Punsch. Ja, Punsch. In einer Tasse. »Das ist vielleicht unsere letzte Party ohne Alkohol.«

»Es dauert noch drei Jahre, bis wir einundzwanzig sind«, wende ich ein. Ich drehe den Kopf und schaue zu Henna, die mit Nathan zu schneller Musik tanzt, in einer Gruppe zusammen mit Mel und Nenn-mich-Steve. »Von uns trinkt ohnehin keiner.«

»Ich meinte das eher als Metapher dafür, dass wir unsere eigenen Entscheidungen treffen«, sagt Jared. »Und warum trinkt eigentlich keiner von uns?« Dann sieht er mich an und denkt an meinen Vater und die Sache mit der Entziehungskur. »Oh. Tut mir leid.«

Ich zucke die Schultern und nippe an meinem Punsch.

»Wie kommst du mit den Medikamenten zurecht?«, fragt er gedämpft.

Wieder zucke ich die Schultern. »Es dauert eine Weile, bis die Wirkung einsetzt. Außerdem gehören viele Gespräche mit Dr. Luther dazu. Aber mir geht's so weit ganz gut.«

»Das ist schön«, sagt er.

»Kannst du dich selbst gut leiden, Jared?«

Er sieht mich erstaunt an. Wahrscheinlich weiß er genau, worauf ich hinauswill. »Manchmal schon«, sagt er. »Manchmal auch nicht.«

»Manchmal auch nicht«, wiederhole ich. »Geht es um die Dinge, die dich beschäftigen? Die Dinge, über die du nicht reden kannst?«

Jared baut sich vor mir auf. »Wir haben noch nicht genug getanzt.«

»Zusammen?«

»Wir alle zusammen.« Er deutet mit dem Kopf zu unseren Freunden, die mitten zwischen den anderen herumwirbeln, lächeln, ins Schwitzen kommen, lachen, tanzen wie die Irren. Die Turnhalle ist inzwischen brechend voll, vielleicht aus demselben Grund, weshalb das Restaurant überfüllt ist: Die Leute wissen, dass sich etwas zusammenbraut, und wollen in Gesellschaft sein.

Für einen Moment packt mich das Entsetzen, als mir klar wird, was für eine hervorragende Gelegenheit das ist, wieder eine Menge Leute in die Luft zu jagen. Natürlich nur, falls unter der Schule Gasleitungen verlaufen …

»Was ist los?«, fragt Jared.

»Was, wenn wir hier in Gefahr sind?«, überlege ich laut. Ich spüre, wie meine Brust eng wird und mich ein Gefühl der Verzweiflung überkommt und ich ganz schnell eine meiner Endlosschleifen brauche, um uns alle davor zu schützen, in die Luft zu fliegen.

»Siehst du hier irgendwelche Indies?«, fragt Jared. Ich sehe mich um. Er hat recht. Weit und breit sind keine zu sehen.

Irgendwie macht mich das richtig traurig.

»Uns wird nichts passieren«, sagt Jared und zieht mich auf die Tanzfläche.

»Vielleicht sollten wir draußen nachsehen …«, fange ich an, aber meine Worte gehen in der lauten Musik und dem dichten Gedränge um uns herum unter. Wir schließen uns Henna, Mel, Steve und Nathan an. Und wir tanzen.

Auch das ist schön.

»Wir hauen ab«, verkündet Mel etwa eine Stunde später. Wir stehen in der Ruheecke, die aus mehreren Sofas besteht und die ein klein wenig zu hell beleuchtet ist, um zum Knutschen zu verleiten. »Wir treffen uns später in der Hütte.«

»Ihr seid euch sicher, dass wir dort nicht einem Ritualmord zum Opfer fallen?«, fragt Nenn-mich-Steve. Er scheint tatsächlich ein wenig nervös zu sein. »Ballnacht. Eine bunt gemischte Teenagertruppe. Eine abgelegene Hütte …«

Mel blinzelt. »Meinst du das ernst?«

»Ich bin Arzt. Uns kommt alles Mögliche unter. Die merkwürdigsten Dinge haben sich ereignet.«

Alle starren ihn an.

»Was denn?«

»So etwas wird uns nicht passieren«, versichert ihm Mel. »Wir sind nicht die Leute, denen so was passiert.«

»Wieso? Ich –«

Sie küsst ihn. »Ich liebe es, wenn du dir Sorgen machst. Aber du sorgst dich um das Falsche.«

»Ich …«, fängt er wieder an, aber da zerrt Mel ihn schon mit sich fort. Sie winkt uns zum Abschied. Nenn-mich-Steve fährt mit ihr zu uns nach Hause. Dort werden sie sich umziehen, und Mel wird unsere schon gepackten Kleider holen, dann werden sie mit zwei Autos zur Hütte fahren, damit wir noch ein zusätzliches Fahrzeug zur Verfügung haben, nachdem der Hummer uns dort abgesetzt hat. Jared und sein Dad haben Jareds Auto heute ebenfalls zur Hütte gefahren. Alles ist genau durchdacht.

»Wollen wir nicht auch gehen?«, frage ich Henna und Jared.

»Ja, mir reicht es jetzt«, sagt Henna. »Man Tanzstil ist so phänomenal, dass mein Arm langsam wehtut.«

Sie blickt zur Tanzfläche. »Nathan hat anscheinend immer noch nicht genug.«

Das stimmt, er tanzt ganz für sich alleine mit einer Tasse Punsch in der Hand. (Ernsthaft, einer Tasse Punsch, es ist einfach nur peinlich.) Ich schätze, er ist gerade dabei, eine Erinnerung für später zu sammeln.

»Okay«, sagt Jared. »Ich gehe noch einmal tanzen, dann brechen wir auf. Bis gleich, Leute.«

Er steuert auf die Tanzfläche zu. Henna und ich suchen uns eine Couch. Um uns herum fotografieren sich die Leute mit ihren Handys, um die Bilder dann an jemanden zu schicken, der drei Meter entfernt steht, damit alle sie kommentieren können. Ich finde das wirklich einleuchtend.

»Macht es dir Spaß?«, frage ich Henna.

»Ja.« Sie lächelt. »Und wie. Wer hätte gedacht, dass es so lustig wird?«

»Ich bin am Verhungern.«

»Oh Gott, ich auch! Ich hoffe, Mr Shurin hat uns Steaks –«

Sie hält inne, weil sie Tony Kim entdeckt hat. Er kommt auf uns zu. Sie wird sofort ganz sanft. »Hey, Henna«, sagt er.

Ein zartes Lächeln erscheint auf ihrem Gesicht. »Hey, Tony.«

Ich weiß, dass Tony mit Vanessa Wright auf den Ball

gegangen ist, eine Ex von mir und das Mädchen, mit dem ich meine Unschuld verloren habe (und sie ihre), aber jetzt ist sie nicht bei ihm. Ihn zu sehen, ist fast ein Schock. Er hat sich kaum noch blicken lassen, nachdem Henna mit ihm Schluss gemacht hat.

»Lange nicht mehr gesehen«, begrüße ich ihn.

»Hey, Mike«, sagt er mit angespannter Miene. Ich kann mir vorstellen, was ihm durch den Kopf geht, wenn er mich hier mit Henna auf dem Sofa sieht. Bestimmt weiß er – alle anderen wissen es ja auch –, wie sehr ich Henna in all den Jahren angeschmachtet habe. Und hier sind wir nun, gemeinsam auf dem Abschlussball. Als wären wir zusammen. Am liebsten würde ich ihm erklären, dass ich keine Ahnung habe, nein, echt nicht, was zwischen mir und Henna läuft, und dass sie meiner Meinung nach immer noch hinter diesem Nathan her ist, dass sie im Moment verwirrter ist als jemals zuvor und wahrscheinlich selbst nicht genau weiß, was sie empfindet, und dass sie, nach allem, was sie mir gesagt hat, im Augenblick ganz zufrieden damit ist.

Natürlich sage ich nichts dergleichen.

»Du siehst unglaublich aus«, sagt Tony zu ihr.

»Danke«, erwidert sie herzlich. »Du aber auch.«

Es stimmt. Tony sieht geradezu lächerlich gut aus, aber nicht auf eine arrogante Weise. Er ist schon immer ein netter Typ gewesen, hat sich immer gut mit Henna verstanden und sie auch gut behandelt. Sie waren ein wundervolles Pärchen. Und das wären sie auch jetzt noch, denn ich sehe ihm an, wie verloren er sich ohne sie vorkommt.

Tja, Pech gehabt, was?

»Also«, sagt er und vergräbt seine Hände in den Taschen. Man merkt, dass er sich unwohl fühlt. »Das ist also der Ball.«

»Ja«, sagt Henna.

Er wirft mir einen Blick zu, sagt aber nichts.

»Wir sind nicht zusammen hier«, erklärt Henna ein kleines bisschen zu eifrig. »Ich meine, natürlich sind wir zusammen hier, aber wir sind als Gruppe gekommen. Mike und seine Schwester. Jared.«

Tony nickt. »Ich habe euch tanzen sehen.«

»Wo ist Vanessa?« Auf meine Frage ernte ich nur ein Stirnrunzeln von den beiden.

»Sie holt sich einen Drink.« Tony sieht sich um, als wüsste er, wo sie ist. »Denke ich zumindest. Hör zu, Henna –«

»Tony –«

»Ich wollte dir nur –«

»Ich kann das nicht, Tony.«

»Ich würde dich gern irgendwann mal anrufen«, stößt er hervor. »Um zu reden. Das ist alles. Kein Druck, nichts. Ich … ich vermisse dich einfach.«

Henna beißt sich auf die Unterlippe. »Ich vermisse dich auch, Tony.«

Er lächelt furchtbar traurig.

»Ich würde mich freuen, wenn du anrufst«, sagt Henna. »Bevor ich nach Afrika gehe. Das wäre toll.«

Er nickt. »Bis dann«, sagt er und schlurft davon.

Henna schaut ihm hinterher. »Armer Kerl.«

»Wie du meinst«, sage ich etwas zu scharf.

Henna sieht mich an und steht auf. »Für jemanden, mit dem ich nie ausgegangen bin, nimmst du dir viel zu viel Eifersucht heraus.«

Ich muss rennen, um sie einzuholen.

Der Hummer wartet schon auf uns. Der Fahrer heißt Antonio, er öffnet sofort die Türen, als er uns kommen sieht. Henna und ich steigen ein und warten auf Jared und Nathan, die drinnen immer noch tanzen.

»Tut mir leid«, sage ich.

»Schon okay«, antwortet Henna und schmiegt sich in dem breiten Sitz an mich. »Ehrlich gesagt war es ganz nett, dass alle dich für mein Date hielten.«

»Ja.«

Sie hakt sich bei mir unter. »Vielleicht warst du das auch?«

»Und was ist mit Nathan?«

Henna sieht zu mir hoch. Sie lächelt, dann schüttelt sie den Kopf.

»Was denn?«, frage ich.

Sie blickt an mir vorbei durch die geöffnete Autotür. Vermutlich weil Jared und Nathan kommen. Doch sie deutet auf den hinteren Ausgang der Turnhalle.

In der Dunkelheit steht eine Tür weit offen. Ein Mädchen, das ich aus der Schule kenne, an dessen Namen ich mich jedoch nicht erinnern kann, kommt weinend heraus. Ein Junge, den ich noch nie gesehen habe, hat seinen Arm um sie gelegt und tröstet sie.

Hinter ihnen flackert blaues Licht in der Tür, dann erlischt es.

»Sie sind gar nicht für den Ball angezogen«, stellt Henna fest.

»Weißt du, was?«, sage ich und mache Anstalten auszusteigen. »Ich werde jetzt hingehen und herausfinden, was zum Teufel da los ist.«

»Mike, nein –«

»Wo willst du hin?«, fragt Jared, der mit Nathan auftaucht und mir zufällig den Weg versperrt.

»Ich will mit denen reden«, sage ich und spähe über seine Schulter.

Als Jared und Nathan sich umdrehen, sind die beiden bereits verschwunden.

»Ich würde jetzt gerne gehen, Mike«, sagt Henna. Sie zupft mich am Arm und zieht mich in den Sitz zurück. »Das wäre mir wirklich lieber.«

Ich kann nicht mit ihr streiten.

Das konnte ich noch nie.

Das achtzehnte Kapitel, *in welchem Satchel mit dem Prinzen flieht, der sie jedoch verrät und sie zum Hof der Unsterblichen bringt, wo man auf der Suche nach einer menschlichen Hülle für die Kaiserin ist; die Kaiserin erweist sich als kleines Mädchen, das sich einen besseren Körper wünscht, um darin für immer zu wohnen; dieser Körper soll der von Satchel sein, der bereits von dem Amulett, das der Prinz und nicht der Indie-Junge Kerouac ihr zugespielt hat, auf seine Aufgabe vorbereitet worden ist; die Kaiserin sagt: »Ich habe einen Boten geschickt, um in deiner Welt alles für unsere Ankunft zu richten. Es brauchte mehrere Anläufe, ehe einer der für dieses Amt Auserwählten die Prozedur überlebt hat«; der Bote offenbart sich; bis vor Kurzem war er noch Dylan; er beginnt mit der Zeremonie, in deren Verlauf Satchel zu Tode kommen wird und dank derer die Kaiserin in Satchels Körper schlüpfen kann; in der ganzen Stadt tun sich Risse auf und die Invasion der Unsterblichen beginnt.*

»Irgendetwas riecht hier«, sagt Nathan, als er die Hütte betritt.

»Otter«, sagt Jared nur. »Tut mir leid.«

Nathan windet sich. »Nein, so habe ich das nicht gemeint … Es ist kein *übler* Geruch –«

»Nur ein bisschen Moschusduft«, sagt Mel und verteilt an alle Bier, das Mr Shurin bereitgestellt hat. Ich weiß, dass viele Kinder von Alkoholikern selbst zu Alkoholikern werden, und vielleicht wird mir oder Mel das früher oder später auch so ergehen, ich finde allerdings, dass sie mit ihrer Essstörung und ich mit meiner Angststörung schon genug abbekommen haben. (Für Meredith hoffen wir in dieser Hinsicht das Beste, so wie bei allem anderen auch.) Aber ganz im Ernst: Keiner von uns ist besonders scharf aufs Trinken.

Außer Nathan, wie sich zeigt. Er kippt sein Bier in einem Zug hinunter, als ginge es um einen Wettbewerb, stößt einen Alles-runtergeschluckt-Rülpser aus und greift nach dem nächsten Bier. »Was?«, fragt er, als er unsere Blicke sieht. »Oh.« Er nimmt das zweite Bier und nippt daran.

»Musik?«, fragt Mel. Sie holt ihr Handy aus der Tasche und stöpselt es ein. Die Musik ist leise, nichts zum Tanzen, einfach gute Songs. Die Hütte hat ein kleines Wohnzimmer mit einem Sofa und eine winzige Küche. Es gibt nur zwei schmale Schlafzimmer, also muss zumindest einer von uns auf der Couch schlafen. Ich gehe davon aus, dass ich es bin.

»Was kann man hier denn so machen?«, fragt Nathan. »Ich will nicht ätzend sein, ich überlege einfach nur.«

»Essen zum Beispiel«, sagt Jared und öffnet den Kühlschrank.

»Oh! Gott segne Sie, Mr Shurin«, jubelt Henna neben ihm und holt mehrere Steaks heraus.

Das Kochen bleibt an Nenn-mich-Steve und Jared hängen, wir anderen werden erst mal unsere Ballklamotten los. Alle außer Nathan gehen zu Softdrinks über. Wir haben seit ungefähr acht Stunden nichts mehr in den Magen gekriegt, und die Steaks riechen so unglaublich gut, dass wir wie ausgehungerte Hyänen durchs Wohnzimmer streifen. »Wenn das noch lange dauert, Jared, fange ich an, deine Schulter abzunagen«, droht Henna. »Das ist mein voller Ernst.«

»Bitte und es wird dir gegeben«, sagt Steve, der mit einem Stapel Teller ankommt. Vielleicht sollte ich aufhören, ihn Nenn-mich zu nennen.

Das Abendessen ist besser als alles, was wir in einem Restaurant vorgesetzt bekommen hätten. Der fantastische Mr Shurin hat einfach an alles gedacht: Steaksoße, Servietten, Salz und Pfeffer. Nicht zu vergessen Salat und Dressing.

»Ich wünschte, er wäre *unser* Dad«, sage ich.

»Man kriegt, was man kriegt«, erwidert Mel.

»So habe ich es nicht gemeint.«

»Ich weiß.«

In der Hütte steht sogar ein Fernseher, er ist allerdings uralt und noch nicht einmal einer mit Flachbildschirm. Daran angeschlossen ist – halt dich fest – ein Videorekorder. Ein echter Videorekorder, in dem man Kassetten abspielen kann. Ich könnte wetten, dass man so was gar nicht mehr zu kaufen kriegt. Es liegen ein paar Videokassetten herum, die ich noch aus der Zeit kenne, als wir Kinder waren und ich mit Jared die ersten Male hierher in die Hütte gekommen bin.

»Zur Auswahl stehen *Pretty Woman*«, liest Nathan vor und trinkt das nächste Bier. »Oder *Tremors – im Land der Raketenwürmer.*«

»*Tremors*«, sagen wir zu fünft im Chor.

Eine Zeit lang gibt es nichts anderes außer Steaks und *Tremors*. Die Geräusche von Menschen, die essen, und die Geräusche von Menschen, die gegessen werden.

Wer hätte gedacht, dass diese Kombination einen glücklich macht.

»Willst du mich verarschen?«, fragt Nenn-mich… ähm, besser gesagt nur der gute alte Steve, als Jared in seiner Badehose aus einem der Schlafzimmer kommt.

»Es ist fast Sommer«, sagt Jared lächelnd.

»Es ist Mai«, korrigiert ihn Steve. »Es ist Nacht. Und dieser See speist sich aus einem Gletscher.«

»Ab morgen ist es Juni und ich bin schon mein ganzes Leben lang in diesem See schwimmen gegangen, Doc«, sagt Jared. »Wer ist dabei?«

»Ich darf noch nicht«, sagt Henna und tätschelt ihr Tattoo.

»Außerdem hast du einen Gips«, sage ich zu ihr.

Henna betrachtet fast überrascht ihren Arm. »Ich habe mich so daran gewöhnt, ich bemerke ihn gar nicht mehr.« Ihre Augen werden groß. »Bei der Zeugnisübergabe werde ich mit einem eingegipsten Arm den Gang entlangschreiten!«

»Ich habe Lust auf eine Runde Schwimmen«, sagt Mel.

»Sicher?«, fragt Steve. »Du hast so gut wie kein Körperfett.« Es folgt ein betretenes Schweigen. Steve rudert zurück. »Ähm, ich meine das rein *medizinisch* –«

»Schon okay«, sagt Mel. »Es ist süß von dir. Du kannst es wiedergutmachen, indem du mit mir in den See springst.«

»Ich habe keine Badehose dabei.«

»Oh, wir schwimmen nicht mit Badehosen«, sagt Jared verschmitzt. »Die hier ist nur zur Show.«

»Es ist dunkel«, sagt Mel. »Keine Sorge.«

»Ernsthaft?«, fragt Steve.

»Ich komme auch mit«, sage ich.

»Ich auch«, verkündet Nathan, aber er ist etwas unsicher auf den Beinen und muss sich wieder hinsetzen.

»Daraus wird nichts«, sagt Jared in einem Tonfall, bei dem Nathan nicht widersprechen kann.

Wir marschieren alle zum Seeufer, sogar die Nichtschwimmer. Um den See herum gibt es noch weitere

Hütten, aber unsere ist die einzige, die erleuchtet ist. Es ist noch etwas früh in der Saison, wobei das Wort »Saison« es nicht ganz trifft. Die Hütten gehören Leuten, die es an einem Freitagabend nicht mehr an den See schaffen, weil sie bis spät in die Nacht arbeiten, um eine Hütte zu bezahlen, die sie sich eigentlich gar nicht leisten können. Mr Shurin hat seine Hütte von seinem Vater geerbt, trotzdem hat sie, soweit ich zurückdenken kann, noch nie einen neuen Anstrich bekommen.

Nathan und Henna setzen sich auf einen Baumstamm und rücken ganz eng zusammen, obwohl es kein bisschen kalt ist. Er legt sogar den Arm um sie.

»Hör auf zu glotzen«, sagt Jared und zieht mich zu dem kleinen Steg, den seine Hütte mit ein paar anderen teilt. Er macht den Anfang, streift seine Badehose ab und springt wie eine große, haarige Kanonenkugel ins schwarze Wasser. Die Spritzer, die wir abkriegen, sind unglaublich kalt. Jared taucht wieder auf und schnappt nach Luft. »Also, das macht euch garantiert wach.«

Ich ziehe mich aus und hüpfe als Nächster hinein, drehe dabei aber meiner Schwester und Steve den Rücken zu, damit keiner sich genieren muss. Das Wasser trifft einen wie ein Schock, das stimmt, aber es ist weniger schlimm als befürchtet. Ich tauche auf und schwimme weiter raus, um warm zu werden. Als ich mich wieder umdrehe, sind Steve und Mel im Wasser. Steve wirkt nicht besonders glücklich.

»Meine Familie kommt aus Honduras!«, ruft er. »Da ist das Meer *warm!*«

»Warst du schon mal in Honduras?«, fragt Mel ihn bibbernd.

Steve lächelt. »Halt die Klappe.«

Ich schwimme zu Jared, der Wasser tritt. Er beobachtet Nathan und Henna. Sie haben sich aneinandergelehnt und reden im Licht der einzigen Außenlampe von Mr Shurins Hütte. »Hey, Henna!«, ruft Jared. »Schalt das Licht aus. Der Mondschein reicht uns!«

»Oh, gute Idee«, sagt sie und lässt Nathan allein auf dem Baumstamm sitzen.

»Danke«, sage ich zu Jared. Er sieht mich überrascht an. »Wofür?«

Das Licht geht aus und die Wirkung ist einfach unglaublich. Der Himmel ist klar, nur ganz wenige Wolken hängen am Gipfel des großen Bergs. Ansonsten ist da nur der Mond, der nicht mal ganz voll ist. Aber wenn es keine andere Lichtquelle gibt, mit der er konkurrieren muss, ist er so hell, dass unsere Köpfe Schatten auf das Wasser werfen.

»Ich glaube, ich habe genug Spaß über mich ergehen lassen«, hören wir Steve sagen. Er klettert zurück auf den Steg. Sein Körper ist ein bisschen schwerfällig und fast völlig unbehaart. Er hat einen kleinen Bauchansatz, den er bestimmt nie loswird. Er wirkt damit wie der normalste Typ auf der Welt. Dafür liebe ich ihn fast. Er bindet sich rasch ein Handtuch um, dann hält er eines für

Mel bereit, die inzwischen ebenfalls aus dem Wasser gekommen ist.

»Ist das ein Ausdauerwettbewerb?«, frage ich Jared. Er grinst und spritzt mich voll. Es ist schön im See, aber ich weiß genau, dass es das in fünf Minuten nicht mehr ist. Ich schwimme Richtung Steg, um an Land zu gehen. Plötzlich springt Nathan auf.

»Schaut mal!«, ruft er und deutet über den See Richtung Stadt. Noch bevor wir uns umdrehen, sehen wir den Widerschein im Wasser.

Über unserer Stadt zucken Lichtblitze kreuz und quer über den Himmel, schnell und wild wie bei einem Gewitter. Die Stadt ist hinter der Baumlinie des Sees verborgen, aber selbst aus dieser Entfernung, die mindestens sieben oder acht Meilen beträgt, erstrahlt der Himmel über dem Ort, wo wir vor Kurzem noch waren, so hell, als würde die ganze Stadt ein riesiges Feuerwerk abbrennen.

»Bei meinen Eltern ist alles in Ordnung«, sagt Henna und legt auf. »Sie wollen, dass ich nach Hause komme.«

»War das die Stelle, als du gesagt hast: *Den Teufel werde ich tun?*«, fragt Mel.

»Ja, das war meine Antwort.«

Mom hat Meredith mit zum Kapitol genommen, weil sie dort am Morgen in Sachen Wahlkampf etwas zu erledigen hat und Meredith nicht allein unter Dads Aufsicht lassen wollte, was beweist, wie wenig wir ihm noch zutrauen. Meredith hebt beim ersten Klingeln ab, sie hat Videos und Newsfeeds im Internet verfolgt. »Es sind nur kleine Städte«, sagt sie. »Abgelegene Orte wie unserer. Aber überall ist von gespenstischen Blitzen die Rede.«

»Hauptsache, du bist okay, Meredith«, sage ich zu ihr.

»Mir geht's gut«, antwortet sie. »Und euch?«

Ich weiß nicht, was ich auf diese Frage antworten soll. Wir haben uns am Ufer versammelt und beobachten das Schauspiel. Seit einer guten halben Stunde durchziehen Lichtbögen den Himmel. Bisher sind noch keine Sirenen zu hören gewesen. Mr Shurin hat bei sich zu Hause offenbar auch nichts gehört. Aber er sagt, es hätten viele Leute mit dem Auto angehalten, um den Himmel zu beobachten. Steve hat sofort das Krankenhaus angerufen, aber anscheinend braucht man ihn dort nicht. Was auch immer in der Stadt vorgeht, es gibt zumindest keine Todesopfer.

Jedenfalls keine, von denen wir wissen. Ich frage mich allerdings, wie es den Indies geht.

»Erleben wir hier das Ende der Welt?«, überlegt Nathan laut.

»Ich bezweifle, dass das Ende der Welt ausgerechnet in unserer Stadt anfängt«, sagt Jared. »Andererseits, warum nicht?«

Plötzlich ist es von einem Moment zum anderen dunkel am Himmel.

»Boah!«, ruft Nathan, der inzwischen ziemlich betrunken ist.

Den Blitzen war kein Donner gefolgt, zumindest nicht hier am See, trotzdem haben wir das Gefühl, als wäre nach lautem Lärm die Stille über uns hereingebrochen. Einige Minuten lang starren wir zum leeren Himmel hinauf. Dann steht Mel auf und nimmt Steves Hand. Sie schmiegt sich unter seinen Arm und gemeinsam gehen sie zur Hütte zurück.

»Ich bin auch reif fürs Bett«, sagt Henna und steht vom Baumstamm auf. Nathan, der sich kaum noch auf den Beinen halten kann, will ihr folgen. »Alles okay?«, fragt Henna ihn.

»Ja«, antwortet er lachend. »Ich hab nur einen sitzen, mehr nicht.«

»Das haben wir gemerkt«, sage ich und bleibe auf meinem Platz neben Jared. »Und zwar alle.« Jared versetzt mir einen ziemlich heftigen Stoß mit dem Ellbogen.

Nathan starrt mich an. »Du kennst mich doch gar nicht richtig«, sagt er. »Du hast es nicht mal versucht.«

»Nein«, sagt Henna. Sie nimmt ihn am Arm und führt ihn zur Hütte. »Nein, hat er nicht.«

Ich schaue ihnen nach. Jetzt sind nur noch Jared und ich hier. Er nippt an einem Bier, ich an einer Coke. Der Geruch des Biers geht mir auf die Nerven. Je abgestandener es ist, desto mehr riecht es wie mein Dad.

»Lass ihn endlich in Ruhe«, sagt Jared.

»Warum? Wir wissen nichts von ihm. Er hat selbst gesagt, dass er früher ein Indie Kid war; was, wenn er diesen ganzen Scheiß hierhergebracht hat?«

»Mike –«

»Was hatte er vor meinem Haus zu suchen? Wieso war er so scharf darauf, auf die Brücke zu gehen?«

»Das war Hennas Idee –«

»Soweit wir wissen, könnte er an allem schuld sein. Und jetzt ist er mit *ihr* dadrin.«

»Er wird nicht mit ihr schlafen«, sagt Jared frustriert. »Und sie nicht mit *ihm*.«

»Woher willst *du* das wissen?«

Er schweigt. Ich drehe mich zu ihm.

Dann macht es klick.

»Oh nein. Das darf nicht wahr sein –«

»Mike, ich –«

»Jared, sag bitte nicht –«

Plötzlich steht er auf. Irgendetwas in der Dunkelheit hat seine Aufmerksamkeit erregt. Er hat immer noch das Handtuch um. Ich auch, aber ich habe wenigstens meine Jacke übergezogen. Mit den Augen sucht er den Teil des Seeufers ab, der noch nicht mit Hütten bebaut und dicht mit Bäumen bewachsen ist.

Mittendrin ist ein blaues Licht. Es kommt näher.

»Scheiße.« Ich stehe rasch auf, um loszulaufen und die anderen zu –

»Nein«, sagt Jared. »Das ist etwas anderes.«

Er marschiert los. Direkt auf das Licht zu.

»Jared!«, rufe ich. Aber dann renne ich natürlich hinterher. Mit nackten Füßen laufe ich im Dunkeln über Steine und Tannenzapfen und Gott weiß was. »Was hast du vor?«

Das blaue Licht löst sich aus dem Wald … und dann wird mir alles klar.

Es ist eine Berglöwin. Ich hatte mich schon gefragt, warum keiner von ihnen zur Hütte gekommen ist, um Jared die Ehre zu erweisen. Ich dachte mir, vielleicht hat Jared sie gebeten, sich an diesem Abend zurückzuhalten. Aber jetzt ist doch einer da. Er läuft seltsam krumm. Seine Augen glühen blau und ihn umgibt eine Aura blauen Lichts.

»Jared, nein!«, rufe ich laut, denn ich bin immer noch zehn Schritte hinter ihm. »Die Hirsche –«

Aber er und die Berglöwin stehen sich bereits gegenüber. Das Tier lässt sich fallen, legt sich über Jareds Füße und sieht wie durch einen blauen Schleier zu ihm hoch. Jared kniet sich sofort hin und legt ihm die Hände auf.

»Oh mein Gott«, sage ich, als ich Jared eingeholt habe.

Die Berglöwin ist in einem fürchterlichen Zustand. Der Anblick ist kaum auszuhalten.

»Ist er von einem Auto angefahren worden?« Als ich näher herangehe, schnellt das blaue Licht auf mich zu und erfasst meinen Unterarm. Es fühlt sich an wie kochend heißes Wasser. Mit einem Aufschrei springe ich zurück. Jared kriegt eine Wahnsinnsmenge davon ab, aber er rührt sich nicht, das muss wohl so ein Götterding sein. Aber wenn das blaue Licht der armen Berglöwin so zugesetzt hat …

Oh Mann.

Jared sagt nichts. Er konzentriert sich ganz auf die große Katze. Plötzlich stöhnt er auf und das blaue Licht verschwindet. In der Dunkelheit sehe ich ihn zuerst gar nicht, ich höre nur das Jaulen der Berglöwin, die offensichtlich unter schrecklichen Schmerzen leidet.

»Schon gut, mein Mädchen«, flüstert Jared. Seine Handflächen fangen an zu schimmern. Er berührt damit die Berglöwin, bis ihr Wimmern leiser wird. Ich wage mich etwas näher heran. Das blaue Licht hat sie ganz und gar durchdrungen und ist an verschiedenen Stellen wieder hervorgebrochen. Ihr wunderschönes braunes Fell ist so zerfetzt und verbrannt, dass es kaum zum Anschauen ist.

»Sei ganz ruhig«, flüstert Jared immer wieder. »Du bist hier sicher. Du hast mich gefunden.«

Die Berglöwin wird ruhiger, bis wir nur noch ihre Atemzüge hören. Sie rollt sich an Jareds Bein zusammen, als würde sie Zuflucht bei ihm suchen. Was sie wahrscheinlich auch tut.

»Ich kann sie nicht retten«, sagt Jared heiser. »Sie ist den ganzen weiten Weg hierher gelaufen, das Licht hätte sie fast zerrissen, und ich kann ihr nicht mal helfen. Dazu reichen meine Kräfte nicht aus.« Er drückt sie gegen seine Schienbeine und streichelt sie sanft. Sie atmet schwer, aber wenigstens scheint sie keine Schmerzen mehr zu haben. Er beugt sich über sie. »Ruh dich jetzt aus. Schlaf ein und sei ohne Schmerz in den Armen deines Gottes.«

Ihr Atem wird flacher und flacher. Ich bleibe bei ihnen, bis die Berglöwin reglos daliegt. »Verdammt«, höre ich Jared flüstern, und selbst im schwachen Mondschein sehe ich die Tränen auf seinem Gesicht. Traurig streichelt er sie ein letztes Mal, dann lässt er ihren Kopf ins Gras gleiten.

»Alles okay bei dir?«, frage ich wie der letzte Idiot.

»Sie halten sich für die Einzigen auf der Welt«, sagt er. »Sie denken, ihre Handlungen betreffen nur sie und sonst niemanden.«

»Ich weiß. Die ganze Welt ist so.«

»Nicht alle«, sagt er und sieht mich an. »Du nicht.«

»Jared –«

»Ich bin in Nathan verliebt«, sagt er. »Und ich glaube, er ist auch in mich verliebt.«

»Ja … das habe ich inzwischen auch kapiert.«

»Es tut mir leid, dass ich es dir nicht früher gesagt habe. Anfangs war es zu privat, zu zerbrechlich. Außerdem kommt er immer noch nicht ganz damit klar, dass er auf Kerle steht und …«

Er spricht nicht weiter, aber ich kann mir denken, was er sagen will. »Du bist einsam gewesen.«

Er nickt. »Ich wollte es nicht aufs Spiel setzen. Ich wollte nicht alles ans Tageslicht zerren, aus Angst, dass es dann kaputtgeht. Und ich habe den Gedanken nicht ertragen, dich zu verletzen.«

»Das hast du nicht«, sage ich.

»Du bist mein bester Freund, Mike. Der beste, den ich

je hatte. Du hast nie über mich geurteilt. Du hast sogar die verrücktesten Dinge, die ich dir zugemutet habe, weggesteckt. Du hast nie eine Gegenleistung von mir erwartet, obwohl ich sie dir nur allzu gern gegeben hätte. Nicht einmal deine Mom und dein Dad haben unserer Freundschaft etwas anhaben können.«

»Das hätte ich nie zugelassen. Aber du hättest mich nicht verletzt, ich hätte mich für dich gefreut.«

»Du hasst Nathan.«

»Das hat mit Hennas Bauchgefühl zu tun …« Ich bringe den Satz nicht zu Ende. »Sie weiß Bescheid, oder?«

»Ja.«

»Die anderen auch?«

»Ja.«

»Oh.«

»Mike –«

»Nein. Nein, ich, ähm …«

Ich weiß nicht, was ich sagen soll. Denn *das* verletzt mich jetzt wirklich.

Als wir die Hütte betreten, liegt Henna auf der Couch. Ich gehe voraus und drehe mich nicht nach Jared um. Ich nehme an, er und Nathan werden sich ein Schlafzimmer teilen, obwohl ich bezweifle, dass zwischen ihnen irgendetwas passiert. Jared ist keiner, der es ausnutzt, wenn jemand betrunken ist.

»Gute Nacht«, sagt er, als wir in der Hütte stehen.

»Gute Nacht«, sage ich. Nach kurzem Zögern verschwindet er in einem der Schlafzimmer.

»Hey«, sagt Henna. Als ich keine Antwort gebe, setzt sie sich auf. »Geht es dir gut?«

»Nein, ich glaube nicht.«

Sie breitet die Arme aus. Ich lege mich neben sie und sie hält mich fest. Wir waren uns noch nie so nahe, aber ich will nur, dass sie mich weiter festhält.

DAS NEUNZEHNTE KAPITEL, *in welchem Satchel in letzter Sekunde der Zeremonie entgeht; zu Hilfe kommt ihr dabei Finn Nummer zwei, der plötzlich auftaucht, woran sie erkennt, dass er der Einzige ist, dem sie wirklich etwas bedeutet; sie fliehen, aber die Unsterblichen sind bereits dabei, die Welt zu übernehmen; Satchel schafft es dank eigener Schläue, mit ihrem Medaillon einen Spalt zu schließen; doch es gibt noch viele weitere, sie sind über die ganze Stadt verteilt – wird es ihr gelingen, sie alle zu schließen, bevor die Unsterblichen völlig die Macht übernommen haben?; sie eilen zu Satchels Haus, um auch dort einen Riss zu kitten, als der Bote Dylan durch den Spalt tritt; Satchel und Finn Nummer zwei bleibt nichts anderes übrig, als ihn zu töten; Satchel weint und Finn hält sie in den Armen.*

Als ich an dem Abend des Unfalls im Krankenhaus gewesen bin, hat Steve mir eine Salbe für meine Narbe gegeben, damit sie sich nicht dehnt und größer wird. Wenn ich sie auftrage, gerate ich oft in eine Schleife, ich massiere sie ein, wische sie ab, massiere sie ein, wische sie ab, und zwar so lange, bis ich größeren Schaden damit angerichtet habe, als wenn ich die Finger davon gelassen hätte.

Aber diesmal reiße ich mich zusammen. Ich reibe die Narbe ein und dann höre ich auf. Ich warte ab, um zu sehen, wie sich das anfühlt. Nein, ich tappe *nicht* in die Falle. Denn ich *weiß*, dass es eine ist. Ich sehe, dass sie auf mich wartet, sehe die Spirale vor mir, wie sie auf mich lauert. Ich schaffe es sogar, meine Hände zu waschen und sie abzutrocknen und dann das kleine Bad in der Hütte zu verlassen.

Die Medikamente scheinen ihre Wirkung zu tun, denn nach einem letzten langen Blick auf meine Narbe bin ich in der Lage, einfach so hinauszugehen.

»Es tut mir leid«, fängt Mel an.

»Ich möchte nicht darüber reden«, sage ich.

»Ich wollte, dass er es dir sagt. Aber er meinte immer nur, du würdest –«

»Schon gut. Es gibt nichts zu bereden.«

Ich gehe auf den Steg hinaus, ziehe mich bis auf die Unterhose aus und springe wieder in den See. Es ist früh am Morgen, die Sonne ist schon aufgegangen, aber das Wasser ist immer noch lächerlich kalt. Ich tauche ab und bleibe eine Weile unten. Die Sonnenstrahlen dringen durch die Oberfläche zu mir durch. Wärmer wird mir davon nicht.

Offenbar hat sich Nathan immer draußen vor dem *Grillers* rumgetrieben, um Jared in den Pausen treffen zu können. Als er in jener Nacht auf dem Feld war, hat er sich nach einem Streit mit seiner Mutter ebenfalls mit Jared getroffen. Am Abend des Konzerts ist Henna zu Hause bei ihren Eltern geblieben, weil Nathan mit Jared allein ins Kino gehen wollte. Alle diese geheimnisvollen Samstagabende, an denen Jared sich rargemacht hat. Keine Ahnung, was er da früher getrieben hat, aber neuerdings war es ganz sicher etwas anderes.

Alle haben es gesehen. Alle außer mir. Weil sich bei mir alles nur um Henna dreht.

Ist es meine eigene Schuld? Wenn ich mich um meinen allerbesten Freund gekümmert hätte und nicht so mit mir selbst oder dem Mädchen, in das ich angeblich so verliebt bin, beschäftigt gewesen wäre, dann hätte ich es vielleicht auch gesehen. Es scheint ja ziemlich offensichtlich gewesen zu sein.

Worauf haben sie gewartet? Warum haben sie überhaupt gewartet?

Sind wir alle miteinander befreundet oder sind nur die *anderen* miteinander befreundet?

Immer glaubst du, du seist derjenige, der am wenigsten gebraucht wird, hat Jared gesagt.

Es ist ätzend, wenn man recht hat.

Ich tauche auf, bevor meine Lunge explodiert. Henna wartet am Ende des Stegs auf mich. »Hast du Lust, mich nach Hause zu fahren?«, fragt sie.

Ich blicke aus dem Wasser zu ihr hoch. »Nein.«

Sie wartet.

»Ja.«

»Ich dachte, du würdest schon noch dahinterkommen«, sagt Henna unterwegs. »Anfangs war ich auch überrascht, aber irgendwann habe ich gemerkt, dass Nathan überhaupt nicht auf mich anspricht, ganz egal wie stark *meine* Gefühle waren. Dann habe ich ihn dabei ertappt, wie er Jared ein bisschen zu lange angesehen hat.«

»Das habe ich nicht …«, sage ich. »Ich wäre nie … Jared ist immer so verschwiegen gewesen.«

Ich habe mich von allen verabschiedet, sogar von Nathan, der noch mit seinem Kater zu kämpfen hat, und auch von Jared, der auf Abstand gegangen ist und darauf wartet, dass ich den ersten Schritt mache. Stattdessen bin ich einfach weggegangen.

»Wie bescheuert«, sage ich. Meine Brust zieht sich zusammen, als müsste ich gleich weinen. Ich habe nachts schon geheult, als wir gemeinsam auf der Couch lagen. Henna hat mich weinen lassen. Obwohl auch sie mir nichts von Jared und Nathan gesagt hat, bin ich nicht wütend auf sie.

Komme mir nur dumm vor.

»Ihr müsst mich nicht behandeln, als wäre ich zerbrechlich«, sage ich. »Das macht sowieso schon jeder. Mikey mit der Zwangsstörung. Mikey, der jetzt Medikamente nehmen muss –«

»Das haben wir nie, Mike –«

»Mel war *tot*. Sie hat immer noch Probleme mit dem Essen, aber alle behandeln sie normal. So wie es sein sollte. *Ich* mache das auch, ich verbringe sogar eine Menge Zeit damit, sie normal zu behandeln.«

»Jared ist zu einem Viertel ein Gott, Mike. Und ich habe durchgeknallte Eltern, die mich in einen Krieg hineinziehen, um über Jesus und Füße zu reden. Jeder hat mit etwas zu kämpfen. Das betrifft nicht nur uns, sondern alle, die wir kennen.« Sie überlegt. »Außer vielleicht die Indies. Womöglich sind sie die einzig Normalen hier.«

»Ich frage mich, was das gestern Abend war. Die Lichter.«

Sie zuckt die Schulter. »Eine Art Apokalypse?«

»Ich komme mir so dumm vor«, sage ich. »So schrecklich dumm. Es war direkt vor meinen Augen. Und keiner hat es mir gesagt.«

»Wenn dich das tröstet«, sagt sie. »Es bedeutet, dass ich wirklich dein Date auf dem Ball war.«

Ich fahre weiter und behalte es für mich, ob mich das tröstet oder nicht.

Meine Mutter reicht mir einen Umschlag, kaum dass ich zur Tür reinkomme. »Ich hab schon nachgesehen«, sagt sie. »Lauter Einsen.«

Unsere Abschlussnoten. Ich öffne den Umschlag. Ich habe wirklich lauter Einsen, sogar in Mathe. Ob ich es aufs College schaffe, war nie die Frage – ich wusste, dass ich es packe –, aber es ist schön, es schwarz auf weiß zu haben. Neues Leben, ich komme. Oder so.

»Du bist früh zurück«, sagt Mom und geht in die Küche.

Ich folge ihr. »Du auch.«

»Meredith hat mir keine Wahl gelassen.« Sie lächelt, aber ich weiß, dass es stimmt. »Wegen der gespenstischen Blitze.«

So, wie sie es sagt, klingt es fast wie eine Frage. »Ich weiß auch nicht, was es war«, sage ich. »Ich weiß vieles nicht.«

»Du weißt genug, um gut in der Schule zu sein.« Sie holt für uns etwas zu trinken aus dem Kühlschrank, ohne zu fragen, was ich will. Irgendwie scheint sie zu wissen, dass ich jetzt Lust auf Cream-Soda habe. »Du weißt genug, um mit Zuversicht in die Zukunft zu blicken.«

»Tatsächlich?«

»Ich bin stolz auf dich. Und auf deine Schwester auch.«

»Wie hat sie abgeschnitten?«

Mom grinst und schenkt mir das Soda ein. »Manchmal könnte man euch für Zwillinge halten.«

»Gut«, sage ich. »Gut.«

Sie reicht mir das Glas. Wir stehen da und trinken, als wäre es das Normalste auf der Welt. »Ich bin wirklich stolz auf dich, weißt du?«, wiederholt sie. Dann wird ihr Blick ernst. »Ich wünsche mir eine Welt, in der du ein glückliches Leben führen kannst.«

»Das wäre schön«, sage ich, aber sie scheint mich gar nicht zu hören.

»Ich habe in der Vergangenheit Fehler gemacht. Schlimme Fehler. Ich habe es nicht einmal geschafft, euch beide von meiner politischen Partei zu überzeugen.« Ich will protestieren, aber sie lässt mich nicht. »Streite es gar nicht erst ab. Es ist mir auch nicht wichtig. Wichtig ist für mich nur, nie aufzugeben. Um die Welt für dich und deine Schwestern sicherer zu machen. Mit allen Mitteln, die mir zur Verfügung stehen.« Sie trinkt einen Schluck. »Ich habe Dinge gesehen, die du dir nicht vorstellen kannst, Mike.«

»Das hast du schon einmal gesagt. Welche Dinge denn?«

»Dinge, die dir nachts den Schlaf rauben würden. Dinge, die einen dazu bringen, mit aller Kraft die eigenen Kinder schützen zu wollen.« Sie sieht an mir vorbei. »Hallo, Schatz.«

Meredith kommt mit ihrem Tablet herein. Sie wirkt verstört.

»Was hast du denn?«, fragt Mom.

Meredith dreht ihr Tablet um und zeigt es uns.

»Ich wusste nichts davon!«, sagt Jared. »Ich schwör's.«

»Dein Dad wusste es garantiert!«

»Ich bin genauso sauer auf ihn wie du!«

»Ah ja? Es geht um *meine Schwester!*«

Mr Shurins Wahlkampfteam hat Bloggerin Cynthia für

seine Zwecke eingespannt. Die Story war fast schon totgeritten und passé. Mel als Heldin und meine Mom als Mutter einer tapferen Tochter. Aber jetzt konnte Videomaterial von Cynthias kaputtem Tablet (für die Reparatur ist Mr Shurins Partei aufgekommen) wiederhergestellt werden, das zeigt, wie Mel Cynthia eine reinhaut. Im Unterschied zu den Kameras, die zu spät eingeschaltet wurden, zeigt diese Aufnahme, dass Mel genug Zeit hatte, um die Frau zu erkennen, und sich bewusst dafür entschieden hat, ihr eine zu verpassen. Am Schluss ist in Nahaufnahme zu sehen, wie Mels Fuß das Tablet zerstampft.

Das Material ist auf Mr Shurins Website zu bewundern, dazu Fotos von Cynthia, die aussieht, als wäre sie kopfüber von einer Klippe gefallen. Auf Mr Shurins Wahlkampfseite prangen fette Überschriften: »Gewalttätiger Ausfall von Alice Mitchells Tochter wirft Fragen auf!«, und: »Politbloggerin plant Klage wegen Verletzung des ersten Zusatzartikels zur Verfassung der Vereinigten Staaten!«

Ach übrigens, sie verklagt uns jetzt auch noch.

Jared ist nicht an sein Telefon gegangen, als ich zu ihm unterwegs war, und ist auch nicht zu Hause gewesen. Mir ist nichts anderes übrig geblieben, als zu warten, bis er mit Nathan von der Hütte zurückkommt. Ich lasse die beiden kaum aussteigen.

»Sie ist auch meine Freundin«, sagt Jared sofort.

»Ach ja?« Ich schreie ziemlich viel herum. »Etwa so, wie du mit mir befreundet bist?«

»Das ist … Scheiße, Mike –«

»Ich habe deinen Dad immer für einen guten Kerl gehalten!«

»Das ist er auch! Ich bin sicher, es gibt eine Erklärung –«

»Ich *will* keine Erklärung! Ich will, dass er verliert, damit jeder sieht, was für ein Loser er ist!«

Jareds Gesicht verhärtet sich. »Vorsicht«, sagt er leise.

»Ach ja? Was hast du denn vor?«

Nathan steht etwas abseits und blinzelt, weil er immer noch einen schweren Kopf hat. Er sagt: »Ich bin sicher, das lässt sich alles klären –«

»Halt die Klappe!«, fahre ich ihn an. »Alles war bestens, bis du hier aufgetaucht bist!«

»Himmel noch mal, Mike«, sagt Jared. »Geht es darum? Ich wusste, dass ich es dir nicht sagen könnte. Ich wusste, dass du eifersüchtig sein würdest!«

»Eifersüchtig?«, fragt Nathan.

Aber Jared ist noch nicht fertig. »Du klebst an mir wie eine Zecke. Ich kann keinen Atemzug tun, ohne dass du Bescheid wissen willst! Ich kann mein Leben nicht leben, ohne dass du dabei sein willst!«

»Nie erzählst du mir etwas, Jared! Es ist immer dasselbe. All die Sachen, die du mir verheimlichst! Dir geht es doch nur darum, Macht über mich zu haben.«

Und dann sagt er –

Also, er sagt:

»Wenn du ein *echter* Freund gewesen wärst und nicht

nur ein armseliger Jammerlappen, dann wärst du der *Erste* gewesen, dem ich von Nathan erzählt hätte. Ist dir der Gedanke schon mal gekommen?«

Ich stehe eine Zeit lang nur da.

Und noch eine Zeit lang.

Jareds Blick wird weicher. »Mike …«

»Sorge dafür, dass dein Dad es von der Website nimmt«, sage ich und starre zu Boden.

»Mike, bitte, ich hab das nicht so –«

»Sieh zu, dass er es löscht.«

»Das werde ich.«

Ich steige in mein Auto. Sie schauen zu, wie ich wegfahre.

»Nein, ich mache mir *keine* Sorgen«, sagt Mel, als wir gemeinsam auf ihrem Bett sitzen.

»Wirklich nicht?«, frage ich sie.

»Das ist Politik.« Mel legt sich stirnrunzelnd ins Kissen zurück. »Es ist ein dreckiges Geschäft, es ist widerlich, und es beschmutzt alles, was damit in Berührung kommt.« Sie zuckt die Schultern, aber das Stirnrunzeln ist immer noch da. »In einer Woche ist es Schnee von gestern.«

»Mom ist ausgerastet«, sage ich. »Sie hat schon ihre Anwälte darauf angesetzt. Es ist total offensichtlich, dass man bei den Fotos dieser Dame nachgeholfen hat.«

»Sie haben es nicht auf mich abgesehen, sondern auf Mom. Also ist es auch ihr Problem. Das habe ich ihr gesagt und sie hat mir zugestimmt. Sie hat mir versprochen, dass sie sich darum kümmert.« Mel schlingt die Arme um sich, aber nicht zu fest. »Es ist nur … ich bin wirklich enttäuscht von Mr Shurin.«

»Ich weiß.«

»Vielleicht haben selbst die nettesten Kerle es irgendwann satt, immer nur zu verlieren.«

Bei dem Wort *verlieren* zieht sich mein Bauch zusammen. *Ich will, dass er verliert, damit jeder sieht, was für ein Loser er ist!*, habe ich zu Jared gesagt. Über seinen Dad.

Und wennschon, er hat meine Schwester angegriffen.

Als würden meine Gedanken ihn heraufbeschwören, summen plötzlich unsere beiden Handys. Eine Nachricht von Jared. *Er löscht es von der Website. Heute noch. Er sagt, dass sein Wahlkampfteam ihm Druck gemacht hat, bis er schließlich einverstanden war. Er bereut es. Und zieht sich komplett aus dem Rennen zurück. Es tut mir leid. Ich wusste nichts davon.*

»Wow«, murmelt Mel leise.

»Das wird die Bloggerin nicht von einer Klage abhalten«, sage ich. »Der Schaden ist bereits geschehen. Die Nachricht hat sich im Internet schon längst verbreitet.«

»Genauso wie die Nachricht über seinen Rückzug.« Sie zeigt mir ihr Handy. *Kongresskandidat gibt nach Angriff auf die jugendliche Tochter seiner Rivalin auf.*

»Das ist eine Website, die mit Mom sympathisiert. Es gibt sicher auch andere.«

Mel seufzt und fängt an, eine Nachricht zu schreiben.

»Was machst du?«, frage ich.

»Ich schicke Jared eine Antwort. Er kann nichts dafür. Wahrscheinlich hat *er* seinen Dad zum Rückzug bewogen.«

Ich sage kein Wort. Und das sehr laut.

»Er wollte dir nicht wehtun.« Mel hebt den Kopf. »Das weißt du doch, oder?«

Ich streiche über die Tagesdecke. »Du bist viel wichtiger. Das hier ist viel bedeutender als *mein* dämliches Problem.« Sie schaut mich an. »Siehst du? Genau das meine ich. Das Mitleid. Ich will es nicht und brauche es nicht und du musst endlich damit aufhören.«

Mels Handy summt. Das ist eine Antwort von Jared, denke ich sofort, aber die Nachricht kommt nicht von ihm. »Steves Schicht fängt erst um Mitternacht an«, sagt Mel und steht auf. »Ich werde zu ihm gehen. Um mir ein paar schlaue Gedanken und Umarmungen abzuholen.«

Ich stehe auf und drücke sie fest. »Ich bringe alle um, die dir wehtun wollen.«

Sie erwidert meine Umarmung. »Nur wenn ich sie nicht vorher erwische.«

Nachdem sie weggegangen ist, wähle ich eine Nummer.

»Kannst du rüberkommen?«, frage ich.

»Bin sofort da«, sagt Henna.

Wir sitzen schweigend auf der Bettkante. Es ist eine überraschend freundliche Stille.

»Dir geht es nicht gut«, sagt Henna schließlich.

»Stimmt«, sage ich. »Ich habe Jared ein paar Sachen an den Kopf geworfen. Und er mir auch.«

»Schlimme Sachen?«

»Sachen, die das Ende einer Freundschaft bedeuten.«

»Ich bin sicher, du irrst dich«, sagt Henna. »Ich bin sicher, es –«

»Hör auf, mich zu *bemitleiden*«, blaffe ich sie fast an. »Himmel, warum müssen alle –«

Ich rede nicht weiter, weil mir Tränen in die Augen schießen. Wieder mal. Wie lächerlich.

»Ich finde, das siehst du falsch.« Henna legt einen Finger unter mein Kinn und dreht meinen Kopf zu sich. Was irgendwie ganz nett ist. Wir lächeln beide, aber mein Lächeln hält nicht lange. »Du verwechselst Mitleid mit Sorge«, sagt sie. »Wir machen uns Sorgen um dich.«

»Das ist ein und dasselbe.«

»Ist es nicht. Wir sorgen uns auch um Mel. Und du sorgst dich um mich, so wie auch Mel sich um mich sorgt. So ist das, wenn man sich umeinander kümmert, Mike. Auf wen sollten wir uns verlassen können, wenn nicht auf uns? *Das* zum Beispiel ist kein Mitleid …«

Sie küsst mich. Ich bin so überrascht, dass ich ihren Kuss anfangs kaum erwidere.

»Ich küsse nicht aus Mitleid«, sagt sie. »Ich mache überhaupt nichts aus Mitleid. Mitleid ist Bevormundung. Mitleid ist Überheblichkeit.«

»Das könnte von deinem Dad stammen.«

»Tut es auch. Aber er hat recht. Er sagt, Freundlichkeit ist besser. Freundlichkeit ist das Wichtigste überhaupt. Mitleid ist eine Beleidigung. Freundlichkeit ist ein Wunder.«

»Also küsst du mich aus Freundlichkeit?«

»Nein«, sagt sie und verzieht das Gesicht. »Ich küsse dich, weil ich dich schon immer küssen wollte, Mike. Du hast mich nur nie gelassen.«

»Ich habe dich nicht *gelassen?*«

»Wir sind füreinander wie Fragen, oder? Fragen, die nie eine Antwort bekommen.«

»Was meinst du –«

Aber da küsst sie mich schon wieder.

Diesmal erwidere ich ihren Kuss sofort.

Niemand ist da. Mom schlägt sich mit ihren Anwälten herum und hat Meredith zur Reitstunde gebracht (heute das erste Mal, eine neue Samstagsbeschäftigung). Dad ist bei der Arbeit oder sonst wo. Und Mel ist bei Steve. Henna und ich sind alleine im Haus.

Sie zieht mir das T-Shirt über den Kopf und jetzt sind Henna und ich alleine auf der *Welt*.

DAS ZWANZIGSTE KAPITEL, *in welchem Satchel und Finn Nummer zwei es schaffen, fast alle Risse zu schließen, die die Unsterblichen aufgetan haben; »Ich liebe dich«, sagt Finn, bevor die beiden am Morgen der Zeugnisübergabe im Keller der Schule den letzten Spalt schließen; Satchel erkennt, dass Finn schon immer ihre wahre Liebe gewesen ist; es kommt zum Kuss, doch plötzlich dringt der gesamte Hof der Unsterblichen durch den Spalt in ihre Welt; Satchel und Finn fliehen aus dem Gebäude; der Prinz der Unsterblichen tötet Finn Nummer zwei, dann zerrt er die von Trauer überwältigte Satchel zurück in die Tiefen der Schule, um endlich die Zeremonie zu vollenden.*

Am Tag unserer Abschlussfeier hat es gefühlte dreihundert Grad. Wir können uns glücklich schätzen, dass wir mit langen schwarzen Roben und Hüten mehrere Stunden auf dem Fußballplatz rumstehen dürfen.

Die Ereignisse der letzten paar Tage sind zu einem Nebel verschwommen, einem seltsamen, zähen Nebel.

Ich habe immer noch nicht mit Jared geredet, obwohl er mich angerufen und mir mehrere Nachrichten geschickt hat, in denen er sich für seine Worte entschuldigt. Ich habe ihm zurückgeschrieben, dass es mir ebenfalls leidtäte.

Angerufen habe ich nicht.

Man hat uns freigestellt, ob wir in der letzten Unterrichtswoche überhaupt noch zur Schule kommen. Ein weiteres Privileg für die Abschlussschüler, das man nutzen kann oder nicht. Ich habe die Gelegenheit genutzt, um mit Henna überallhin zu gehen: in den kleinen Zoo nordwestlich unserer Straße, wo wir den Elchen und Rothirschen zugeschaut haben, wie sie in der Sonne hecheln; in den größeren Zoo in der eine Stunde von uns entfernten Stadt, wo ein Rhinozeros genau dasselbe getan hat; dann wieder zum Minigolfen und schließlich ins Kino. Nicht zu vergessen die vielen Stunden, in denen wir in meinem Zimmer auf unsere Handys gestarrt haben. Aber da waren wir auch zusammen.

Zur Schule bin ich jedenfalls nicht gegangen. Mel schon. Von ihr habe ich erfahren, dass Jared ebenfalls nicht da war.

Mels Skandal schlägt weiter Wellen und meine Mom geht immer noch dagegen an. Mr Shurins Rückzug ist dabei sehr hilfreich. Weniger hilfreich ist, dass Cynthia beschlossen hat, sich an seiner Stelle aufstellen zu lassen. Mel ist fast schon die ganze Woche bei Steve – von dessen Existenz meine Eltern inzwischen wissen. Allerdings sind sie nicht in der Position, mit Mel darüber zu streiten, warum sie lieber bei ihm abhängt als zu Hause bei ihnen. Was dazu geführt hat, dass ich meine Schwester kaum zu Gesicht bekomme, mal abgesehen von Handyvideos und Chats.

Was die blauen Lichter angeht, hat sich in der Zwischenzeit nichts mehr getan. Alle befürchten, es könnte ein Zeichen dafür sein, dass uns etwas viel Größeres und Schrecklicheres bevorsteht, womit alles zu einem Ende kommt.

»Hauptsache, wir kriegen noch unsere Zeugnisse verliehen, bevor sie die Schule in die Luft jagen«, hat Henna gesagt.

Denn da ist ja auch noch Henna.

Da ist Henna, da ist Henna, da ist Henna.

Wir haben miteinander geschlafen. Es war alles, was ich mir je gewünscht und erhofft hatte. Schon immer habe ich es mir so vorgestellt. Dass wir es gemeinsam wollen und sie sich genauso danach sehnt wie ich und wir ein Team sind und es uns beiden guttut.

Es war wunderschön und fantastisch und so heiß, dass ich seither jeden Tag daran gedacht und mir einen runtergeholt habe (das würdest du auch tun, also halt die Klappe). Ich erinnere mich daran, wie sie gerochen hat und wie sich ihre Haut angefühlt hat und wie wir manchmal gelacht haben (beim Kondom sogar ziemlich viel) und wie wir dann wieder ernst waren, und überhaupt, dass wir auf diese Weise zusammen waren, ihr Körper an meinem und meiner an ihrem. Mein Herz war kurz davor zu brechen, und es ist auch gebrochen – wegen Jared, unserem Abschluss und allem anderen –, aber es war okay, denn da war *Henna, Henna, Henna* ...

Es war alles das, aber nicht nur. Denn uns beiden ist dabei etwas klar geworden.

Wir sind nicht dafür bestimmt, ein Paar zu sein.

»Ich denke, ich weiß, was du meinst«, sagte ich zu ihr, als wir uns noch in den Armen lagen. »Dass wir füreinander wie Fragen sind.«

»Ja«, antwortete sie. »Der Autounfall hat mich dazu gebracht, die Antwort wissen zu wollen. Du warst da und hast meine Hand gehalten, und ich habe gedacht: Ist er es? Ist er es wirklich?«

»Das frage ich mich schon, seit wir Kinder waren.«

»Es hat mich davon abgehalten, mich ganz auf Tony einzulassen. Ich habe immer überlegt, ob in einem anderen Leben, in dem ich andere Entscheidungen getroffen hätte, nicht wir beide zusammen sein würden. Wahrscheinlich hatte ich es einfach satt, darauf zu warten, dass mir jemand die Antwort darauf gibt.« Sie stützte sich auf ihren Ellbogen. »Ich liebe dich, Mike.«

»Ich liebe dich auch, Henna.«

»Und das, was wir gerade getan haben, war wunderschön. Aber das sind wir nicht, oder?«

»Nein, ich glaube nicht«, sagte ich.

»Es ist Liebe, aber von einer anderen Art.«

»Was die Liebe aber nicht schmälert.«

Sie legte sich zurück und kuschelte sich an mich. »Wenn ich daran denke, dass wir die ganze Zeit einfach nur beste Freunde hätten sein können.«

»Das wäre toll gewesen.«

»Es ist noch nicht zu spät.«

»Ein neues Forschungsprojekt?«, fragte ich lächelnd und spürte fast, wie sie zurücklächelte.

»Einen Versuch ist es wert.«

Und jetzt hole ich sie vor unserer Abschlussfeier zu Hause ab, mit Gips und Hut und Robe und allem. Aus irgendeinem Grund werden die Zeugnisse paarweise verteilt, auf ganz altmodische Art jeweils an einen Jungen und ein Mädchen. Es war schon lange geplant, dass ich mit Henna gehe und Mel mit Jared. Ich nehme an, das gilt immer noch.

»Unser großer Tag«, sagt Henna, als sie in mein Auto steigt. Sie schließt die Tür und dreht sich noch einmal zu ihren Eltern um. Keiner der drei winkt.

»Ist irgendwas?«, frage ich und fahre los.

»Später«, sagt sie grinsend. »Dies ist ein glücklicher Tag, in mehr als einer Beziehung.«

Die Zeremonie findet mittags statt. Die Sonne brennt schon auf die Bäume herunter und die ganze Welt riecht irgendwie staubig. Mel kommt direkt von Steves Wohnung hierher. Mom und Meredith werden wir erst später bei der Zeremonie treffen. Dad war so betrunken, dass er am Morgen in seinen Arbeitsklamotten im Büro ohnmächtig geworden ist und keiner ihn wach bekam. Mel und ich können nur hoffen, dass er bis zur Entziehungskur durchhält, aber dafür wird Mom wahrscheinlich sorgen.

Jared und sein Dad werden ebenfalls da sein. Was ja auch überhaupt nicht peinlich ist.

»Es wird alles gut gehen, Mike«, sagt Henna, als könnte sie meine Gedanken lesen.

»Bist du sicher?«

»Ich meine *alles.*« Sie blickt zum Fenster hinaus, während wir zum millionsten Mal die Straße zur Schule entlangfahren. Zum letzten Mal. »Ich denke, es wird gut werden, Mike. Alles. *Für* alle.«

Bei ihren Worten krampft sich mein Magen zusammen. Ich rutsche so unruhig auf dem Fahrersitz hin und her, dass es sogar Henna auffällt. »Hat das Schicksal für dich wirklich eine so große Bedeutung, Mikey? Glaubst du wirklich, dass es nur dazu da ist, dir das Leben schwer zu machen?«

»Das ist ihm bisher ziemlich gut gelungen.«

Sie schaut wieder zum Fenster hinaus. »Ich glaube, es wird alles gut. Auch für dich.«

Ich fange an, die Telefonmasten zu zählen, an denen wir vorbeifahren.

Ich kann nicht damit aufhören.

Aber dann kann ich es doch.

Es ist bereits ziemlich viel los, als wir eintreffen, obwohl die Feier erst in zwei Stunden anfängt. Erst steht noch ein Probedurchlauf an, aber wie schwierig kann das schon sein? Wir entdecken Mel und Steve in dem Meer aus verschwitzten schwarzen Roben. Jared und Nathan sind bei ihnen. Henna umarmt alle.

»Hey«, sage ich zu Jared.

»Hey«, sagt er.

Alle schauen uns an. »Himmel noch mal«, seufzt Mel. Sie packt uns beide am Arm und schiebt uns an den Rand der Versammlung. »Los. Sprecht euch aus. Es ist unser letzter Tag.«

Wir tun, was sie gesagt hat. Wir gehen weg vom Fußballfeld, wo jetzt der Übungsdurchlauf startet – ernsthaft, eine *Übung* für die Feier –, und ziehen uns hinter die Turnhalle zurück, wo uns kein Lehrer aufspüren kann, um uns zurückzuholen.

»Es tut mir leid«, fängt Jared an.

»Mir auch«, sage ich.

»Ich habe das alles nicht so gemeint. Wirklich nicht.«

»Doch, das hast du, aber … ich habe es verdient.«

»Genauso wie ich.«

Eine Minute lang sagt keiner von uns ein Wort.

»War's das?«, frage ich, fast ein wenig neugierig.

»Ich denke schon.«

»Sind wir wieder gut?«

»Fühlt sich noch gar nicht so an, oder?«

Wieder eine lange Pause.

»Ich habe mit Henna geschlafen«, sage ich.

Er lächelt überrascht. »Wirklich?«

»Ja. Dabei haben wir herausgefunden, dass wir nur Freunde sind. Es war irgendwie … irgendwie toll.«

»Siehst du?«, sagt er. »Das hast du *mir* verschwiegen.«

»Ich bräuchte ein ganzes Leben lang, um *darin* mit dir gleichzuziehen.«

Er blickt weg und versucht, seine Hände in die Taschen zu schieben, obwohl er die Robe anhat. Es gelingt ihm nicht. »Ja«, sagt er. »Ich weiß. Mikey, ich kämpfe wirklich darum, ein normales Leben zu führen. Aber niemand lässt mich. Niemand außer dir. Du hast mich gerettet. Mehr als einmal.«

»Du kannst mir alles erzählen, Jared. Alles.«

Er windet sich ein wenig. »Es hat nichts damit zu tun, dass ich dir nicht vertraue. Sondern damit, was aus einer Sache wird, sobald man sie laut ausspricht. Es ist, als würde es dadurch erst so richtig wahr werden. Es entwickelt ein Eigenleben und sprengt in die Welt hinaus, bis man es nicht mehr unter Kontrolle hat.«

Ich warte darauf, dass er weiterredet. Was er auch tut.

»Ich will kein Indie Kid sein, Mike. Aber eigentlich *müsste* ich es. Ich bin schwul. Ich bin teilweise ein Gott. Jared ist ja nicht einmal mein richtiger Name –«

»Merkur«, sage ich und spreche den Namen zum ersten Mal seit zehn Jahren laut aus. Jared zuckt zusammen. Ich kann dir nicht beschreiben, wie sehr er diesen Namen hasst.

»Welche Chance habe ich mit so einem Namen? Ich

will nichts weiter als ein normales Leben. Ich möchte Dinge, die nur mir gehören. Ich will meine eigenen Entscheidungen treffen können, ohne dass sie mir jemand abnimmt, selbst wenn er es gut meint oder ein Freund ist.«

»Was Nathan angeht, hätte ich nie eine Entscheidung für dich getroffen, weder so noch so.«

»Ich weiß. Natürlich weiß ich das. Ich habe mich geirrt und es tut mir leid.« Er zuckt die Schultern. »Endlich habe ich jemanden kennengelernt, und jetzt? Wir haben den Sommer, aber dann ziehe ich weg. Wie wir alle.«

»Mel geht es mit Steve auch nicht viel besser.«

»Ich weiß.«

Ich warte. Und dann warte ich noch ein bisschen mehr. »Da ist noch etwas anderes, oder?«

Er holt tief Luft. »Mike, was würdest du dazu sagen, wenn ich –«

Da hören wir ein Stöhnen aus dem Gebüsch.

Hinter der Turnhalle befindet sich ein Streifen mit Farnen und Gebüsch, der in erster Linie dazu dient, dass der große Zaun mit Stacheldrahtkranz dahinter nicht mehr so sehr wie ein großer Zaun mit Stacheldrahtkranz aussieht. Das Stöhnen aus dem Gebüsch ist nur ein Laut ohne Worte, ein tiefes, kehliges, röchelndes Stöhnen.

»Was war das?«, frage ich, weil ich sofort an die Berglöwin denken muss und daran, dass noch ein großes Finale aussteht, worin die Indies verwickelt sind, wir also womöglich mit noch mehr blauen Lichtern zu rechnen haben.

Wir hören es erneut. »Da.« Jared deutet in die Richtung und setzt sich in Bewegung.

Ich schwitze wie verrückt in dieser bescheuerten Robe, und meine Klamotten kleben an mir, als wir wieder in die Sonne hinaustreten und zu den Büschen laufen. Wir schieben die Blätter und Zweige beiseite und suchen das Dickicht ab, als direkt vor meinen Füßen …

Es ist ein Junge. Ein Indie Kid.

»Oh Scheiße«, stößt Jared hervor.

Ich zerre an den Zweigen, um Platz zu schaffen. Der Indie-Junge liegt auf dem Bauch, sein Kopf ist zur Seite gedreht, und aus seinem Mund ist Blut über sein Kinn gesickert. Es ist geronnen, das heißt, er liegt schon seit ein, zwei Stunden hier.

Jared gibt mir mit einer Geste zu verstehen, dass ich ihm helfen soll, den Jungen umzudrehen. Als wir ihn anfassen, schreit er auf, obwohl er kaum noch bei Bewusstsein ist.

Wir sehen auch, warum. »Oh mein Gott«, keuche ich.

Der Indie-Junge ist ganz in Schwarz gekleidet, so wie wir, aber es sind seine normalen Kleider. Sein T-Shirt ist zerrissen, und auf seiner Brust sind schlimme, schlimme Wunden, die stark bluten. Er sieht aus, als wäre immer wieder auf ihn eingestochen worden. Kaum zu glauben, dass er überhaupt noch atmet. Viel Leben steckt nicht mehr in ihm. Seine Augen sind halb offen, aber er weiß weder, wer wir sind, noch scheint er uns überhaupt wahrzunehmen.

»Ich kenne ihn«, sagt Jared. »Das ist einer von den Finns.«

Es ist tatsächlich ein Finn. Ich kenne ihn auch. »Was bedeutet das?«

»Ich weiß es nicht.«

Ich stehe auf, um unter der Robe nach meinem Handy zu angeln. »Wir müssen Hilfe holen.«

»Dazu haben wir keine Zeit mehr«, sagt Jared und schiebt die Ärmel hoch.

»Kriegst du ihn einigermaßen wieder hin?«, frage ich. »Zumindest so weit, dass er am Leben bleibt, bis –«

Jared wirft mir einen Blick zu, den ich kaum beschreiben kann. Er ist wehmütig und traurig, aber auch entschlossen, so als bliebe Jared keine Wahl.

»Jared?«, frage ich.

Er legt die Hände auf den Indie-Jungen.

Aus seinen Handflächen strömt Licht, wie ich es bei ihm noch nie gesehen habe. Es ist viel heller, viel größer, es wirkt fast wie ein lebendiges Wesen. Es schlängelt sich um den Körper des Indie-Jungen, dringt in seine Wunden ein, in seinen Mund, in seine Augen. Jared scheint seine ganzen Kräfte aufzubieten, denn als er den Mund keuchend öffnet, quillt das Licht sogar zwischen seinen Lippen hervor. Ein Geräusch ist zu hören, halb Flugzeugmotor, halb Windsturm –

Dann ist es plötzlich vorbei.

»Was zur Hölle war das?«, frage ich.

Jared sieht mich grimmig an. »Das ist das andere, von dem ich dir erzählen wollte.«

Der Indie-Junge ringt japsend nach Luft und setzt sich auf. Die Überraschung steht ihm deutlich ins Gesicht geschrieben. Er starrt mich und Jared an, als wären wir Geister. »Jared?«, fragt er. »Mike Mitchell?«

»Das sind wir«, sagt Jared.

Der Indie-Junge blickt an seinem T-Shirt herab, das zerrissen und dunkel vor Blut ist.

Nirgendwo ist mehr eine Wunde zu sehen.

»Ich glaube, so war das nicht gedacht«, sagt der Indie-Junge verblüfft. »Ich denke, ich hätte eigentlich sterben müssen.«

»Gern geschehen«, sage ich.

»Danke«, sagt er.

»Jeder muss sterben«, stellt Jared fest. »Aber heute warst du noch nicht an der Reihe.«

Der Indie-Junge holt tief Luft. »Ich glaube, du irrst dich.« Er lächelt zittrig. »Aber ich bin froh darüber.«

»Was ist passiert?«, fragt Jared.

Der Indie-Junge sieht uns an und die Erinnerung kommt nach und nach zurück. »Die Unsterblichen haben uns überrumpelt. Sie sind durch den letzten Spalt gekommen …« Er springt unvermittelt auf. »Satchel!«

Jared und ich sehen uns an. »Satchel? Wen meinst du? Hier ist sonst niemand«, sage ich.

»Nein, nein.« Der Indie-Junge hat sich aufgerappelt. »Ich kann ihr jetzt helfen. Ich –«

Er rennt, so schnell er kann, Richtung Parkplatz.

»Wo willst du hin?«, rufe ich ihm hinterher.

»Nach Hause!«, ruft er zurück. »Ich muss etwas holen!«

»Können wir dir helfen?«, fragt Jared.

»Ich denke, das ist nicht vorgesehen! Aber trotzdem, danke!«

Er dreht sich um und rennt weiter. Wir schauen ihm nach. »Will er denn gar nicht sein Zeugnis abholen?«, frage ich.

Jared zuckt die Schultern. »Indies«, brummt er, als wäre das Erklärung genug.

Die Götter wollen, dass Jared einen Vollzeiteinsatz übernimmt. Da seine Großmutter sich in ihre Gefilde zurückgezogen und seine Mutter sich unerlaubt von der Truppe entfernt hat, um irgendwo Geld für Schneeleoparden zu sammeln, sind die Götter zu der Ansicht gekommen, dass die Stelle dringend neu besetzt werden muss.

Anscheinend haben sie diesen Plan schon eine ganze Weile verfolgt.

»Jetzt weißt du auch, wo ich samstags immer war«, sagt Jared, während wir uns in Zweierreihen aufstellen, um unsere Plätze einzunehmen. Jared und ich haben beschlossen, dass wir, scheiß drauf, gemeinsam gehen und Mel mit Henna. Wir sind echte Rebellen. (Irgendwie ja schon.) »Bis auf die letzten Samstage, die ich mit Nathan verbracht habe.«

Da Nathan erst spät auf unsere Schule gewechselt hat, steht er viel weiter hinten, neben der Austauschschülerin aus Estland, von der ich, um ganz ehrlich zu sein, nicht einmal wusste, dass sie auf unsere Schule geht.

»Ich habe immer wieder Nein gesagt«, erzählt Jared, während der Marsch *Pomp and Circumstance* über das Fußballfeld schallt, wo die Familien sitzen und auf unsere Ankunft warten. »Und ich hatte fest vor, auch *weiterhin* Nein zu sagen. Sie haben mir alles Mögliche angeboten, damit ich meine Meinung ändere, aber ich habe es immer ausgeschlagen.«

Wir sind im ersten Drittel der langen Reihe und laufen gleich nach den Topschülern ein, darunter unsere Jahrgangsbeste, ein Mädchen namens Bethany, die eine Rede halten muss und aussieht, als könnte sie vor lauter Aufregung nicht aufhören zu schlucken.

»Was hat dich dazu gebracht, deine Meinung zu ändern?«, frage ich.

»Die Berglöwin«, antwortet Jared ernst. »Ich habe sie nicht retten können. Ich möchte nicht, dass mir so etwas noch einmal passiert. Daher habe ich mich einverstanden erklärt, unter der Voraussetzung, dass sie mir die volle Macht verleihen, zu heilen, wen ich will.«

»Und das hast du an Finn ausprobiert?«

Jared nickt, dann sieht er mir in die Augen. »Ich war unschlüssig. Immerhin stellt es mein ganzes Leben auf den Kopf. Ich wollte erst mit dir darüber sprechen und deine Meinung hören. Aber jetzt habe ich die Kraft eingesetzt und damit wohl den Vertrag besiegelt.«

Wir sind an der hintersten Sitzreihe angekommen und gehen den Mittelgang entlang. Ich entdecke Mom und Meredith. Ich winke. Ich winke auch Mr und Mrs Silvennoinen zu. Dann entdecke ich Mr Shurin. Er winkt mit gequälter Miene. Ich ertappe mich dabei, wie ich zurückwinke.

»Was heißt das jetzt?«, frage ich, obwohl es mir langsam dämmert. »Du gehst nicht mit mir aufs College.«

»Falsch«, erwidert Jared und lacht über meinen Gesichtsausdruck. »Das war *meine* Bedingung. Ich möchte aufs College. Ich will sehen, wie es dort ist. Aber danach …«

»Danach bist du ein Vollzeitgott.«

»Sieht ganz so aus«, sagt Jared. »Ich werde zum Gott erhoben, wenn ich meinen Abschluss habe.«

»Ein Gott mit einem Abschluss in Mathematik?«

»Ein Gott der *Katzen* mit einem Abschluss in Mathematik.« Jared schüttelt den Kopf. »Meine Einsatzfähigkeit wird keine Grenzen kennen.«

Wir folgen Henna und Mel, die uns in Ruhe gelassen haben, damit wir reden konnten. Dann warten wir im Stehen, bis alle da sind.

»Werden wir trotzdem noch Freunde sein können?«, frage ich ihn.

Er sieht mich nur an.

Die frankokanadische Stimme unseres Schulleiters dröhnt über den Sportplatz und hört sich so gelangweilt an wie immer. »Absolventen, nehmt eure Sitze ein. Oder so.«

Die Zeremonie kannst du dir sparen. Der Himmel weiß, dass *ich* nicht sehr viel davon mitkriege. Der Schulleiter streut absichtlich einige Sprachfehler ein, um ein paar dezente Lacher zu ernten. (»Jetzt liegt es, wie man so schön sagt, an euch, die Kuh bei der Glocke zu packen.« Siehst du? Sehr dezent.)

Bethany bringt ihre Rede hinter sich, ohne in Ohnmacht zu fallen. Die Jazzband spielt eine blechlastige Version von *Bold-wie-ätzend-ist-das-denn-Sapphire*.

Ich sitze da und komme mir vor, als hätte mich jemand aus einem Hubschrauber mitten über einem Ozean abgeworfen.

Jared. Für immer weg. Zwar erst in vier Jahren, aber dann für immer. Anders als seine abgetauchte Mutter wird er nicht einmal mehr auf diesem Planeten sein. Er wird in seinen eigenen Gefilden weilen. Im wahrsten Sinne des Wortes unerreichbar.

»Ich hasse es genauso sehr wie du, Mikey«, sagt er zu mir, während vorne die Urkunden verteilt werden. »Weißt du, wie einsam Götter sind?«

»Warum tust du es dann?«

»Weil Finn sonst tot wäre.«

Was bleibt mir da übrig, außer zu nicken?

Ehe ich mich's versehe, wird Mel aufgerufen und steht auf, um nach vorne zu gehen. Ich reiße mich aus meinen Gedanken, um zu jubeln, und dann breche ich wirklich in Jubel aus, denn Mel hat es geschafft. Verdammt, wir alle haben es geschafft. Zumindest bis hierher. Da Mel eigentlich mit Jared gehen sollte, wird sein Name als Nächstes aufgerufen. Ich juble wieder, obwohl es mir fast die Brust zerreißt. Henna rutscht zu mir. Als ihr Name aufgerufen wird, umarmt sie mich und flüstert mir ins Ohr: »Ich gehe nicht nach Afrika.« Sie läuft den Gang entlang, um ihre Urkunde abzuholen. Unterwegs dreht sie sich noch einmal um und lächelt mich an. Mel und Jared warten schon am Rand der Bühne, und obwohl das nicht vorgesehen ist, warten sie auch noch, als mein Name aufgerufen wird.

Ich stehe auf, drehe mich zu Mom und Meredith um – die eine fotografiert, die andere kreischt so laut, als gehörte ich zu *Bolts of Fire* – und winke noch einmal. Ich betrete die Bühne, obwohl ich immer noch im Ozean bin und die Küste außer Sicht ist. Auch wenn ich im Moment noch schwimme, weiß ich nicht, wie lange ich mich noch über Wasser halten kann.

»Glückwunsch«, sagt der Schulleiter und schüttelt mir die Hand.

Ich nehme mein Zeugnis entgegen.

Und das war's. Einfach so. Ich habe meinen Abschluss.

Meine Freunde klatschen und warten auf mich. Als ich zu ihnen gehe, nehmen sie mich in ihre Gruppenumarmung, und lauter Arme umschlingen mich. Wir vier. Meine Freunde.

Am Ziel angekommen.

Jared umarmt mich noch einmal extra. »Da ist noch etwas«, sagt er. »Etwas Gutes und ziemlich Großes. Falls du mich lässt.«

»Wir halten hier irgendwie alle auf«, sage ich belämmert, weil mir von den Neuigkeiten immer noch der Kopf schwirrt.

»Das ist mir egal.« Er packt mich an den Schultern. »Ich kann dich endlich heilen, Mikey«, sagt er, während um uns herum alle ihren Abschluss feiern. »Die Zwangsstörung. Die Angst. Alles.«

»Das geht nicht. Das war immer viel zu kompliziert –«

»Doch, ich kann es. Das war die zweite Bedingung, die ich gestellt habe.«

Ich weiß nicht, was ich darauf sagen soll. Henna und Mel sind noch da und schauen zu, während andere Absolventen sich an uns vorbeiquetschen, dann ebenfalls stehen bleiben und ihre Freunde umarmen. Die Musik ist laut und scheint gar nicht mehr aufhören zu wollen.

»Könntest du auch Mel …?«, platzt es aus mir heraus. »Könntest du dafür sorgen, dass es ihr immer gut geht?«

Bei meinen Worten fängt Mel an zu weinen, aber auf eine gute Art. Dabei kann sie ja gar nicht wissen, worüber wir reden. Jared lächelt nur. »Siehst du, Mikey? Das ist der Grund, warum du nie derjenige bist, der am wenigsten gebraucht wird. Niemals.«

Ein Lehrer bahnt sich einen Weg zu uns, damit wir endlich Platz machen, weil immer mehr Schüler sich um uns versammeln und auf ihre eigenen Freunde warten, um letzte Gespräche zu führen.

Oder auch erste Gespräche. Die ersten Gespräche eines neuen Lebens.

»Ich habe so lange darauf gewartet«, sagt Jared. »Jahrelang habe ich ihnen in den Ohren gelegen, aber sie meinten immer, es wär meiner Stellung nicht angemessen, würde mir Vorteile im Vergleich zu vielen anderen Göttern verschaffen. Ich habe immer Nein gesagt.«

»Bis du schließlich Ja gesagt hast«, stelle ich fest.

»Bis *sie* schließlich Ja gesagt haben.«

Ich muss daran denken, wie resigniert Jared gewesen ist, als er den Indie-Jungen geheilt hat. Er wusste, dass ihm danach nichts anderes mehr übrig bleiben würde, als den Deal anzunehmen.

Er scheint meine Gedanken lesen zu können, denn er sagt: »Ich wollte, dass du es bist. Ich wollte *dich* als Ersten heilen, nicht Finn. Aber um dich zu heilen, musste ich den Vorschlag annehmen. Was bedeutet, dass ich gehen muss. Ich hatte die Wahl, dich entweder leiden zu sehen oder dich irgendwann zurücklassen zu müssen.«

»Und da du nun sowieso weggehen wirst …«

Er zeigt mir seine Handflächen. Sie schimmern. »Daran siehst du, wie viel du mir bedeutest, Mikey.«

Ich blicke in seine Augen. Es ist ein heißer Tag, die Menge um uns herum wird immer größer und lauter, und die verdammte Blaskapelle der Elftklässler trötet immer noch vor sich hin. Henna und Mel beobachten uns. Auch Nathan kämpft sich durch die Menge, die inzwischen völlig außer Rand und Band ist. Meine Mom und meine Schwester sind irgendwo da unten. Die Zukunft trudelt heran.

Aber nun ist sie etwas weniger beängstigend.

»Mehr wollte ich gar nicht wissen«, sage ich zu Jared. Im selben Moment begreife ich, dass es die Wahrheit ist.

Plötzlich kommt das Mädchen, das ich nach dem Ball am Eingang der Turnhalle gesehen habe, den Mittelgang entlanggerannt, allerdings ohne Hut und Robe.

»Alle weg hier!«, schreit sie laut, um den Lärm zu übertönen. »Die Schule fliegt jeden Moment in die Luft!«

DAS EINUNDZWANZIGSTE KAPITEL, *in welchem die Highschool in die Luft fliegt.*

Obwohl sämtliche Löschfahrzeuge aus dem Umkreis von fünfzig Meilen zum Einsatz kommen und alle ihr Bestes geben, müssen wir mit ansehen, wie die Schule brennt.

Die Explosion hat so gut wie alles hochgejagt, einschließlich des halben Fußballfelds und fast des ganzen Parkplatzes. Die meisten Fahrzeuge wurden dabei zerstört, deshalb sitzen alle hier fest. Bei den ersten Explosionen blitzten blaue Lichter auf – darunter auch eine Lichtsäule, die bis zu den Wolken hinaufreichte –, aber danach war es nur ein unglaublich großes Feuer.

Bei dem aber, soweit wir wissen, niemand ums Leben gekommen ist. Noch nicht einmal Indie Kids.

Als das Mädchen uns aufforderte, wegzurennen, haben alle auf sie gehört, sogar die Erwachsenen, von denen man erwartet hätte, dass sie es als dummen Streich abtun. Vielleicht haben sie gespürt, dass es in unserer Stadt nicht mit rechten Dingen zugeht. Vielleicht haben sie doch mehr Erinnerungen an ihre eigene Jugend, als sie zugeben wollen.

Mom ist mit Meredith im Arm zu uns gestoßen und

hat sich der zweiten Massenflucht in diesem Monat angeschlossen.

»Ist das Mädchen ernst zu nehmen?«, fragte sie.

»Ich denke schon«, sagte Mel und schleifte sie und Meredith mit sich fort.

Alle rannten. Alle brachten sich in sichere Entfernung. Alle konnten zusehen, wie die Turnhalle mit einem solchen Riesenkrach explodierte, dass die Druckwelle bis zu uns reichte.

Das war das Ende unserer erst vor acht Jahren neu erbauten Highschool. Sie hatte die vorherige ersetzt, die im Kampf gegen die Seelenfresser draufgegangen war. Ich schätze, das ist der Kreislauf des Lebens.

Auf einer Seite der Schule erstrecken sich kleine Hügel. Sie sind zwar dicht bewaldet, aber man kann das Feuer trotzdem durch die Bäume scheinen sehen. Außerdem ist am Fuß der anderen Hügelseite ein Fast-Food-Restaurant, nicht weit von dem Mexikaner, bei dem wir so oft Mittag gegessen haben. Nachdem alle sich überzeugt hatten, dass wir nicht tot waren und es demnächst wohl auch nicht sein würden, packte viele von uns der Hunger. Wir holten uns Burger und Pommes und stiegen wieder den Hügel hinauf, um uns die Feuersbrunst anzuschauen. Um uns herum versammelten sich auch andere Schüler in ihren Hüten und Roben und Eltern in ihren Anzügen und Kleidern, dazu einige Nachrichtenleute. Die Crews sprechen noch mit meiner Mutter, die es geschafft hat, sie von mir und Mel und Henna und Jared und Nathan und Steve und Meredith (die Mom bei uns gelassen hat) fernzuhalten. Wir sitzen da und essen und sehen zu, wie unsere Highschool abbrennt.

»Tja«, sagt Mel. Sie beißt in ihren Chickenburger und lässt nicht einmal das Brötchen aus. »Wenigstens haben *wir* noch unsere Zeugnisse bekommen.«

»Ich bin sicher, alle anderen kriegen ihre per Mail«, sagt Jared. Er hat seine Robe geöffnet und trägt sie wie einen Umhang. Den Hut hat er aufbehalten. Wie wir anderen auch. Warum auch nicht? Wir sind Absolventen.

»Meinst du, Dad kann uns für den Sommer ein paar Fahrzeuge besorgen?«, frage ich.

»Als Wiedergutmachung dafür, dass er die Zeremonie verpasst hat?«, fragt Mel zurück. »Klar doch. Für Henna und Jared und Nathan auch. Andererseits, wenn er heute gekommen wäre, hätte er vielleicht gar nicht schnell genug rennen können, also wer weiß, wofür es gut war.«

»Ich kann nicht fassen, dass sie die Schule in die Luft gejagt haben«, sagt Nathan, der den Kopf auf Jareds Bauch gelegt hat.

Henna trinkt den Rest ihrer Limonade. »Ich weiß. Es kam einem immer so unvermeidlich vor, deshalb hat keiner damit gerechnet, dass es tatsächlich passiert.«

»Hauptsache, sie haben die Schule wiederaufgebaut, bis *ich* den Abschluss mache«, sagt Meredith.

»Das haben sie ganz bestimmt, Merde Breath«, versichert ihr Jared. »Ich nehme an, sie sind richtig gut versichert.«

»Nenn mich nicht so«, sagt Meredith.

»Du weißt schon, dass wir es nur lieb meinen, oder?«, fragt Jared sie.

»Ja«, erwidert sie lächelnd. »Deshalb will ich auch nicht, dass ihr damit aufhört. Damit ich dann immer sagen kann: *Nenn mich nicht so.*«

»Verrücktes Huhn«, sagt Mel liebevoll und reicht unserer Schwester ein paar Pommes.

Die Sonne scheint immer noch, aber es geht auf den späten Nachmittag zu. Wir sind jetzt schon seit ein paar Stunden hier, doch die Feuerwehrleute sind weit davon entfernt, den Brand in den Griff zu bekommen. Zum Glück ist die Schule auf einer weiten Lichtung erbaut, es ist also unwahrscheinlich, dass Feuer auf den Wald überspringt. Denn das wäre *wirklich* ätzend.

So ähnelt die Veranstaltung eher einem Picknick für die ganze Stadt. Wir winken Leuten zu, die wir kennen, wenn sie an uns vorbeigehen, und manche gesellen sich zu uns, um ein wenig zu plaudern. Wir haben unsere Eltern in der Menge wiedergefunden und können sicher sein, dass niemandem etwas passiert ist. Ich lasse mich sogar von Mr Shurin umarmen. »Ich kann dir gar nicht sagen, wie leid es mir tut«, sagt er.

»Das brauchen Sie nicht«, erwidere ich.

Er lässt uns in Ruhe und macht sich auf den mehrere Meilen weiten Rückweg, denn auch sein Auto ist verschmort. Er tut mir leid, obwohl ich ihn immer noch am liebsten umbringen würde für das, was er Mel angetan hat. Aber er ist kein Loser. Ist nie einer gewesen. Sein Sohn, der seine ganze Familie ist, wird demnächst aufs College gehen. Und danach für immer verschwinden, wenn ich das recht verstanden habe. Was bleibt ihm dann noch?

Was bleibt uns anderen dann noch?

»Alles okay mit dir?«, fragt Jared und sieht mich besorgt an.

»Ich denke nur nach«, antworte ich.

Wir liegen auf einem Grasstreifen. Wie sich zeigt, eignen die Roben sich hervorragend als Picknickdecken, obwohl wir damit wahrscheinlich unsere Kaution verspielen. Jared schiebt Nathan vorsichtig von seinem Bauch herunter. Nathan versteht den Wink und wendet sich Henna zu. Was, wie ich zugeben muss, nett von ihm ist.

»Ich könnte es wirklich, Mike«, sagt Jared. »Ich könnte dich heilen.«

»Ich weiß. Ich habe dich ja mit Finn gesehen.«

»Ich möchte es gerne. Es war immer schlimm für mich, dich leiden zu sehen.«

Ich sehe ihn an, sage aber nichts. Plötzlich richtet er sich auf. »Oh mein Gott!«, stößt er hervor. »Ich bin ja so ein Idiot.« Dann fragt er Henna: »Kann ich mal deinen Arm sehen?«

Überrascht streckt sie ihm den Arm hin. »Warum?«

Ich bin selbst ein bisschen überrascht, dass sie nicht Bescheid weiß. Aber es gefällt mir auch. Niemand weiß es. Ich bin der Erste, dem Jared es gesagt hat.

»Was dagegen, wenn ich deinen Arm sofort heile?«, fragt Jared Henna.

»*Kannst* du das denn?«

»Jetzt schon.« Er legt seine Handflächen auf den Gips. Die weißen Lichtstrahlen flackern kurz auf und erlöschen dann. Henna bewegt probehalber ihre Finger. Sie zieht die Augenbrauen hoch.

»Es fühlt sich ganz normal an«, sagt sie. »Hast du den Arm wirklich ganz geheilt?« Sie zupft an ein paar losen Gipsstellen an der Kante, die schon ziemlich schmuddelig aussehen. »Heißt das, ich kann den Gips abnehmen?«

»Halt, halt«, sagt Steve und setzt sich auf. »Was treibt ihr da eigentlich? Du kannst doch nicht einfach einen –«

Aber Henna zerrt schon an dem rauen Verband. Nathan hilft ihr und gemeinsam haben sie den Arm ziemlich schnell befreit. Henna wendet ihre Hand hin und her. »Alles ist wieder gut«, sagt sie. »Der Arm ist komplett geheilt.« Sie verdreht ihr Handgelenk, dann sieht sie Jared an. »Du hast die Narbe verschwinden lassen.«

Alle Blicke richten sich auf mich. Ich fasse unwillkürlich an meine eigene Narbe. »Ich dachte, sie gefällt euch.«

»Was läuft hier eigentlich?«, fragt Steve noch einmal.

Mel nimmt zärtlich seine Hand. »Ich habe dir doch gesagt, dass du bei uns sehr aufgeschlossen sein musst.«

»Aber wenn er so etwas kann, dann –«

»Denk an all das Gute, das ich bewirken werde«, sagt Jared. Leise, sodass nur ich es hören kann, fügt er hinzu: »Bis ich emporsteige.«

Ich spüre wieder diesen Stich im Magen. Diesen Teil gibt es ja auch noch. Jared wird für immer weggehen. Auch das hat er den anderen noch nicht erzählt. Im Augenblick wissen nur er und ich Bescheid. Jetzt begreife ich, was für eine Last ein Geheimnis sein kann.

Tony Kim taucht hinter den Bäumen auf. Als er uns entdeckt, kommt er sofort auf uns zu. Henna springt auf und umarmt ihn stürmisch. »Gott sei Dank ist dir nichts passiert«, sagt sie. Er ist so verblüfft, dass es einen Moment dauert, bis er ihre Umarmung erwidert. »Komm«, sagt sie und nimmt seine Hand. »Setz dich zu uns.«

Er setzt sich neben Henna auf ihre Robe und die beiden vertiefen sich in ein Gespräch.

Henna wird nicht nach Afrika gehen. Während wir uns im Fast-Food-Restaurant in die lange Schlange der von der Katastrophe Hungriggewordenen einreihten, hat sie mich auf den neuesten Stand gebracht. »Ich bin achtzehn«, sagte sie zu mir. »Mir ist klar geworden, dass sie mich nicht mehr zwingen können. Der Rest war nur noch eine Frage der Willenskraft.« Sie zuckte die Schultern. »Ich bin immer freundlich geblieben, habe sie nicht angeschrien und bin nicht durchgedreht. Ich habe nur gesagt, dass dies der letzte Sommer mit dir ist, dass die Zentralafrikanische Republik für uns *alle* viel zu gefährlich ist und dass ich von jetzt an wichtige Entscheidungen selbst treffen muss.«

»Wie haben sie reagiert?«, fragte ich.

»Was hätten sie sagen sollen? Ich habe recht.«

Seltsamerweise schlugen sie sofort bereitwillig vor, einen Kompromiss zu finden. Sie konnten nicht abstreiten, dass eine Reise in die Zentralafrikanische Republik, wo Bürgerkrieg herrscht, nicht unbedingt das Klügste ist, aber wie wär's stattdessen mit Rumänien?

»Rumänien?«, fragte ich überrascht. »Werden in Rumänien Missionare gebraucht? Oder Fußspezialisten?«

»Dort gibt es die rumänisch-orthodoxe Kirche und, soweit ich weiß, auch Krankenhäuser. Nein, gebraucht werden sie dort eher nicht. Aber hingehen wollen sie trotzdem.«

»Und?«

Sie lächelte mich so entspannt an, wie ich das von ihr nicht kenne. »Ich habe Nein gesagt.«

Jetzt beobachte ich, wie sie und Tony miteinander reden. Wie nahe sie sich sind. Wie er gar nicht aufhören kann, ihr in die Augen zu schauen, und sie immerzu in seine schaut und wie sie sich gegenseitig mal hier, mal da berühren. Ich wette, sie hat wieder dieses Verlangen im Bauch, nur dass es diesmal ihm gilt. Ich wette, ihm geht es genauso. Werden sie wieder zusammenkommen und doch noch heiraten? Wer weiß das schon? Aber ich kann sie ansehen, ohne eifersüchtig zu sein.

Ich bin glücklich.

Das ist am allerverrücktesten.

»Da ist er!«, hören wir jemand rufen. Dann sehen wir, wie der noch unter den Lebenden weilende Finn mit dem Mädchen, das uns gewarnt hat, auf uns zukommt. Das Mädchen kriegt im Vorbeigehen alle möglichen Blicke ab, aber sie achtet nicht darauf. Die beiden gehen schnurstracks zu Jared und das Mädchen umarmt ihn stürmisch. »Uff«, stößt er hervor.

»Du hast ihn gerettet«, sagt sie. »Das war nicht vorgesehen, aber du hast es getan.«

»Sie wollte sich opfern, um uns zu retten«, erklärt Finn. »Aber du hast es möglich gemacht, dass ich ihr helfen konnte. Wir haben die Risse aus dem Reich der Unsterblichen ein für alle Mal verschlossen!«

Auf seine Worte folgt Stille.

»Darf ich diesmal fragen, worüber zum Teufel ihr eigentlich redet?«, fragt Steve.

»Weißt du, was?«, sagt Mel. »Mich interessiert nur, ob es endlich vorbei ist.«

Das Mädchen, das, wie mir einfällt, Satchel heißt – erst jetzt wird klar, dass Finn vorher von *ihr* gesprochen hat –, atmet tief durch und nickt. »Ja«, sagt sie. »Es ist vorbei.«

»Dem Himmel sei Dank«, sagt Mel ernst.

Satchel und Finn stehen da und sehen ein wenig verloren aus.

»Wo sind die anderen Indies?«, frage ich.

Satchel sieht mich verwirrt an. »Die anderen *wer?*«

»Ich glaube, so nennen sie uns«, erklärt Finn ihr.

»Tatsächlich?« Sie wirkt aufrichtig überrascht. Suchend sieht sie sich zwischen den Bäumen um. »Ich weiß nicht genau. Wir sind in alle Richtungen versprengt worden.« Ihr Kinn zittert ein wenig. »Und nicht alle sind mit dem Leben davongekommen.«

»Hey«, sagt Mel freundlich. »Ist schon okay.«

»Das alles tut mir so leid«, schluchzt Satchel unter Tränen. »Ich weiß auch nicht, warum ausgerechnet uns immer so etwas zustößt. Ich weiß nicht, warum *wir* immer diejenigen sein müssen, die die Highschool hochjagen.«

»Mach dir keine Gedanken«, sagt Mel. Sie rutscht zur Seite, damit Satchel und Finn sich setzen können. »Jeder hat mit irgendwas zu kämpfen.«

»Wohl wahr«, sagt Jared

Satchel und Finn nehmen Platz. Wir alle schauen gemeinsam zu, wie die Schule weiter abbrennt.

»Weißt du, was?«, sage ich leise zu Jared.

»Was?«

»Ich … ich glaube, ich will gar nicht, dass du meine Narbe heilst. Und auch alles andere nicht.«

»Sicher?«

»Ja. Wenn es wieder schlimmer wird, so schlimm, dass … dann denke ich noch einmal darüber nach. Aber nicht jetzt.«

»Schlagen die Medikamente so gut an?«

»Nein, aber wenn du mich jetzt heilst, dann werde ich

mich für den Rest meines Lebens fragen, ob ich auch alleine damit fertiggeworden wäre.«

Er nickt, ernst und feierlich. »Das klingt vernünftig. Wollen wir wetten, dass deine Schwester genau das Gleiche zu mir sagt?«

Bei seinen Worten muss ich lächeln. »Jared, dass du es mir angeboten hast … dass du einen Handel eingegangen bist … für *mich* …« Ich kann nicht mehr weiterreden.

Er weiß ohnehin, was ich sagen will. »Ich bin immer für dich da«, verspricht er mir. »Wenn du mich brauchst.«

»Für die nächsten vier Jahre«, sage ich und reibe mir die Augen.

»Vier Jahre sind eine lange Zeit. Da kann viel passieren.«

»Vielleicht.«

Und während ich meine Narbe befühle, denke ich: Er hat recht. Es kann wirklich viel passieren. Mel und Steve können zusammenbleiben. Oder auch nicht. Henna und Tony können wieder zusammenkommen. Oder auch nicht. Ich und Jared können enge Freunde bleiben. Oder wir driften auseinander. Vielleicht ist auch in Sachen Götter noch nicht das letzte Wort gesprochen. Vielleicht wird Nathan von einem Bus überfahren, ohne dass ich in der Nähe bin. Vielleicht kann ich die Medikamente irgendwann absetzen. Oder ich muss sie immer nehmen. Vielleicht gewinnt Mom die Wahl doch nicht. Vielleicht wird Dad ein neuer Mensch, und wenn ja, wie wird er dann sein? Wie wird dieser Sommer sein?

Er wird bestimmt zu schnell vergehen. Wir werden zu viele Abende im *Grillers* schuften, manche Abende aber auch gemeinsam verbringen. Wir alle zusammen. So wie jetzt.

Ich lasse den Blick in die Runde schweifen. Jared und Mel, auf die ich so stolz bin, und Henna und Meredith und Steve und auch Nathan und sogar die zwei Indies, die eigentlich gar nicht so anders sind als wir. Ganz normale Leute, die am Krater ihrer einstigen Schule einen Burger essen.

»Fällt euch ein metaphorischer Ausdruck hierfür ein?«, fragt Nathan. *»Unsere Kindheit geht in Flammen auf?«*

»Ich denke, unsere Kindheit ist schon vor langer Zeit abgebrannt«, sagt Mel und schmiegt sich an Steve.

»Highschool heißt, durchs Feuer zu gehen«, schlägt Henna vor.

»Das trifft es ziemlich genau«, sage ich.

»Wie wär's mit *Phönix, der aus der Asche steigt?«,* mischt Meredith sich ein.

»Das hört sich nach Schwerstarbeit an, Merde Breath«, sagt Jared. »Meiner Meinung nach ist es nur eine brennende Highschool. Ich glaube nicht, dass es eine Metapher für irgendetwas ist.«

»Spielverderber«, sagt Nathan. Sie lachen gemeinsam. Ich bin nur ein ganz klein wenig eifersüchtig.

»Warum muss immer alles eine *Bedeutung* haben?«, fragt Jared. »Haben wir mit unserem Leben nicht schon genug zu tun?«

Mit Blick auf die Rauchsäule, die vor dem Berggipfel aufsteigt – was eigentlich wunderschön aussieht –, sage ich: »Alles ist immer ein Ende. Aber zugleich ist alles immer auch ein Anfang.«

»Gott«, sagt Henna. »Das wäre ein so viel besseres Ballmotto gewesen als *Für immer jung.*«

Wir bleiben noch eine Weile und sehen dem Feuer zu, das vielleicht wirklich nur ein Feuer ist. Aber wir sind zusammen hier, meine Freunde und ich. Und es wird ein Morgen geben – wie auch nicht? –, wo alles wieder von vorne beginnt. Dieser Moment ist wie eine Schleife für mich, die innerlich abläuft. Aber diesmal ist sie etwas Gutes. Es ist eine Schleife mit meinen Freunden, und wenn es nach mir geht, könnte sie sich endlos ziehen.

Ich weiß, wenn ich meine Freunde brauche, werden sie mich retten.

Ich weiß auch, dass sie das vielleicht gar nicht mehr so oft tun müssen.

Wir schauen dem Feuer zu. Wir schauen dem Feuer zu.

Und schauen noch immer.

Patrick Ness wuchs in den Vereinigten Staaten und auf Hawaii auf. Seit Ende der 90er-Jahre lebt er in London und ist dort als Literaturkritiker für die Tageszeitung *The Guardian* tätig. Für seine Kinder- und Jugendbücher wurde er mehrfach ausgezeichnet, er gewann unter anderem den renommierten *Costa Children's Book Award* und als erster Autor überhaupt gleichzeitig die *Carnegie Medal* und den *Kate Greenaway Award* sowie neben unzähligen anderen Auszeichnungen den *Deutschen Jugendliteraturpreis*.